HEYNE <

Das Buch

»Schau mich an, Katrina«, forderte er sie leise auf. Es ging nicht länger um ihren Streit oder darum, ihr eine Erklärung zu entlocken. Nein, das hier war etwas völlig anderes, und er hatte keine Ahnung, wie er dieser verlockenden Versuchung widerstehen sollte.

Zu seiner großen Überraschung atmete sie so zitternd aus, dass ihre Brüste bebten, und gehorchte seinem Befehl. Ihre Blicke trafen sich, und er schaute in diese sanften, grünen Augen. Da wusste er, dass er geliefert war. Verloren war. Diese wunderschönen Augen sahen in den tiefsten, dunkelsten Winkel seiner Seele. Das hatten sie schon immer getan, und in diesem Moment fühlte er sich so offen, so nackt und verletzlich. Sie schluckte hart. Ihre Hände wanderten hoch zu seiner Brust und umklammerten leicht sein T-Shirt. Widerstreitende Gefühle flammten in ihren Augen auf, und er wusste, dass sie zu leugnen versuchte, was sie beide eindeutig wollten. Was sie beide brauchten. »Mason …« Ihre Stimme klang erstickt und unsicher. Er wollte keine Entschuldigungen hören. Wollte keinem von ihnen die Chance geben, das aufzuhalten, was gleich geschehen würde …

Die Autorinnen

Carly Phillips, eine *New York Times*- und *USA Today*-Bestsellerautorin, hat über 50 zeitgenössische, sexy Liebesromane geschrieben, mit heißen Männern, starken Frauen und den emotional fesselnden Geschichten, die ihre Leser inzwischen erwarten und lieben. Carly ist glücklich verheiratet mit ihrer Collegeliebe, hat zwei fast erwachsene Töchter und drei verrückte Hunde, die auf ihrer Facebook Fanpage und ihrer Website zu bewundern sind. Carly liebt die sozialen Medien und kommuniziert ständig mit ihren Lesern.

Erika Wilde lebt mit ihrem Mann und ihren beiden Töchtern in Oregon und erforscht, wenn sie nicht schreibt, den wunderschönen Pazifischen Nordwesten.

CARLY PHILLIPS
ERIKA WILDE

SEXY DIRTY PLEASURE

Roman

Aus dem Amerikanischen von
Ursula Pesch

WILHELM HEYNE VERLAG
MÜNCHEN

Die Originalausgabe erschien 2016 unter dem Titel *Dirty Sexy Inked.*

Der Verlag weist ausdrücklich darauf hin, dass im Text enthaltene externe Links vom Verlag nur bis zum Zeitpunkt der Buchveröffentlichung eingesehen werden konnten. Auf spätere Veränderungen hat der Verlag keinerlei Einfluss. Eine Haftung des Verlags ist daher ausgeschlossen.

FSC
www.fsc.org
MIX
Papier aus verantwortungsvollen Quellen
FSC® C014496

Verlagsgruppe Random House FSC® N001967

Taschenbucherstausgabe 01/2018

Printed in Germany
Redaktion: Hanne Hammer
Umschlaggestaltung: ZERO Werbeagentur GmbH, München unter Verwendung von FinePic®, München
Satz: Greiner & Reichel, Köln
Druck und Bindung: GGP Media GmbH, Pößneck

ISBN 978-3-453-58053-4

www.heyne.de

KAPITEL 1

»Wir fliegen nach Las Vegas, Miezekätzchen!« Voller Vorfreude rieb sich Mason Kincaid die Hände. »Sin City ist der perfekte Ort, um rumzumachen und ein bisschen Spaß zu haben. Was, glaubst du, werden wir erleben, während wir dort sind?«

Katrina Sands legte ihren Sicherheitsgurt an und machte es sich auf dem Ledersitz der ersten Klasse bequem, gleich neben Mason – ihrem besten Freund, seit sie mit vierzehn in die Highschool gekommen waren. Es überraschte sie nicht im Geringsten, dass er in Gedanken bereits eine Liste all der wilden und verwegenen Abenteuer erstellte, die ihn an einem Ort wie Las Vegas erwarteten, an dem alles erlaubt war. Mason Kincaid verstieß gern gegen die Regeln und suchte den Kitzel, ja, er war ein zügelloser, böser Junge, dem es nur ums Vergnügen und die sofortige Befriedigung ging. Nach allem, was sie von der Stadt, die nie schlief, gehört hatte, würde er dort ganz in seinem Element sein.

Na toll, dachte sie mit einem resignierten Seufzer. Nicht, dass sie prüde war. Ganz und gar nicht! Sie war nur nicht begeistert davon, mit ansehen zu müssen, wie ihr bester Freund in Vegas herumhurte. Im Alltag erlebte sie das oft genug aus nächster Nähe.

Sie drehte sich um und blickte in Masons leuchtend blaue Augen. »Dir ist doch wohl klar, dass es bei dieser Reise nicht allein um dich und deinen Schwanz geht, oder? Sondern dass wir nach Vegas fliegen, weil dein Bruder Clay seine Samantha heiratet?«, erinnerte sie ihn an dieses wichtige Detail.

Seine Mundwinkel verzogen sich zu einem nachsichtigen Grinsen. »Natürlich weiß ich, dass mein Bruder sich morgen Nachmittag in Ketten legen lässt. Aber das heißt nicht, dass sich das ganze Wochenende alles um die Hochzeit dreht. Um genau zu sein, haben Levi und ich vor, Clay heute Abend auszuführen und dafür zu sorgen, dass er seinen letzten Abend als Junggeselle stilvoll verbringt.«

Was Mason die perfekte Gelegenheit gab, sich ein williges weibliches Wesen zu suchen, das er für die Nacht in sein Hotelzimmer abschleppen konnte. So war er. Solange sie ihn kannte, hatte er mit Frauen immer nur eine schnelle Nummer abgezogen und sichergestellt, dass sie wussten, worauf sie sich einließen. Er gab keine Versprechen, ging keine Bindungen ein, ließ sich auf nichts anderes als One-Night-Stands ein.

Und jedes Mal, wenn Katrina dies mitbekam, starb ein wenig von der Hoffnung in ihr. Der Hoffnung, dass Mason eines Tages mehr in ihr sehen würde als seine beste Freundin und die Frau, die sich um seinen persönlichen und beruflichen Mist kümmerte. Doch er wusste nichts von ihren tieferen Gefühlen, und sie war nicht bereit, sie ihm zu gestehen und eine schmerzliche Zurückweisung zu riskieren. Es war viel leichter und sicherer, wenn sie einfach nur Freunde blieben.

Katrina kannte Mason Kincaid nun seit zwölf Jahren und war inzwischen fest davon überzeugt, dass er nicht in der Lage war, sich an irgendeine Frau zu binden. Und angesichts der Kindheit, die er gehabt hatte – keine richtige Vaterfigur und eine Mutter, die sich mehr für den nächsten Schuss interessierte als für ihre Kinder –, fiel es ihr nicht schwer zu verstehen, warum. Mason mochte ein Meister darin sein, eine unbekümmerte Scheißegal-Haltung an den Tag zu legen, doch Katrina gehörte zu den wenigen Menschen, die wussten, wie viel Schmerz und Verbitterung sich hinter dieser Lockerheit verbargen.

Inzwischen war das Boarding für ihren Flug nach Las Vegas beendet, und ein Mitglied des Bordpersonals begann die Gepäckfächer zu schließen, während ein anderes verkündete, dass sämtliche elektronischen Geräte auf Flugmodus geschaltet werden sollten. Eine hübsche brünette Flugbegleiterin blieb neben Masons Gangplatz stehen und legte ihm die Hand auf die Schulter.

Er schaute zu ihr hoch, und die Frau lächelte und errötete leicht, als er seinen starken männlichen Sexappeal voll und ganz ausspielte. Ja, Mason hatte eine atemberaubende Wirkung auf Frauen. Seine umwerfenden Gesichtszüge, dieses sexy Lächeln, bei dem Frauen nur zu gern ihr Höschen fallen ließen, und die Böser-Junge-Tattoos, die seine muskulösen Arme bedeckten, machten ihn einfach unwiderstehlich für das weibliche Geschlecht.

Und der Mistkerl wusste das auch und zögerte nicht, seinen Charme zu seinem Vorteil zu nutzen.

»Würden Sie bitte Ihren Sicherheitsgurt festschnallen, Sir«, säuselte sie ach so süß, während ihre Hand, die auf seiner starken Schulter lag, unübersehbar ein wenig zudrückte.

»Aber sicher. Und nennen Sie mich Mason«, erwiderte er, während er sich den Gurt um die Taille schnallte, wobei sein Ton so locker und flirtend war wie das Zwinkern, das er ihr zuwarf. »Da ich erster Klasse fliege und Sie mich bedienen werden, könnten wir uns doch auch beim Vornamen nennen.«

Katrina verdrehte die Augen, doch die Flugbegleiterin lachte über die Doppeldeutigkeit und musterte ihn unverhohlen, bevor sie zu den Sitzen vor ihnen ging, auf denen Clay und Samantha saßen. Auf der anderen Seite des Gangs saßen Masons jüngster Bruder Levi und Tara, eine der Barkeeperinnen in Clays Bar, dem Kincaid's. Die Flüge erster Klasse verdankten sie Clay, ebenso die individuellen Hotelsuiten, die für sie alle im Hotel Bellagio gebucht waren.

Während die Flugbegleiterin mit wiegenden Hüften den Gang entlangging, reckte Mason den Hals und starrte auf ihren Hintern, bis sie nicht mehr zu sehen war.

Dann schaute er mit diesem für ihn typischen lüsternen Grinsen und dem schamlosen Schimmern in den Augen Katrina an. »Glaubst du, sie wäre bereit, mich in den Mile High Club einzuführen?«, fragte er, und Katrina wusste, dass er das nicht ganz unernst meinte.

Warnend kniff sie die Augen zusammen, denn schon allein der Gedanke, dass Mason nur wenige Meter von ihr entfernt irgendeine Tussi vögeln könnte, war ihr unerträglich. »Vergiss es!«

Er beugte sich so weit zu ihr herüber, dass seine Schulter gegen ihre rieb und seine Lippen nah an ihrem Ohr waren. »Du bist eine Spaßbremse, Miezekätzchen.«

Sein warmer Atem streifte die violetten Spitzen ihres blonden Haars, und sie hatte Mühe, den Schauder zu unterdrücken, der ihr den Rücken hinablief und ihre Brustwarzen unangenehm hart werden ließ.

»Sex in einem engen Toilettenraum in einem Flugzeug zu haben ist nicht meine Vorstellung von Spaß.«

Herrgott, vielleicht war sie ja doch prüde, dachte sie stirnrunzelnd. Oder vielleicht lag es einfach zu lange zurück, dass sie Sex gehabt hatte. Es war fast ein Jahr her, und selbst dieses letzte Mal mit dem Typen, mit dem sie damals gegangen war, hatte sie unbefriedigt zurückgelassen.

»Es *könnte* dort eng und heiß werden«, stimmte er ihr in einem zugleich amüsierten und anzüglichen Ton zu. »Aber das ist nicht unbedingt etwas Schlechtes.«

Sie schüttelte den Kopf. »Du bist so ein …«

»Ich weiß, ich weiß«, unterbrach er sie, bevor sie ihren Satz beenden konnte. »Ich bin ein Hurenbock.«

Er war tatsächlich ein Hurenbock und machte sich nicht einmal die Mühe, es zu leugnen.

»Aber nur fürs Protokoll, du weißt, dass ich viel mehr Spaß habe als du?« Er lehnte sich auf seinem Sitz zurück, als das Flugzeug sich vom Gate entfernte, und sah sie plötzlich mit ernstem Gesichtsausdruck an.

»Welchen Spaß *hast* du denn in letzter Zeit gehabt?«,

fragte er, als zweifelte er daran, dass sie in der Lage war, sich zu amüsieren. »Und wann bist du das letzte Mal flachgelegt worden?«

Bei dieser unerwarteten Frage fiel ihr die Kinnlade herunter. Schnell schloss sie den Mund und starrte ihn wütend an. Verdammt, musste der Arsch das ansprechen?

Er grinste. »Ja, das hab ich mir schon gedacht.«

Es juckte sie in den Fingern, ihm eine zu scheuern und diesen selbstgefälligen Ausdruck aus seinem Gesicht zu vertreiben. »Was, zum Teufel, soll *das* denn heißen?«

»Du warst in letzter Zeit einfach zickig«, sagte er mit einem Achselzucken. »Nervös und mir gegenüber ein bisschen schroff und kurz angebunden.«

Meine Güte, der Idiot war so verdammt begriffsstutzig. Dass sie *zickig* war, lag daran, dass er ständig irgendwelchen Frauen hinterherjagte und einfach nicht sah, was sich direkt vor seiner Nase befand.

Sie war seine beste Freundin und wusste alles über seine beschissene Vergangenheit, seine schwierige Kindheit und seine Angst, verlassen zu werden. Und obwohl sie immer und immer wieder bewiesen hatte, dass sie nicht weggehen und trotz ihrer eigenen Dämonen und ihres Schmerzes immer für ihn da sein würde, betrachtete er sie als selbstverständlich und sah in ihr nie mehr als das gute alte Miezekätzchen.

Andererseits: War es wirklich seine Schuld, dass sie für ihn mehr empfand als nur Freundschaft oder eine schwesterliche Zuneigung? Dass er diese Gefühle aus einer Reihe von Gründen nicht erwidern konnte – vor allem, weil er emotional geschädigt war und nicht wusste, wie er jemanden *nah* an sich heranlassen konnte? Nein, sie konnte es ihm nicht vorwerfen. Zumindest war er ehrlich, machte sich in Bezug auf sich selbst und auf das, wozu er fähig war, nichts vor.

Es war nicht *seine* Schuld, dass sie mehr wollte. Es war ihre Schuld, dass sie sich immer noch Hoffnungen machte.

Vielleicht ist das Teil des Problems, dachte sie, als sie auf ihrem Handy nach einem Audiobuch suchte, das sie sich während des Flugs anhören wollte. Es war so leicht für Mason, sie auszunutzen, wenn sie immer da war und ihm zur Verfügung stand. Verdammt, wem machte sie etwas vor? Sie *hatte* es ihm tatsächlich leicht gemacht, und vielleicht war es an der Zeit, ihre Gefühle für ihren besten Freund und die Tatsache, dass sie nicht erwidert wurden, neu zu bewerten.

Denn einer Sache war sie sich gewiss – unerwiderte Liebe war richtig ätzend.

Er legte die Hand auf ihren nackten Arm, und ihr verräterischer Puls beschleunigte sich um ein paar Schläge, als sie seinen starken Unterarm und das geflochtene dunkelbraune Lederarmband betrachtete, das zweimal um sein kräftiges Handgelenk reichte. Sie hatte es ihm zu seinem letzten Geburtstag geschenkt, und es sah zusammen mit all seinen Tribal-Tattoos verdammt sexy aus.

Sie blickte zu ihm auf, ignorierte, wie ihr Körper an all den vernachlässigten Stellen reagierte, und er bedachte sie mit einem neckischen Lächeln.

»Vielleicht solltest du Sin City nutzen und dir irgendeinen Typen angeln, der es dir besorgt, damit du ein bisschen lockerer wirst und dich entspannen kannst.«

Katrina war sich nicht sicher, ob er scherzte oder ob er es ernst meinte, doch sie verkniff sich eine gereizte Antwort, die ihn in seiner Meinung, dass sie *zickig* war, nur bestätigen würde. »Ja, vielleicht sollte ich das tun«, erwiderte sie enthusiastisch.

Mit irgendeinem Fremden zu vögeln war überhaupt nicht ihr Stil, doch das musste *er* nicht wissen.

Er blinzelte sie überrascht an, hatte eindeutig nicht erwartet, dass sie so bereitwillig auf seinen ungehörigen Vorschlag eingehen würde. Dem Schock folgte schnell ein leichtes Stirnrunzeln, als wäre er sich nicht sicher, was er davon halten sollte, wenn sie tatsächlich einen One-Night-Stand hätte, obwohl *er* das Thema zur Sprache gebracht hatte.

Egal, dachte sie, während sie versuchte, ihren Frust zu unterdrücken.

Da es nichts weiter zu sagen gab, wandte sie sich von Mason ab, steckte die Kopfhörer ein und schloss die Augen, als das Flugzeug über die Startbahn raste und vom Boden abhob. Im ersten Moment wurde ihr flau im Magen, und sie atmete langsam und tief, während sie zu einer sehr schwierigen Entscheidung gelangte. Einer Entscheidung, mit der sie in den letzten Monaten gekämpft hatte, die jetzt jedoch plötzlich völlig klar war.

Nachdem das glückliche Paar verheiratet und sie alle aus Vegas zurück waren, musste Katrina lebensverändernde Schritte unternehmen. Es wurde für sie immer schwieriger und schmerzlicher, tagein, tagaus in Masons Nähe zu sein und zu beobachten, wie er von einer Frau zur nächsten wanderte. Es war an der Zeit, ihr Leben wie auch ihren Job als

Managerin von Inked, Masons Tattooladen, neu zu bewerten.

Und das hieß, den einen Mann hinter sich zu lassen, den sie wollte, aber – abgesehen von der Freundschaft und den Geheimnissen, die sie teilten – nie besitzen würde.

Was, zum Teufel? Mit einem verdutzten Stirnrunzeln beobachtete und *spürte* Mason, wie Katrina sich stillschweigend aus ihrer Unterhaltung und von ihm zurückzog. Sie steckte ihre Kopfhörer ein, schloss die Augen und blendete ihn aus. Gerade noch hatte er sie geneckt, und jetzt, *bam*, wies sie ihn einfach ab – und das, nachdem sie viel zu bereitwillig zugestimmt hatte, in Vegas eine Affäre zu haben.

Frauen, dachte er kopfschüttelnd. Gott, er würde sie nie verstehen.

Okay, diese Aussage entsprach nicht ganz der Wahrheit. Er hatte kein Problem, Frauen zu verstehen, wenn sie auf den Knien vor ihm hockten und ihm einen bliesen oder ihn anflehten, sie härter und schneller zu ficken. Heißer, unbekümmerter Sex und gemeinsames Vergnügen – ja, das waren Dinge, die er problemlos verstand. Verdammt, *diese* Sprache verstand er, ohne ein Wort zu sagen.

Doch Katrinas zunehmende Launenhaftigkeit während der letzten Monate? Herrje, er hatte das Gefühl, durch ein Minenfeld zu schleichen, und nicht die leiseste Ahnung, wie er mit der Situation oder mit ihr umgehen sollte, ohne dass ihm gleich alles um die Ohren flog.

Trotz all der schrecklichen Dinge, die sie im Leben durchgemacht hatte, war es ihr immer gelungen, diesen Mist tief in ihrem Inneren vergraben zu halten und nach außen hin Optimismus an den Tag zu legen. Sie war immer diejenige gewesen, die ihn an einem schlechten Tag zum Lächeln gebracht, ihm seine Angst genommen oder einen Witz gerissen hatte, wenn er angepisst war.

In letzter Zeit jedoch nicht.

Was, zum Teufel, war also los mit ihr? Katrina hatte nie PMS-Symptome gezeigt, diese Theorie schied also aus. Sie war nicht liiert, sodass er sich keine Sorgen machen musste, dass irgendein Typ sie schlecht behandelte. Andererseits richtete sich ihr Ärger immer gegen ihn und niemand anderen. Zu den Kunden im Inked war sie stets höflich und freundlich. Sie scherzte sogar und zog die anderen Angestellten auf, doch wenn er versuchte, sich an dem Spaß zu beteiligen, erteilte sie ihm eine Abfuhr und schloss ihn aus.

So wie jetzt.

Frustriert fuhr er sich mit der Hand durchs Haar und schaute sie an, als das Flugzeug endlich seine Flughöhe erreicht hatte. Ihre Augen waren noch immer geschlossen, sodass er sie ungehindert betrachten konnte. Er liebte ihr blondes Haar mit den violetten Spitzen, das ihr in sanften Wellen um die Schultern fiel. Der flippige Stil passte zu ihrer einzigartigen Persönlichkeit, ebenso die Kleidung, die sie trug. Heute waren es Acid-Washed-Jeans und ein langes graues, mit schwarzer Spitze aufgepepptes Tanktop. Das ärmellose Top gab die farbenprächtigen Schmetterlingstattoos frei, die ihren gesamten Arm bedeckten und sich seitlich an ihrem Hals hochzogen.

Mason, der selbst Tätowierer war, musste ehrlich zugeben,

dass die Künstlerin, die Katrinas Arm tätowiert hatte, fantastische Arbeit geleistet hatte – mit dem Tattoo selbst, einem wahren Kunstwerk, und weil sie Katrina ihr Selbstwertgefühl zurückgegeben hatte. Mason gehörte zu den wenigen Menschen, die die körperlichen und emotionalen Narben kannten, die dieses komplizierte Design verdeckte, und er wünschte sich oft, *er* sei derjenige gewesen, der Katrina tätowiert hätte.

Er ließ den Blick zurück zu ihrem Gesicht wandern und nahm in aller Ruhe ihre feinen Züge in sich auf – den Schwung ihrer langen, dunklen Wimpern, die niedliche Nase, die weiche Haut, die vollen Lippen, die dazu gemacht waren, den Schwanz eines Mannes zu umschließen.

Ja, das stellte er sich verdammt noch mal vor.

Er schluckte ein Stöhnen hinunter, als die Hitze, die in ihm aufwallte, und das geheime Verlangen nach seiner besten Freundin seinen Schwanz zucken ließen. Es war weiß Gott nicht das erste Mal, dass er auf sexuelle Art an Katrina dachte. Verdammt, sie würde ausflippen, wenn sie wüsste, dass sie es war, die er in seiner Fantasie vor sich sah, wenn er morgens mit einem Ständer aufwachte und die Finger um seinen Schwanz schloss. Während er sich streichelte, brauchte er sich im Geiste nur auszumalen, wie sie stöhnte und sich ihm entgegenwölbte, während er tief in ihrer engen, glatten Muschi versank, um zu kommen, und das jedes Mal und dazu auch noch schnell.

Er war ein verdammter Perversling, auf diese Weise an sie zu denken. Sie war seine *beste Freundin*, Herrgott noch mal, und er würde diese Beziehung nie im Leben durch Sex versauen. Nie. Katrina bedeutete ihm viel zu viel, um je diese Linie zu überschreiten, egal, wie sehr sein Schwanz gegen diese Entscheidung protestierte. Sie war sein Fels in der Brandung, der einzige Mensch, bei dem er sich darauf verlassen konnte, dass er immer für ihn da war, komme, was da wolle. Sie wusste Dinge über ihn, die sonst niemand wusste, und akzeptierte ihn trotz seiner Fehler und Schwächen.

Vor allem war sie die einzige Frau, der er je vertraut hatte – *verdammte Mamaprobleme*, dachte er verbittert –, und er würde nie etwas tun, um das zu gefährden, was sie miteinander verband und als *beste Freunde* teilten.

Deswegen beunruhigte ihn das seltsame Verhalten, das sie in letzter Zeit an den Tag legte, und es gefiel ihm weiß Gott nicht, dass es sich so anfühlte, als distanziere sie sich zunehmend von ihm. Irgendetwas war definitiv nicht in Ordnung, und er musste zugeben, dass der Gedanke, Katrina zu verlieren, in welcher Eigenschaft auch immer, ihm eine Heidenangst machte.

Er rieb sich die feuchtkalten Hände an den Jeans-bekleideten Oberschenkeln. Er hasste die Ungewissheit, die von Tag zu Tag zunahm. Er wollte nicht in Panik geraten, doch irgendetwas stimmte nicht mit Katrina, und die Tatsache, dass er das Problem nicht benennen konnte, trieb ihn in den Wahnsinn. Wenn sie von dieser Reise zurückkehrten, musste er herausfinden, was genau für ihre Stimmungsschwankungen verantwortlich war.

Als Passagiere der ersten Klasse hatten sie ihre eigene Flugbegleiterin, und Mason wandte seine Aufmerksamkeit nun der Frau zu, die vorhin mit ihm geflirtet hatte. Sie nahm gerade die Getränkebestellungen entgegen und arbeitete sich durch den Gang zu ihm vor.

Als sie ihn erreichte, las er ihr Namensschild – Tawny –, während sie ihm ein einladendes Lächeln schenkte. »So, Mason, da bin ich, zu Ihren Diensten«, ging sie auf seinen kleinen Flirt von vorhin ein. »Was darf es sein?«

Es entging ihm nicht, dass sie bewusst die Wörter *zu trinken* ausgelassen hatte. Oh ja, sie spielte definitiv sein Spiel mit, und da Katrina ihm die kalte Schulter zeigte, hieß er die Ablenkung willkommen. »Was würden Sie denn empfehlen, Tawny?«

Sie leckte sich die glänzenden Lippen und verschlang ihn mit ihren braunen Augen. »Was ich *gern* empfehlen würde, steht nicht in unserer Getränkekarte.«

Er kicherte, erkannte Angebote, wenn er sie hörte. »In dem Fall nehme ich ein Sprite … fürs Erste.«

Sie notierte sich seine Bestellung und schaute an ihm vorbei zu Katrina – die von dem, was um sie herum vorging, nichts wahrnahm und noch immer mit geschlossenen Augen ihrem Audiobuch lauschte. »Würde Ihre Freundin gern etwas trinken?«, fragte Tawny und zog neugierig die Stirn hoch.

Freundin. Das Wort war ihm völlig fremd, nicht nur im Zusammenhang mit Katrina, sondern weil er nie lange genug bei einer Frau geblieben war, um über den Sex hinaus eine Liebesbeziehung aufzubauen. Denn das war es doch, was dieses Wort implizierte. Aber er wusste, worauf Tawny hinauswollte, auch wenn es sie nicht allzu sehr zu interessieren schien, dass er vergeben sein könnte.

»Sie ist nicht meine Freundin«, versicherte er der hübschen Flugbegleiterin, empfand jedoch, mit Katrina an seiner Seite, einen Moment lang ein seltsames und unerwartetes Bedauern, das absolut keinen Sinn machte.

Tawny grinste ihn an. »Das ist gut zu wissen.«

»Ich weiß nicht genau, was sie möchte. Sie kann ja den Serviceknopf drücken, wenn sie nicht mehr schläft.« Oder was immer Katrina auch tat. Sie war diejenige, die ihn unverhohlen ignorierte, und er hatte nicht vor, sie zu stören und wieder Ärger zu riskieren.

Tawny wandte sich Levi und Tara zu, nahm auch ihre Getränkebestellungen auf und eilte zurück zur Bordküche vorne im Flugzeug. Wenige Minuten später tauchte sie mit einem Getränketablett wieder auf und begann in der ersten Reihe die Erfrischungen auszuteilen, bis sie wieder bei Mason angelangt war.

Sie legte einen Zettel auf sein Tischchen und tippte mit dem Finger darauf, um seine Aufmerksamkeit auf die Zahlen zu lenken, die sie auf das Papier geschrieben hatte. »Ich bin übers Wochenende in Vegas. Rufen Sie mich an, wenn Sie ein bisschen Spaß haben wollen.«

»Gute Idee. Ich werd's mir überlegen«, erwiderte er mit einem Augenzwinkern. Er war sich sicher, dass er nach der Hochzeit, die morgen Nachmittag stattfand, viel freie Zeit haben würde, und es war schön, etwas Sicheres in Aussicht zu haben.

Sobald sie weg war, hielt Mason den Zettel hoch, damit Levi die Telefonnummer sehen konnte, und grinste seinen Bruder an. »Ich bin noch nicht mal in Vegas und hab bereits einen Treffer erzielt.«

Levi verdrehte die Augen. »Im Ernst, Mann?«

»Ich kann nichts dafür, wenn eine Frau mich will«, sagte Mason mit einem Achselzucken. »Kein Grund, eifersüchtig zu sein, weil ich regelmäßig Sex habe.«

»Du bist so ein arrogantes Arschloch, und ich bin weit davon entfernt, eifersüchtig zu sein«, erwiderte Levi mit einem Anflug von Humor. »Man nennt es *wählerisch* sein, wobei ich nicht erwarte, dass du verstehst, was ein so großes Wort bedeutet.«

»Ha ha. Es bedeutet, dass du total langweilig bist.« Er konnte es nicht lassen, seinen puritanischen Bruder, der Polizist war und sich streng an die Vorschriften hielt, zu ärgern. Während Mason als Teenager ein Radaubruder und aufsässig gewesen war – und noch immer gelegentlich wild und impulsiv sein konnte –, war Levi ein ruhiges, viel zu ernstes Kind gewesen und nie in Schwierigkeiten geraten. Er dachte über die Folgen nach, bevor er handelte, trank nie Alkohol und ließ sich offensichtlich nicht durch seinen Schwanz vom rechten Weg abbringen.

Was hieß, dass Levi sich eine Menge Spaß entgehen ließ, und war Spaß nicht der Grund, weshalb man nach Vegas reiste? Einmal abgesehen davon, dass sein Bruder heiratete.

»Hast du vor, bei diesem Trip eine Spaßbremse zu sein?«, fragte er Levi.

Sein Bruder trank den Rest seines Orangensafts, bevor er antwortete. »Nur weil ich nicht so wie du jedem Rock hinterherjage, bin ich noch lange keine Spaßbremse.«

Mason beschloss, diese Theorie auf den Prüfstand zu stellen. »Das heißt also, dass du dabei bist, Clay an seinem letzten Abend als freier Mann mit in einen Stripclub zu nehmen?«

Bevor Levi antworten konnte, beugte Clay sich über die Armlehne, steckte den Kopf in den Gang und mischte sich in die Unterhaltung ein, der er offensichtlich zugehört hatte. »Tut mir leid, dich zu enttäuschen, Mase, aber wir gehen *nicht* in einen Stripclub.«

Von beiden Brüdern enttäuscht, warf Mason die Hände in die Luft. »Seht ihr, *genau deswegen* gehe ich keine ernsten Beziehungen ein. Unter dem Pantoffel zu stehen verdirbt eine echte Junggesellenparty doch total.«

KAPITEL 2

Nach ihrer Ankunft in Vegas und dem Einchecken in ihre Suiten im Bellagio teilten sich die Jungs und Mädels auf, um am Nachmittag und Abend getrennte Wege zu gehen. Während Mason versprach, Clays letzten Tag und Abend als freier Mann unvergesslich zu machen, entschieden Katrina und Tara sich für einen ruhigeren Junggesellinnenabschied für die zukünftige Braut und gingen mit Samantha in das Hotel-Spa, wo sie sich mit luxuriösen Massagen und Ganzkörperpackungen, die ihre Haut weich und glänzend machten, und mit Gesichtsmasken verwöhnen ließen.

Einige Stunden später saßen sie mit manikürten Fingernägeln nebeneinander auf Pediküresstühlen, ihre letzte Behandlung an diesem Tag. Alle drei waren in weiche, flauschige Morgenröcke gehüllt, tranken ein Glas Champagner und naschten Erdbeeren mit Schokoguss.

Das Leben konnte kaum besser sein, dachte Katrina mit einem zufriedenen Seufzer, während sie sich in dem bequemen Lederstuhl zurücklehnte und das allererste entgiftende Fußbad ihres Lebens genoss. Sie konnte sich nicht erinnern, je so verwöhnt worden zu sein oder sich so entspannt und ruhig gefühlt zu haben. Da es in absehbarer Zeit keinen Sex für sie geben würde – auch wenn sie Mason heute im Flugzeug gesagt hatte, dass sie sich mit irgendeinem Fremden einlassen würde –, war ein Verwöhnprogramm für Körper, Geist und Seele der beste Ersatz, den sie sich vorstellen konnte. »Danke für diesen wunderbaren Tag«, sagte Samantha, deren weiche Gesichtshaut von der Maske und den Gedanken an den Mann glühte, den sie bald heiraten würde. »Ich kann euch gar nicht sagen, wie viel es mir bedeutet, dass ihr beide an diesem Wochenende bei der Hochzeit dabei seid und als meine Trauzeuginnen auftretet. Ich liebe euch über alles.«

Katrina lächelte. Samantha kam zwar aus einer wohlhabenden Familie, aber sie war süß, aufrichtig und das Beste, was Clay je passiert war. »Wir dich auch«, sagte sie, als die drei mit ihren Champagnergläsern miteinander anstießen.

»Und wir würden diese Hochzeit um nichts in der Welt verpassen wollen«, fügte Tara hinzu, während sie nach einer reifen roten Erdbeere griff und in die Schokoladenspitze biss.

Samantha hob eine perfekt geformte Augenbraue. »Warum? Weil ihr nicht glauben könnt, dass Clay wirklich heiratet, und es mit eigenen Augen sehen wollt?«, fragte sie neckend, wobei ihre hübschen blauen Augen glücklich funkelten.

Katrina wusste, dass Samantha scherzte, wollte sie aber wissen lassen, dass es für sie beide viel tiefer gehende Gründe gab, hier zu sein. »Nein, weil du und Clay füreinander bestimmt seid und wir alle eine Familie sind, was bedeutet, dass wir immer für dich da sein werden.«

Das Wort *Familie* kam nicht leicht über Katrinas Lippen. Ihr Vater war fortgegangen und hatte die Unterhaltszahlungen verweigert, als sie dreizehn gewesen war, und ihre Mutter hatte schon bald wieder geheiratet, und zwar einen Mann, der Katrina Angst gemacht hatte – und das aus gutem Grund, wie sie nach und nach herausfand. Die Menschen, die sie nun als Familie betrachtete, waren Mason und seine Brüder sowie die wenigen anderen, die sie in ihren inneren Kreis hineinließ. Menschen, die sich als loyal, zuverlässig und vertrauenswürdig erwiesen hatten. Und nun schloss diese kleine Gruppe auch Samantha mit ein.

»Wenn wir eine Familie sind«, sagte Samantha und schaute voll Zuneigung von Katrina zu Tara, »dann seid ihr beiden die Schwestern, die ich mir immer gewünscht habe.«

Katrina lächelte, während sie mit den Zehen in dem warmen, seidigen Wasser herumzappelte, das um ihre Füße und Knöchel blubberte. »Das ist gut, denn jetzt hast du uns am Hals.«

Dann herrschte eine Weile Schweigen, während die drei ihren Champagner austranken und die schwielige Haut an Fersen und Zehen entfernt, heiße Handtücher um ihre Waden gewickelt und eine Paraffin-Wachs-Behandlung vorgenommen wurde, die ihre Füße weich und geschmeidig machte. Samantha kaufte einen hübschen rosafarbenen Nagellack, den sie alle tragen sollten und der genau zur Farbe ihrer Trauzeuginnenkleider und zu den Blumen in ihrem Hochzeitsstrauß passte.

»Was würdest du gern an deinem letzten Abend als unverheiratete Frau tun?«, fragte Tara, während sie darauf warteten, dass der Lack auf ihren Fußnägeln trocknete. »Ich hab gehört, Thunder From Down Under sei *die* Show für Junggesellinnen. Heiße, gut gebaute Männer tanzen und strippen und die Hüften schwingen zu sehen könnte Spaß machen.«

Samantha zog die Nase kraus, sie war eindeutig gegen diese Idee. »Ich verzichte auf die Aussies. Der einzige Mann, dem ich beim Strippen zusehen möchte, ist Clay. Dieser Mann ist so verdammt heiß, dass ich jederzeit für *ihn* einen Lapdance machen würde«, sagte sie mit einem niedlichen, champagnergetränkten Kichern.

Ja, Samantha war bis über beide Ohren verliebt, und Katrina beneidete ihre Freundin darum, dass sie *den einen* gefunden hatte – und Clay war genauso hin und weg von ihr. Ihre unerschütterliche Beziehung und ihre Gefühle füreinander machten Katrina nur allzu bewusst, dass ein Mann an ihrer Seite fehlte, und weckte in ihr den Wunsch nach *mehr.*

Obwohl sie seit Jahren innigere Gefühle für Mason hegte, hatte sie versucht, anderen Männern eine Chance zu geben. Sie hatte sogar einige kurze, aber feste Beziehungen mit netten, anständigen Typen gehabt. Männern, die sie nicht einschüchterten und mit dem Respekt behandelten, den eine Frau verdiente. Toleranten Männern, die sie nicht nach ihren violetten Haarspitzen, ihrer exzentrischen Kleidung oder den Schmetterlingstattoos beurteilten, die andere dazu veranlassten, sie als weißen Abschaum oder als Flittchen abzustempeln – Begriffe, die ihr eigener Stiefvater benutzt hatte, um sie herabzuwürdigen und zu demütigen.

Doch tief in ihrem Inneren wusste Katrina, dass die Konzentration auf diese eher passiven Qualitäten der Männer, mit denen sie sich auf eine Beziehung eingelassen hatte, mit zu den Gründen gehörte, warum ihre Versuche, sich zu binden, gescheitert waren. Sie sehnte sich nach dieser Sicherheit, dem Vertrauen und dem Respekt – welches Mädchen tat das nicht? –, aber auch nach der intensiven Leidenschaft und dem heißen Verlangen, das Körper und Sinne überwältigte. Sie wünschte sich einen Mann, der sich seiner Fähigkeit, die Kontrolle zu übernehmen, sicher war, und der sie mit den verbotenen Freuden bekannt machte, nach denen sich ihr Körper sehnte, ohne dass sie sich anschließend billig oder schmutzig oder verletzlich fühlte.

Bis jetzt hatte sie keinen Mann mit dieser einzigartigen Fähigkeit kennengelernt, und vielleicht würde sie das auch nie. Was hieß, dass sie sich irgendwann mit einem Mann würde zufriedengeben müssen, der ihr das Gefühl von Sicherheit und Wertschätzung gab, und dass sie ihre Fantasien von heißem, forderndem Sex würde aufgeben müssen.

Samanthas Handy klingelte; sie griff danach und wischte mit dem Finger über das Display, um es zu entsperren. Ein verträumtes Lächeln umspielte ihre Lippen. »Mein zukünftiger Göttergatte hat mir gerade eine SMS geschickt.«

»Was treiben sie? Nichts Gutes?«, fragte Katrina neugierig, denn die Jungs hatten sie nicht in ihre Pläne für Clay eingeweiht, bevor sie getrennte Wege gegangen waren. Und da Mason für die Unterhaltung verantwortlich war, ließ sich nicht sagen, wohin er seinen Bruder geschleift hatte.

»Die drei haben sich für den Nachmittag Desert Racer gemietet und sind außerhalb von Vegas im Gelände rumgefahren«, berichtete Samantha überrascht.

Tara schüttelte den Kopf und trank den Rest ihres Champagners aus. »Jungs und ihre Spielzeuge und ihre Faszination von Geschwindigkeit, richtig?«

Samantha schrieb eine Antwort-SMS an Clay. »Wenigstens machen sie keinen Unfug, was mehr ist, als ich mit Mason als dem Organisator des Ganzen erwartet habe.« Ihre Stimme klang ironisch, als sie exakt Katrinas Gedanken aussprach.

»Angesichts der ganzen vulgären Shows, die es in Vegas gibt, scheint er sich tatsächlich ein bisschen zurückzuhalten«, sagte sie beeindruckt.

»Ja, echt«, stimmte Samantha ihr amüsiert zu, während sie eine weitere Nachricht las, die gerade auf ihrem Handy eingegangen war. »Jetzt fahren sie zum Stratosphere Tower, wo es ein Insanity genanntes Fahrgeschäft gibt, eine Art Kettenkarussell, bei dem die Fahrgäste über die Seiten des Hotels hinausfliegen. Von der *Spitze* des Turms aus.« Ihre Stimme wurde höher, als sie den letzten Teil vorlas.

Katrina gab sich nicht einmal die Mühe, den Schauer zu verbergen, der sie bei dem Gedanken durchfuhr, im freien Raum zu schweben. »Das sind solche Adrenalinjunkies!«

»Wenn Clay irgendwas passiert, werde ich Mason eigenhändig umbringen«, sagte Samantha, und Katrina wusste, dass sie keinen Spaß machte. »Danach gehen sie zum Indoor Skydiving und anschließend essen.«

»Und was ist mit uns?«, fragte Tara.

»Ich werde auf gar keinen Fall etwas so Verrücktes tun«, sagte Samantha entschieden. »Falls ihr es vergessen habt, Clay nennt mich Cupcake, weil ich nur wenig Alkohol vertrage und einen schwachen Magen habe, auch ohne Alkohol.«

»Ich meinte, was wollen *wir* unternehmen«, stellte Tara lachend klar. »Wenn nackte Männer von der Karte gestrichen sind, wie verbringen wir dann den Rest des Abends?«

Samantha dachte ernsthaft über Taras Frage nach, und nach wenigen Minuten leuchtete ihr Gesicht vor Aufregung. »Ich weiß, was ich tun will! Letztes Wochenende habe ich auf Kabel den Film *Coyote Ugly* gesehen, in dem in einer Bar auf der Theke getanzt wird und es hoch hergeht. Das ist bestimmt lustig, und ich weiß, dass es hier in Vegas nicht weit vom Bellagio entfernt so eine Bar gibt. Was denkt ihr? Wollen wir hingehen?«

»Klingt gut«, sagte Tara mit einem enthusiastischen Nicken.

Katrina zuckte die Schultern, war mit allem einverstanden, was keine Geschwindigkeit oder Höhen mit einschloss. Es war sicher lustig, den Abend damit zu verbringen, sich ein paar Drinks zu genehmigen und zu tanzen, wenn auch nur mit den Mädchen. »Ich bin dabei.«

Nachdem sie ihr Abendprogramm festgelegt hatten, verließen die drei das Spa und gingen nach oben in ihre Suiten, um sich umzuziehen, Make-up aufzulegen und die Haare zu frisieren. Katrina, die sich an diesem Abend sexy fühlen wollte, entschied sich für eine enge schwarze Lederhose, die tief auf den Hüften saß, und ein dunkelviolettes Bustier, das die Tattoos an ihrem Arm zur Geltung brachte. Es wurde vorne fest zusammengeschnürt, lag eng an und formte ihre Brüste so, dass ein BH überflüssig war. Sie komplettierte den

Look mit einer Reihe von Silberarmreifen an ihrem nackten Arm und High Heels mit Riemchen.

Katrina steckte den Zimmerschlüssel und ihre Kreditkarte in die Vordertasche ihrer Hose, damit sie keine Handtasche mitnehmen musste, und anderthalb Stunden nachdem die drei in ihre Suiten gegangen waren, um sich fertig zu machen, trafen sie sich wieder. Sie aßen schnell etwas zu Abend und spazierten dann den kurzen Weg zum Hotel New York New York, in dem sich die Bar Coyote Ugly befand, was ihnen die Gelegenheit gab, den Trubel und die Energie auf dem Las Vegas Strip auf sich wirken zu lassen.

In der Bar, die genauso aussah wie in dem Filmklassiker, war es brechend voll. Aus einer Jukebox in der Ecke drang Musik aus den späten 1990ern, und es gab keine traditionellen Nischen oder Stühle, sondern nur Stehtische am Rand der Tanzfläche, auf der sich Männer und Frauen tummelten, die viel Spaß zu haben schienen. Andere weibliche Gäste tanzten auf der Theke, umzingelt von Männern, die sie anfeuerten.

Katrina ging zu einem der Stehtische voraus, damit sie einen Drink bestellen, die Situation einschätzen und beobachten konnten, was an der Hauptbar los war, bevor sie entschieden, was sie tun wollten. Tara und Samantha folgten ihr durch die Menge, und als sie einen leeren Tisch fanden, war Samantha gerade dabei, eine SMS zu schreiben. Ihrem Lächeln nach zu urteilen an Clay, wie Katrina annahm. Als eine Kellnerin kam, bestellte sie eine Runde Drinks.

Samantha schrieb ihre Nachricht zu Ende und ließ das Handy in ihre Crossbody Bag gleiten. Wenige Minuten später trafen ihre Drinks ein. Katrina hob ihr Shotglas und prostete ihren beiden Freundinnen zu.

»Auf unseren ersten offiziellen Mädchenabend, auch wenn es der Vorabend deiner Hochzeit ist«, sagte sie mit so lauter Stimme, dass sie den Lärm übertönte. »Ich finde, wir sollten das öfter tun, wenn wir wieder zu Hause sind. Nur wir drei. Ohne Männer.«

»Einverstanden«, sagten Samantha und Tara wie aus einem Mund.

Sie stießen mit ihren Shotgläsern an und leerten sie in einem Zug. Es war nicht genug Alkohol, um betrunken zu werden – Katrina wollte Clay auf keinen Fall erklären müssen, dass seine Braut an ihrem Hochzeitstag einen Kater hatte –, aber genug, um sie von innen zu wärmen und ihren Körper zu entspannen.

Tara wurde von einem gut aussehenden Typen zum Tanzen aufgefordert und folgte ihm mit einer kleinen Fingerbewegung in Richtung ihrer Freundinnen auf die Tanzfläche. Samantha und Katrina sahen eine Weile lang zu und tanzten bei dem Tisch an der hinteren Wand, an dem sie standen.

Nach einer Weile näherte sich ihnen ein anderer Typ. Er war groß und kräftig, ungeschliffen und sichtlich angetrunken. Als er nach Katrinas Hand griff, um sie wegzuziehen, ohne zu fragen, ob sie mit ihm tanzen wollte, entriss sie ihm ihren Arm und versuchte, ihm mit einem scharfen Blick zu vermitteln, dass sie keinerlei Interesse an ihm hatte.

Er kniff die Augen zusammen und musterte sie mit einem so anzüglichen Grinsen von oben bis unten, dass sich ihr der Magen umdrehte. Dann warf er sich in die Brust und ließ seinen Bizeps spielen, als wollte er so kompensieren, dass er gerade zurückgewiesen worden war. »Was ist los? Bin ich nicht gut genug für dich?«

Genau deswegen ging sie nicht in Bars. Verdammt, sie ging nur selten ins Kincaid's, wenn dort viel los war, denn sie hasste es, mit egoistischen Männern umgehen zu müssen, die sie als leichte Beute betrachteten. Statt den Typen noch weiter zu provozieren, schenkte sie ihm ein süßes Lächeln und sagte: »Ich tanze nicht mit Fremden.«

Es war eine lächerliche Aussage, wenn man bedachte, dass die meisten Leute genau das in Nachtclubs taten, doch der Versuch hatte sich gelohnt, denn er schaute sie völlig verwirrt an, als habe sie ihm gerade ein Rätsel aufgegeben. Schließlich schüttelte er den Kopf und ließ den Blick zu Samantha gleiten. Nie und nimmer würde Katrina es zulassen, dass er auch nur einen Schritt auf ihre Freundin zu machte.

»Sie tanzt auch nicht mit Fremden«, bemerkte sie, gerade als der Tölpel den Mund öffnete, um etwas zu sagen.

Er warf Katrina einen gereizten Blick zu, drehte sich um und ließ sie endlich in Ruhe.

Samantha lachte, und in ihren blauen Augen stand der Schalk geschrieben, als sie sich zu Katrina beugte. »Da wir nicht mit Fremden tanzen, wollen wir miteinander tanzen?«

Da Samantha mit keinem Typen in der Bar tanzen würde und Katrina wollte, dass sie Spaß hatte, nickte sie, und die beiden drängten sich ins Gewühl und legten zu »Losing My Religion« von R. E. M. los. Katrina tanzte unheimlich gern, auch wenn sie es nicht oft tat. Sie liebte die Sinnlichkeit ihrer

Bewegungen und die Art, wie der Rhythmus der Musik ihren Körper lebendig werden ließ.

Die beiden tanzten zu ein paar Songs, bis Katrina das Zeitgefühl verlor. Aber sie hatten Spaß, lachten und beobachteten, wie andere Paare Trend setzende Tanzschritte ausprobierten. Und Katrina beneidete die Frauen, die den Mut hatten, auf die Bar zu steigen und vor aller Augen zu tanzen.

Sie hatte keine Ahnung, wie viel Zeit vergangen war, doch als sie sah, dass Samanthas Blick zu jemandem hinter ihnen schweifte und sie völlig verliebt über das ganze Gesicht strahlte, überraschte es sie nicht, Clay zu sehen, der seine Verlobte in der Menge entdeckt hatte. *Herrgott noch mal, hatte Clay ihr einen Peilsender verpasst?*

Katrina beugte sich zu Samantha hinüber, um ihr direkt ins Ohr sprechen und sich trotz der Musik verständlich zu machen. »Was macht Clay denn hier?«

Als sie sich wieder aufrichtete, schaute Samantha sie verlegen und ein wenig zaghaft an. »Ich hab ihm gesagt, dass wir hier sind, und gefragt, ob er und die Jungs nicht herkommen wollen.«

Was hieß, dass auch Mason hier war. Echt super, dachte Katrina, die überhaupt nicht glücklich darüber war, dass ihr Mädelsabend nun vorbei war und *die Jungs* ihnen den Spaß verdarben. Andererseits konnte sie Samantha, die einfach nur mit ihrem Mann zusammen sein wollte, kaum böse sein, doch Katrina hatte einen Mason-freien Abend erwartet.

»Tut mir leid, dass ich mich dazwischendränge und meine wunderschöne Verlobte entführe«, sagte Clay, während er die Arme um Samantha schlang und sie an sich zog.

Das sündige Schimmern in seinen Augen verriet Katrina, dass es ihm kein bisschen leidtat, Zeit mit seiner zukünftigen Braut verbringen zu können, bevor sie zum Schlafen in getrennte Suiten gehen würden.

»Als ich Levi und Mason das letzte Mal gesehen habe, haben sie gerade Bier geholt und sind mit Tara zu einem der Tische gegangen«, fuhr Clay fort und deutete mit dem Kopf dorthin, wo die Mädchen zuvor gestanden hatten. »Ich bin mir sicher, dass Mason mit dir tanzen wird, wenn du ihn fragst.«

Oh, verdammt nein. Mit Mason zu tanzen hatte sie im Lauf der Jahre um jeden Preis vermieden, denn sie wusste, dass es die reinste Tortur sein würde, wenn sein straffer, muskulöser Körper sich an ihren drängte und sie spürte, wie seine Hüften langsam gegen ihre rieben und sie aufgeilten. Und zu mehr würde es nie kommen, weil Mason sich nicht auf die gleiche Weise zu ihr hingezogen fühlte wie sie zu ihm.

Sie ging zurück in den Bereich mit den Stehtischen und fand Levi und Tara an einem von ihnen. Beide tranken Bier. Von Mason natürlich keine Spur.

»Wo ist Mase?«, fragte sie und wusste, noch bevor sie es ausgesprochen hatte, dass es eine schlechte Idee war, diese Frage zu stellen, und dass ihr die Antwort nicht gefallen würde.

»Das tun, was er am besten kann«, sagte Levi in einem Ton, der bei Katrina keinerlei Zweifel daran ließ, was er meinte. *Rumhuren.*

»Er ist dort drüben an der Bar und versucht seinen Charme spielen zu lassen, damit das Mädchen sein Höschen fallen lässt«, fügte Tara unnötigerweise hinzu, während sie ihr langes, dunkles Haar über die Schulter schob. »Hoffentlich schleift er sie nicht mit zur Toilette und wird in Vegas verhaftet«, sagte sie mit einem Schnauben.

Schau nicht hin, schau nicht hin, schau nicht hin … du regst dich nur über etwas auf, was du nicht ändern kannst, warnte Katrinas Unterbewusstsein sie.

Doch wie ein Idiot blickte sie über die Schulter und *schaute hin.* Ihr Magen verkrampfte sich, noch bevor sie den Blick auf den einen Mann heftete, der viel zu viel Macht über ihre Emotionen hatte. Es war eine Szene, die sie schon so oft beobachtet hatte – der heiße, umwerfende, tätowierte Mason flirtete mit irgendeinem Mädchen, das ihm ins Auge gefallen war, und sein unglaublich erotisches Lächeln versprach die Art von Vergnügen, dem die meisten Frauen nicht widerstehen konnten. Nach der Art zu urteilen, wie das hübsche Mädchen die Hand auf seinen Arm legte und sich zu ihm hinüberlehnte, sodass ihre Körper sich leicht berührten, war er nahe daran, den Sack zuzumachen.

Schmerz und Wut führten in Katrina Krieg gegeneinander, wobei Letzteres ein Gefühl war, das zu empfinden sie kein Recht hatte. Sie wusste, dass Mason frei war zu tun, was er wollte, mit wem er wollte, doch am meisten ärgerte sie, dass es ihm gelungen war, ihr den Spaß zu verderben, den sie bis eben noch gehabt hatte. Er hatte ihre Party ruiniert, und sie nahm es ihm übel, dass er da war und sie zwang, dabei zuzusehen, wie er höchstwahrscheinlich die Bar mit einer anderen Frau verließ.

Katrina atmete tief aus und versuchte, den Schmerz in ihrer Brust zu lindern, doch die Anspannung blieb, vor allem, wenn sie daran dachte, dass er sie im Flieger als zickig bezeichnet und ihr vorgeworfen hatte, dass sie nicht fähig sei, sich locker zu machen und zu entspannen. Er hatte ihr sogar vorgeschlagen, sich irgendeinen Typen zu angeln und mit ihm Sex zu haben, und sie hatte in einem Moment der Frustration erwidert, dass sie das tun würde.

Sie erinnerte sich an seinen verdutzten Gesichtsausdruck und den Schock, dass sie tatsächlich zugestimmt hatte, etwas für sie so Untypisches zu tun. Sie hatte ihm diese schnippische Antwort gegeben, weil er sie provoziert hatte, doch jetzt überlegte sie ernsthaft, ob sie es nicht versuchen sollte, nur um zu sehen, was passierte und wie Mason reagierte.

Und verdammt, vielleicht hatte sie ja Glück heute Nacht.

Die Barkeeper des Coyote Ugly drängten die Frauen, auf der Theke zu tanzen, und Katrina erkannte, dass dies die perfekte Gelegenheit war, Mason zu zeigen, dass sie durchaus in der Lage war, loszulassen und sich *ohne ihn* zu amüsieren. Sie hatte es satt, an der Seitenlinie zu stehen und sehnsüchtig auf etwas zu warten, was nicht passieren würde, weil Mason ihre Gefühle nicht erwiderte.

Du kannst das, drängte die erotische Frau in ihr und stärkte ihren Mut und ihr Selbstvertrauen. *Steig auf diese Bar und biete Mason eine Show, die er nie vergessen wird!*

Und genau das würde sie tun, schwor sich Katrina, während sie auf die Treppe zusteuerte, die zu der Bar hochführte, gerade als Don Henleys »All She Wants To Do Is Dance« einsetzte.

KAPITEL 3

Während Mason noch versuchte, sich darüber klar zu werden, wie er sich auf nette Weise von der allzu offensiven Frau loseisen konnte, die scheinbar Ansprüche auf ihn angemeldet hatte, sobald er ins Coyote Ugly hereingekommen war, wurde er plötzlich durch laute Hochrufe, anerkennende männliche Pfiffe und Buhrufe abgelenkt.

Ein bisschen neugierig, was die Menge so in Aufregung versetzte, blickte er über die Schulter der Frau. Jeder Muskel in seinem Körper spannte sich an, als er *Katrina*, die heißer und verführerischer aussah als je zuvor, oben auf der Bar tanzen sah. Er hatte sie auch noch nie so … *ungehemmt* erlebt, schon gar nicht an einem öffentlichen Ort.

Was, zum Teufel?

Eine Mischung aus Schock und Ehrfurcht hielt Masons Blick gefangen, und sein Mund wurde trocken wie Staub, als er beobachtete, wie sinnlich sie sich im Takt der Musik bewegte. Sie ließ die schmalen Hüften mit geschmeidiger Anmut kreisen, und ihr prächtiges blondes Haar fiel ihr auf den Rücken hinab, während sie den Kopf neigte, die Arme über den Kopf hob und die Männer um sie herum mit Bauchtanzbewegungen zur Raserei brachte, die Mason fast an Ort und Stelle in die Knie gehen ließen.

Lust ließ sein Blut in einem Rausch fleischlichen Hungers wie flüssige Lava durch seine Adern fluten. Er konnte sich nicht bewegen. Konnte nicht atmen. Konnte nur diese kecke, schamlose, ungehemmte Frau anstarren, die er kaum als seine *beste Freundin* erkannte.

Wer war dieses Mädchen, das sich dort zur Schau stellte, und was hatte sie mit seinem ruhigen und reservierten Miezekätzchen gemacht?

Die enge Lederhose, die sie trug, schmiegte sich an ihre sexy Kurven und ihren perfekten Hintern – diesen knackigen Hintern, den sie jetzt präsentierte, als sie sich vorbeugte und mit einer Hand langsam und sinnlich liebkosend ihr Bein hochfuhr, während sie sich wieder aufrichtete. Als sie ihren verschleierten Blick hob, hätte Mason schwören können, dass sie ihn mit diesen dunklen, verführerischen Augen ansah. *Ihn* neckte. *Ihn* verspottete. *Ihn* mit etwas quälte, was er nicht haben konnte. *Fuck.*

Doch vielleicht spielte seine wilde Fantasie ihm einfach nur einen Streich, denn sie hatte ihm noch nie ein Anzeichen dafür gegeben, dass sie Sex mit ihm haben wollte. Außerdem konnte diese gewagte Aufführung auch ganz und gar einem anderen Mann gelten … warum fühlte sich sein Magen bei *diesem* Gedanken so an, als habe er gerade ein Dutzend brennende Kohlen verschluckt?

Sie ließ die Hüften weiter zu der Musik kreisen, und ihre faszinierenden Hände berührten flüchtig ihren Bauch, bevor sie ihre Brüste umfassten, die in einem Mieder steckten, das nur von ganz dünnen, vorne geschnürten Bändern zusammengehalten wurde. *So verdammt unanständig.* Sie öffnete die Lippen, und die Andeutung eines Lächelns umspielte ihren sündigen Mund.

Ein Mund, mit dem er plötzlich schmutzige, böse Dinge anstellen wollte. *Auf der Stelle.*

Weitere ausgelassene Hochrufe zogen die Aufmerksamkeit von noch mehr Männern auf Katrina. Ein Typ reichte ihr ein Shotglas, und sie nahm es und leerte es in einem Zug, warf dann einen trotzigen Blick in seine Richtung, bevor sie mit ihrem schmutzigen Tanz fortfuhr.

Herrgott noch mal, war sie betrunken? Das war das Einzige, was für Mason Sinn machte. Katrina suchte nicht nach Aufmerksamkeit, sie gehörte nicht zu den Frauen, die sich vor Männern zur Schau stellten. Andererseits war an ihrem Verhalten in letzter Zeit nichts vorhersagbar oder typisch gewesen, und diese kleine Rebellion war der Tropfen, der das Fass zum Überlaufen brachte. Es reichte ihm. *Heute Abend* würde er herausfinden, was, zum Teufel, mit ihr los war.

Bevor er sich einen Plan zurechtlegen konnte, wie er Katrina von dort weglotsen sollte, ohne einen Aufstand zu provozieren, machte einer der Typen an der Bar den gewaltigen Fehler, die Hand auszustrecken und sie zu berühren. Das Arschloch legte seine Hand um ihre Wade und ließ sie langsam nach oben gleiten, und Mason hatte das Gefühl, gleich auszurasten.

Er sah rot, als er von heißer, glühender Eifersucht gepackt wurde. Ungekannt tiefe Gefühle durchfluteten ihn, während er sich zwischen ihren Bewunderern hindurch einen Weg zur Bar bahnte. Er sagte sich, dass er sie als ihr Freund vor einem dieser Mistkerle schützen musste, die es ausnutzten, dass sie betrunken war, doch das erklärte nicht diesen Besitzanspruch, den er bei jedem Schritt auf sie zu empfand. Dieser Anspruch und das Adrenalin, das durch seinen Körper rauschte, machten ihn gereizt und schürten sein Verlangen nach einem Streit.

Da zu viele Leute dicht gedrängt um die Bar standen und es zu lange dauern würde, zu Katrina zu gelangen, steuerte er auf die Treppe zu, die direkt hoch zur Theke führte. Als Katrina ihn die Treppe hochsteigen sah, riss sie voller Panik die Augen auf, als würde ihr klar, dass sie ihn ein bisschen zu stark provoziert hatte. Unheil verheißend kniff er die Augen zusammen, vermittelte ihr seine Gedanken mit diesem einen Blick. *So ist es richtig, Miezekätzchen. Hab Angst. Hab große Angst, denn heute Abend werden wir endlich genau besprechen, was dein verdammtes Problem ist.*

Jetzt, wo Mason oben auf der Bar stand – *und ja, er wusste, dass Männer nicht dort sein durften, aber scheiß drauf* –, nahm die Zahl der Zuschauer noch zu. Köpfe drehten sich in ihre Richtung, gespannt auf die Szene, die sich gleich entfalten würde. Trotz des vielen Alkohols, den er intus hatte, war Mason fest entschlossen, seine Wut unter Kontrolle zu halten und Katrina auf nette, sanfte Weise von dort wegzulotsen.

Als er bei ihr war, legte er seine Finger locker um ihr Handgelenk, um sicherzustellen, dass sie ihm gehorchte. »Komm, Katrina, wir gehen.«

Sie entriss ihm ihre Hand und hob trotzig das Kinn. Ihr Gesicht war gerötet und ihre Augen sprühten Feuer. »Ich gehe *nirgendwo* mit dir hin.«

Okay … offensichtlich musste er zu Plan B greifen.

»Doch, das tust du«, sagte er bestimmt, nur allzu bewusst, dass aller Augen auf sie gerichtet waren. »Ich schlage vor, dass du freiwillig mitkommst, denn die Alternative wird dir nicht gefallen. Du hast die Wahl.«

Sie verschränkte die Arme vor der Brust, ein verwegenes Funkeln in den Augen, als sie ihn wütend anstarrte. »Du bist so ein Arschloch, Mase.«

Sie war eindeutig wütend auf ihn. Weil er ihr den Spaß verdarb? Oder aus einem anderen Grund? Das war das Problem in letzter Zeit – er hatte nicht den leisesten Schimmer, was er falsch gemacht hatte. Da sie bereits wütend war, konnte es nicht viel schlimmer werden, nahm er an.

Er seufzte. »Da du mich für ein Arschloch hältst, kann ich meinem Ruf ja auch gerecht werden.« Bevor sie erkannte, was er vorhatte, bückte er sich, schlang die Arme um die Rückseite ihrer Oberschenkel und warf sie sich über die Schulter.

Sie war schlank und leicht – er stemmte beim Bankdrücken mehr als ihr Gewicht –, und er hörte, wie sie vor Überraschung nach Luft rang.

Sie drehte und wand sich, während er zurück zur Treppe ging, wobei die Menge nun *ihn* anfeuerte.

Sie trommelte mit den Fäusten auf seinen Rücken. »Verdammt noch mal, Mason Kincaid, lass mich runter!«

Er hatte nicht vor, sie herunterzulassen, denn er wusste,

dass er sie dann nicht wieder zu fassen bekäme. »Tu ich nicht, Miezekätzchen, also entspann dich und genieß es.«

»Fick dich!«, brüllte sie.

Ungläubig schüttelte er den Kopf. Herrgott, seit wann war sie so ein verdammtes Teufelsweib geworden?

Als er das Ende der Treppe erreichte, begegnete er Clay, der ihn auf die für ihn typische tadelnde Art schräg anschaute, und Mason wusste, dass sein großer Bruder ganz ... na ja, ganz der große Bruder sein und eingreifen würde.

Bevor Clay etwas sagen konnte, setzte Mason an: »Wag es ja nicht, mich hiervon abzuhalten. Katrina und ich haben etwas Wichtiges zu besprechen, und wir werden es *heute Abend* tun.«

Überraschenderweise trat Clay zurück, nickte verständnisvoll und ließ ihn vorbei. Sie wussten alle, wie untypisch dieser Auftritt für Katrina war, und sein Bruder wusste auch, dass Mason sie nie körperlich verletzen würde.

Das nächste Hindernis, auf das Mason traf, war der große, bullige Türsteher, der die Arme vor der Brust verschränkt hatte und ihn nicht vorbeiließ.

»Geht sie freiwillig mit dir?«, fragte er barsch.

»Nein!«, brüllte Katrina, während sie versuchte, mit den Beinen zu strampeln, die Mason mit dem Unterarm nach unten drückte. »Er kidnappt mich!«

»Sie ist so eine hysterische Tussi.« Mason verdrehte die Augen. »Ehrlich gesagt, nein, sie geht nicht freiwillig mit mir mit«, fuhr er fort, denn schließlich hatte er sich Katrina über die Schulter geworfen, und sie knallte ihm Obszönitäten an den Kopf. Nichts an diesem Szenario oder an ihrem Verhalten hatte etwas *Freiwilliges.* »Aber sie hat eine Menge getrunken, und es wäre mir lieber, wenn sie mein und nicht Ihr Problem wäre.«

Der Türsteher rührte sich nicht vom Fleck, schien Zweifel zu haben. Offensichtlich nahm er seinen Job ernst, und obwohl Mason es zu schätzen wusste, dass er gründlich und vorsichtig war, musste er unbedingt an ihm vorbeikommen.

»Ich kann für ihn bürgen.« Levi kam auf die Tür zu, er überraschte Mason mit seiner Unterstützung. »Er ist mein Bruder, und ich bin Polizist«, sagte er und zeigte seine Dienstmarke vom Chicago Police Department, die er immer in seiner Brieftasche bei sich trug.

Der Türsteher überprüfte die Informationen, war dann aber überzeugt, dass Katrina bei Mason sicher war und rückte schließlich zur Seite, um sie durchzulassen.

»Danke, Mann«, sagte Mason zu seinem Bruder. »Ich schulde dir was.«

Levi schenkte ihm ein schiefes Lächeln. »Ja, das tust du.«

Hinter Mason stützte sich Katrina auf ihre Hände, damit sie Levi, während sie die Bar verließen, ansehen beziehungsweise wütend anstarren konnte, wie Mason vermutete.

»Du bist ein verdammter Verräter, Levi!«, brüllte sie ihm zu.

Mason hörte, dass sein Bruder kicherte, bevor er sagte: »Wir sehen uns dann irgendwann morgen.«

Sobald sie draußen auf dem Gehweg waren, der zum Hotel führte, begann Katrina wieder zu fluchen und Mason mit den Fäusten zu bearbeiten. Sie zog die neugierigen Blicke von Fremden auf sich, doch Mason lächelte nur, nickte den

Passanten zu, als sei dies für sie beide völlig normal, und schlenderte weiter zum Bellagio.

»Ich kann gehen, du Wichser! Lass mich endlich runter«, verlangte sie, während sie ihn auf den Hintern schlug, ihn kniff und frustriert knurrte, als sie vor allem auf feste Muskeln traf.

»Nein. Und hör auf, so rumzuzappeln.« Als sie nicht gehorchte, revanchierte er sich und schlug sie so fest auf den Hintern, dass sie nach Luft schnappte und den Rücken wölbte. Seine Hand schmerzte von dem festen Schlag, was wohl bedeutete, dass sie seinen Handabdruck auf dem Hintern hatte – und mein Gott, die Vorstellung von diesem Besitzzeichen auf ihrer blassen Haut ließ seinen Schwanz steinhart werden.

Schließlich beruhigte sie sich. »Ich hasse dich«, sagte sie schmollend.

Da war keine Leidenschaft hinter ihren Worten, doch Mason wusste, dass sie ihn im Moment, aus welchem Grund auch immer, nicht sonderlich gernhatte. »Ich weiß, dass du das tust, Miezekätzchen. Ich weiß nur nicht, warum.«

»Ich hab's dir doch schon gesagt. Weil du ein Arschloch bist.«

Er ließ es dabei bewenden, und als sie schließlich das Bellagio erreichten, hing Katrina schlaff über seiner Schulter und war ungewöhnlich ruhig. Er nahm an, dass sie entweder eingeschlafen oder von dem Alkohol, den sie konsumiert hatte, ohnmächtig geworden war.

Doch da irrte er sich. Während der Fahrt in dem ruhigen leeren Aufzug machte sie schließlich den Mund auf.

»Würdest du mich *bitte* herunterlassen?«, fragte sie durch zusammengebissene Zähne, wobei ihm ihre klare Stimme verriet, dass sie die ganze Zeit wach gewesen war. »Du hast mich heute Abend genug gedemütigt.«

»Ich?«, fragte er ungläubig, während er in die Knie ging, sie auf den Boden setzte und ihr dann aufzustehen half. Sie standen sich jetzt direkt gegenüber, und er spürte, wie seine frühere Gereiztheit zurückkehrte. »Ich habe versucht, *dich* davon abzuhalten, dich selbst auf dieser Bar zu erniedrigen!«

Ihre Wirbelsäule versteifte sich, und sie durchbohrte ihn mit Blicken. »Es ging mir einfach gut, bis du gekommen bist und mir den Abend verdorben hast. Ich wollte oder brauchte deine Hilfe nicht.«

»Na, Pech gehabt«, schoss er zurück, während er die Hände in die Hüften stemmte und versuchte, den Blick nach oben gerichtet zu lassen, obwohl ihr bebender Brustkorb ihn in Versuchung führte, auf ihre perfekten Brüste zu starren, die in diesem Top so verführerisch zur Geltung kamen. »Das ist es, was beste Freunde tun, Katrina. Sie sorgen dafür, dass ihre betrunkenen Freunde sicher zurück ins Hotel kommen, statt mit irgendeinem Fremden mitzugehen.«

Fassungslos fiel ihr die Kinnlade herunter. »Ich kann nicht glauben, das aus deinem Mund zu hören. Du bist so ein verdammter Heuchler.«

Heuchler? Dachte sie das wirklich, wo er doch versuchte, ein guter Junge zu sein und das Richtige zu tun? Gott, er hatte sie noch nie so aggressiv, so wütend auf ihn erlebt. Natürlich hatten sie sich in den zwölf Jahren ihrer Freundschaft gestritten, doch ihre derzeitige Feindseligkeit schien das Ergebnis eines Grolls zu sein, den sie offenbar über Wochen oder sogar Monate gehegt hatte.

Bevor er sie auffordern konnte, ihm zu erklären, wieso sie ihn für einen Heuchler hielt, erreichte der Aufzug ihr Stockwerk. Sobald die Türen aufglitten, marschierte sie völlig verärgert in den Flur und steuerte auf ihre Suite zu. Er packte sie am Oberarm, bevor sie sich zu weit von ihm entfernen konnte, und so wie in der Bar gelang es ihr, sich aus seinem Griff zu befreien.

Sie wirbelte herum, um höchstwahrscheinlich etwas Grobes, Verletzendes zu sagen, und ihre Haare flogen um ihre Schultern. Und er tat das Einzige, was ihm einfiel, um sie daran zu hindern, ihm oder der Diskussion auszuweichen, die gleich folgen würde. Ob es ihr gefiel oder nicht.

Spontan schoss seine Hand vor, griff nach dem Bund ihrer Lederhose und zog Katrina so abrupt zu sich, dass sie auf ihren Absätzen stolperte und verdutzt Luft holte. Ihre Hände landeten auf seiner Brust, wodurch sie ihr Gleichgewicht wiederfand, doch sie versuchte sofort, sich wieder von ihm abzustoßen. Sie kam jedoch nicht weit, denn sein Griff war fest und unerbittlich, und er hatte nicht vor, sie gehen zu lassen.

»Was, zum Teufel, Mase?« Ihr Schock saß so tief wie seiner.

Als er in ihre weit aufgerissenen Augen starrte, die ein bisschen zu sehr leuchteten – vor *Verlangen,* wie er hätte schwören können –, war er sich nicht sicher, was sie so überrascht hatte – dass er ein wenig physische Kontrolle ausgeübt oder dass er vier lange Finger zwischen den Reißverschluss ihrer Hose und ihren Bauch gesteckt hatte. Verdammt, seine Knöchel berührten das weichste, seidigste Fleisch, das zu berühren sie je das Vergnügen gehabt hatten.

Er biss die Zähne zusammen. Herrgott, er hatte sprichwörtlich die Hand in ihrer Hose.

Das *Arschloch* in ihm wollte die Finger ein bisschen tiefer schieben, sie zwischen ihre Oberschenkel gleiten lassen und herausfinden, wie heiß und feucht und erregt sie war. Und noch tiefer, um zu spüren, wie eng und glatt sich ihre Muschi anfühlen würde, wenn er seinen Schwanz ganz tief in ihr vergrub.

Er fluchte leise und schüttelte entschlossen den Kopf, tat sein Bestes, um die unanständigen Bilder zu verdrängen, denn dies war weder die richtige Zeit noch der richtige Ort. Auch seinen erigierten Schwanz zu ignorieren, der gegen den Reißverschluss seiner Hose drückte, kostete ihn große Mühe, und er zwang sich, seine Gedanken wieder auf das Problem zu richten, das er zu lösen gedachte.

»Wir sind noch nicht fertig mit unserer Unterhaltung«, sagte er, während er auf sein Zimmer zusteuerte und sie am Bund ihrer Hose hinter sich herzog, gerade aggressiv genug, dass sie ihn nicht aufhalten konnte und gezwungen war, ihm zu folgen. »Du bist in den letzten Monaten so gereizt, und du wirst diesen Raum erst verlassen, wenn du mir gesagt hast, was los ist, warum du dich so irrational verhältst und warum du in letzter Zeit immer stocksauer auf mich zu sein scheinst.«

Als sie sein Zimmer erreichten, holte er mit der freien Hand seine Schlüsselkarte aus der Tasche und zog den Magnetstreifen durch. Das Schloss ging auf, er öffnete die Tür und zerrte Katrina in seine Suite. Sobald sie den Eingangsbereich verlassen hatten und in dem kleinen Wohnzimmer waren, ließ er sie schließlich los.

Schnell trat sie einen Schritt zurück und wirbelte zu ihm herum, um ihn anzusehen. Direkt neben der Couch brannte eine Lampe, und die Vorhänge vor den raumhohen Fenstern, die Sicht auf die glitzernden Lichter von Vegas boten, waren zurückgezogen. Das Zimmer war ein wenig dunkel, und er hätte sich mehr Licht gewünscht, doch das hatte im Moment keine Priorität. *Sie hatte Priorität*, und er weigerte sich, bei ihrem Starr-Wettbewerb als Erster den Blick abzuwenden und ihr eine Art Vorteil zu verschaffen.

Sie hob ganz leicht das Kinn. Wieder war ihr Gesichtsausdruck grimmig und wütend. Mit ihrer Lederhose, den violetten Haarspitzen und dem Arm voller Tattoos sah sie aus wie die taffe Braut, die zu sein sie die Außenwelt gern glauben ließ. Doch er erinnerte sich, dass sich hinter dieser widerspenstigen, trotzigen Schale das süßeste, verletzlichste Mädchen verbarg, das er kannte, auch wenn sie im Moment ein Hitzkopf war. Sie hatte eine höllische Kindheit überlebt, hatte tiefen Seelenschmerz ertragen, von dem die meisten Menschen so verdreht und kaputt gewesen wären, wie er es war.

Doch nicht sein Miezekätzchen. Sie war immer sein Rettungsanker gewesen, der eine Mensch, der ihn im Gleichgewicht hielt und erdete, wenn er das Gefühl hatte, dass sein Leben außer Kontrolle geriet. Sie hatte ihm mehr Male den Arsch gerettet, als er zählen konnte. Vielleicht war es jetzt an der Zeit, dass er sich revanchierte und versuchte, geduldig und verständnisvoll zu sein – zwei Dinge, die ihm zugegebenermaßen nie leichtgefallen waren.

Nur dass Katrina, ihren aufeinander gepressten Lippen, ihrer Gereiztheit und ihrer ruhelosen Energie nach zu urteilen, sein Mitgefühl scheinbar gar nicht wollte. Nein, sie sah aus, als sei sie zu einem unzivilisierten Streit mit ihm bereit.

Wenn es das war, was sie haben wollte, dann sollte sie die verbale Auseinandersetzung bekommen, mit der sie rechnete. Er wusste, wie er herumstochern musste und sie in Rage bringen konnte. Sie würde diesen Raum erst verlassen, wenn alles geklärt und die Luft zwischen ihnen wieder rein war.

Da sie nicht geneigt zu sein schien, als Erste den Mund aufzumachen, tat er es. »Warum hast du mich als einen Heuchler bezeichnet?«, fragte er, weil er wissen wollte, womit er sich diese wenig schmeichelhafte Bezeichnung verdient hatte.

»Einen *verdammten* Heuchler«, korrigierte sie ihn. »Weil du einer bist. Du bist so besorgt, dass ich mit irgendeinem Fremden mitgehe …«

»Weil du *getrunken* hast«, unterbrach er sie, obwohl er wusste, dass das nur die halbe Wahrheit war. Sie oben auf der Bar so biegsam und heiß und sexy tanzen zu sehen – etwas, was sie nie zuvor getan hatte –, während andere Männer nach ihr gierten, war die andere treibende Kraft für sein schnelles Handeln gewesen.

»Nur damit das klar ist, ich bin nicht betrunken. Nicht einmal annähernd«, sagte sie, während sie die Arme vor der Brust verschränkte – und ihn damit wieder in Versuchung führte, den Blick zu diesen prallen Brüsten wandern zu lassen, die sich unter ihrem Mieder abzeichneten.

Verdammt, er wollte das Mieder öffnen und diese herrlichen Titten befreien, damit er sie mit seinen Händen greifen und in den Mund nehmen konnte.

»Ich hab im Verlauf von zwei Stunden zwei Kurze getrunken«, fuhr sie fort, blind gegenüber seinen umherschweifenden Gedanken und seinem Blick. »Und wenn ich beschließe, auf eine Bar zu steigen, zu tanzen und mit dem Hintern zu wackeln, dann ist das meine Entscheidung, nicht deine. Und wenn ich beschließe, mit irgendeinem heißen Typen wegzugehen, mit dem ich mich um den Verstand ficken will – was ich in Erwägung gezogen habe, weil ich unter so vielen bereitwilligen Männern wählen konnte«, sagte sie in einem Ton, der ihn provozieren sollte, »dann ist auch das *meine* Entscheidung, denn ich bin eine erwachsene Frau.«

Oh ja, sie war heiß, und er versuchte noch immer, diese beunruhigende Vorstellung wegzustecken, dass sie mit einem Typen wegging, mit dem sie sich *um den Verstand ficken* wollte.

Etwas drehte ihm den Magen um, etwas Grünes wie Eifersucht, und es gefiel ihm nicht. Kein bisschen. »Ich will nur nicht, dass du etwas tust, was du später bereust.« Herrgott, wann war er so ein verdammter Lügner geworden? Und seit wann interessierte ihn ihr Sexleben und mit wem sie ins Bett ging?

»Oh, mein Gott«, stieß sie ungläubig hervor. »Warst du nicht derjenige, der mir während des Flugs hierher vorgehalten hat, ich wäre zu zickig und wüsste nicht, wie ich Spaß haben könnte? Und hast du nicht die Sprache darauf gebracht, dass es lange her ist, dass ich das letzte Mal Sex hatte, und mir vorgeschlagen, *Sin City* zu nutzen, mich nach einem One-Night-Stand umzusehen und in allen nur erdenklichen Stellungen zu ficken?«, übertrieb sie.

Frust und Ärger stiegen in ihm hoch, denn irgendwie verdrehte sie alles. Jetzt brachte sie *ihn* bewusst in Rage. »Das hab ich *nie* gesagt«, erwiderte er erregt, während er auf sie zuging.

»Wie auch immer.« Sie wedelte mit der Hand in der Luft herum. »Und ich weiß nicht, warum du dir solche Gedanken darüber machst, mit wem ich vögeln könnte oder nicht, wo du doch drauf und dran warst, mit der ersten Frau Sex zu haben, die dir im Coyote Ugly über den Weg gelaufen ist!«

Als er näher kam, sah er zwei unterschiedliche Emotionen über ihr Gesicht huschen – Verletztheit, schnell gefolgt von … *Eifersucht*? Wie war das möglich?

Sicher, dass er ihren Gesichtsausdruck falsch gedeutet hatte, sah er sie mit einem unnachgiebigen Blick an und redete sich auch noch ein paar andere Dinge von der Seele. »Ich weiß nicht, warum du in letzter Zeit so gereizt bist oder was dein Problem ist, aber ich bin es verdammt leid, ständig versuchen zu müssen, aus deinen Stimmungsschwankungen schlau zu werden.«

Empört holte sie Luft. »Willst du wissen, was mein Problem ist?«, sagte sie von plötzlicher Wut gepackt. »*Du* bist mein Problem, Mason.«

Sie wandte sich zum Gehen, doch er war schneller. Er packte ihren Arm, drückte sie gegen die Wand, bevor sie ihn wieder abschütteln konnte, platzierte die Hände zu beiden Seiten ihrer Schultern und presste die Hüften fest gegen ihre, damit sie nicht entwischen konnte, solange *er* nicht entschieden hatte, dass ihr Gespräch beendet war.

»Du kannst nicht einfach so etwas sagen und dann ohne eine Erklärung gehen«, sagte er mit leiser, rauer Stimme.

In ihren funkelnden, grünen Augen war deutlich die Botschaft zu lesen: *Scher dich zum Teufel!* Sie presste die Lippen aufeinander und strafte ihn mit Schweigen – etwas, von dem sie *wusste*, dass er es hasste.

Er war bereit zu warten, egal, wie lange es auch dauern mochte. »Ich habe die ganze verdammte Nacht Zeit, Katrina.«

Aus Sekunden wurden Minuten. Ihr Eigensinn und ihre Bockigkeit ließen nicht nach, und auch ihr Blick verlor nichts von seiner Hitzigkeit. Nach einer Weile versuchte sie, sich seitwärts zu bewegen, um ihm zu entkommen, doch dieses Manöver führte nur dazu, dass sich ihre Unterkörper berührten – dass der weiche Hügel ihres Geschlechts gegen den Reißverschluss seiner Jeans rieb.

Er wurde hart – so verdammt groß, dass er keine Chance hatte, seine Reaktion auf sie zu verbergen. Seine gewaltige Erektion konnte ihr auf keinen Fall entgehen, dennoch rührte er sich nicht von der Stelle, entschlossen, auf die Antwort zu warten, die sie ihm schuldete. Doch er hatte nicht erwartet, dass die sexuelle Spannung zwischen ihnen so zunehmen würde, dass er sich kaum erinnern konnte, *warum* er sie überhaupt hier gefangen hielt. Um seinen Standpunkt deutlich zu machen, ja, doch all seine Verärgerung löste sich nach und nach auf, als sein männlicher Instinkt und ein unleugbarer sexueller Hunger die Oberhand gewannen.

Verbotene Begierde und dunkle Lust wirbelten wie Rauch durch seine Adern, stellten seine Kontrolle auf die Probe und schwächten seinen Willen, dieser Frau und all den schmutzigen Dingen zu widerstehen, die er sich schon viel zu lange in seiner Fantasie ausgemalt hatte. Alles unterhalb seines Hosenbundes spannte sich an und pulsierte, als er ihr in die Augen starrte und in ihnen sein eigenes fleischliches Verlangen gespiegelt sah. Goldsprenkel glitzerten in ihren grünen Augen, und ihre vollen, verführerischen Lippen wurden weich und teilten sich, als würden sie ihn einladen herauszufinden, wie süß es in ihrem Mund war.

Er leckte sich die Lippen, sehnte sich so sehr danach, sie zu schmecken, dass es sich anfühlte, als würde er sterben, wenn er nicht die Chance bekam, sie zu kosten. Frauen zu küssen, *egal wo*, war etwas, was er nur selten tat, und er konnte sich ehrlich gesagt nicht mehr erinnern, wann er das letzte Mal einfach aus reinem Vergnügen eine Frau mit dem Mund hatte berühren *wollen*.

Für ihn war Sex immer etwas Schnelles und Unkompliziertes, etwas, bei dem es vor allem um die Bedürfnisse seines Körpers und dieses berauschende Hoch ging, das ihn auf dem Höhepunkt seines Orgasmus durchflutete. Diese körperliche Erlösung ermöglichte es ihm, den Schmerz und die Qualen zu vergessen, die immer direkt unter der Oberfläche lauerten und nur auf einen Moment der Schwäche warteten, um ihn zu verzehren und zu vernichten.

Als Folge war sein Sexualtrieb dunkel und dominant und

aggressiv. Er liebte es, Kontrolle auszuüben, und hatte nur Sex mit Frauen, die dasselbe wollten und es ihm freiwillig gaben, ohne irgendwelche Erwartungen. Frauen, die es ihm leicht machten, sie zu ficken und dann zu gehen, ohne emotional beteiligt zu sein.

Schon vor langer Zeit war ihm klar geworden, dass Vögeln für ihn die Droge der Wahl war, wenn er zwischen Rauschgift, Sex und Alkohol wählen konnte, um mit den selbstzerstörerischen Trieben fertigzuwerden, die ihn in die Tiefen einer noch schlimmeren Hölle hinabzuziehen drohten. Doch wie bei jedem High war die Erleichterung nur vorübergehend, und nur allzu oft empfand er anschließend Bedauern und Selbstverachtung. Es war ein Teufelskreis, dem er scheinbar nicht entkommen konnte.

Doch jetzt, in diesem Moment mit Katrina, ging es ihm nicht darum, etwas zu vergessen oder der Vergangenheit zu entfliehen. Nein, er wollte sich jeden einzelnen ihrer zitternden Atemzüge ins Gedächtnis einprägen, die Röte ihres Gesichts und die Art, wie ihre Pupillen sich vor Lust weiteten, je länger sie in dieser Stellung verharrten und sein Schwanz sich danach sehnte, in ihr zu sein. Er wollte sich erinnern, wie perfekt sich ihre weichen Kurven anfühlten, die gegen seinen harten Schwanz gepresst waren, wie ihre Brüste ob ihres zunehmend unregelmäßigen Atmens zitterten und sich hoben, während ihrer beider unleugbare gespannte Erwartung von Sekunde zu Sekunde zunahm. Er wollte das Gesicht in ihrem Nacken vergraben, ihren berauschenden weiblichen Duft einatmen und sich in ihrem süßen, sinnlichen Körper verlieren.

Nur dass seine Art, sie zu nehmen, nichts *Süßes* haben würde. Mit ihm war es nicht sanft oder langsam oder romantisch. Wenn er vögelte, war er grob und hart und fordernd. Katrina war das einzig Gute in seinem Leben, und er wollte sie nicht mit seinem perversen Bedürfnis besudeln, den Sex zu benutzen, *sie zu benutzen*, um die aus der Vergangenheit herrührenden, unter der Oberfläche brodelnden Gefühle zu lindern, die er unter Verschluss zu halten kämpfte, um niemandem wehzutun.

Vor allem nicht Katrina.

Doch während sie ihren Machtkampf fortsetzten – und obwohl sich Katrinas Körpersprache nach und nach veränderte –, konnte ein Teil von ihm nicht leugnen, wie sehr er diese Frau brauchte, wie stark er sich danach sehnte, auf ein Dutzend verschiedene Arten ein Teil von ihr zu sein, Arten, die so verdammt falsch waren, dass er ein Scheißkerl war, auch nur daran zu denken.

Aber dann drang tief aus ihrer Kehle ein leiser, erregter Laut, und seine Kontrolle geriet ins Wanken, als ein fiebriges Verlangen durch seine Adern surrte und sein Herzschlag immer lauter in seinen Ohren hallte. Die Intensität zwischen ihnen wurde greifbar, bis sie den Kopf wegdrehte und den Augenkontakt mit ihm abbrach.

Und er hasste es. Hasste es, dass sie versuchte, ihn auszuschließen und das Feuer, das zwischen ihnen schwelte, zu ignorieren. Er bewegte eine Hand, berührte mit den Fingern ihre Wange, während er mit dem Daumen über ihre üppige, feuchte Unterlippe fuhr.

»Schau mich an, Katrina«, forderte er sie leise auf. Es ging nicht länger um ihren Streit oder darum, ihr eine Erklärung zu entlocken. Nein, das hier war etwas völlig anderes, und er hatte keine Ahnung, wie er dieser verlockenden Versuchung widerstehen sollte.

Zu seiner großen Überraschung atmete sie so zitternd aus, dass ihre Brüste bebten, und gehorchte seinem Befehl. Ihre Blicke trafen sich, und er schaute in diese sanften, grünen Augen. Da wusste er, dass er geliefert war. Verloren. Diese wunderschönen Augen sahen in den tiefsten, dunkelsten Winkel seiner Seele. Das hatten sie schon immer getan, und in diesem Moment fühlte er sich so offen, so nackt und verletzlich.

Sie schluckte hart. Ihre Hände wanderten hoch zu seiner Brust und umklammerten leicht sein T-Shirt. Widerstreitende Gefühle flammten in ihren Augen auf, und er wusste, dass sie zu leugnen versuchte, was sie beide eindeutig wollten. Was sie beide *brauchten.*

»Mason …« Ihre Stimme klang erstickt und unsicher.

Er wollte keine Entschuldigungen hören. Wollte keinem von ihnen die Chance geben, das aufzuhalten, was gleich geschehen würde. Ohne an die Folgen zu denken, schob er mit dem Daumen ihr Kinn hoch, senkte seinen Mund auf ihren und nahm sich endlich, wonach er sich in den letzten zwölf Jahren gesehnt hatte.

KAPITEL 4

Als sich ihre Lippen berührten, schoss glühende Hitze direkt in Masons Schwanz – und das Wort *Freunde* galt nicht länger. Denn ein *Freund* würde nicht Besitz von dem heißen, süßen Mund dieser Frau ergreifen und sie so fest küssen, dass sie blaue Flecken bekam. Und ein *Freund* würde diese langen blonden Haarsträhnen nicht um seine Hand wickeln, um die Neigung ihres Munds unter seinem und die Tiefe des Kusses zu kontrollieren. Und, *Jesus Christus*, eine *Freundin* würde definitiv nicht die Hand an seinem Bauch hinabgleiten lassen, die Finger um seinen steifen Schwanz legen und ihn fest drücken.

In diesem Augenblick beschloss Mason, dass er, falls er in die Hölle kam, weil er Katrina berührt, ja, sie geschändet hatte, die Erinnerung an diese eine sengend heiße Begegnung mitnehmen würde, um immer wieder davon zu fantasieren.

Ihre Zungen fanden sich, kreisten wild umeinander, und mit einem leisen, urwüchsigen Knurren tief in seiner Kehle presste er seinen eisenharten Schwanz gegen Katrinas Handfläche. Er brannte darauf zu spüren, wie ihre Finger sein nacktes Fleisch umfassten und ihn streichelten, bis er in ihrer Hand kam.

Als sein Verlangen nach ihr wuchs, reichte es ihm nicht mehr, ihren Mund zu verführen. Er wollte mehr. Ein letztes Mal ließ er die Zunge langsam und gründlich durch ihren Mund gleiten, biss ihr dann so sexy und verführerisch auf die Unterlippe, dass sie nach Luft rang und sich gegen ihn drängte, beendete den Kuss und vergrub das Gesicht in der warmen Grube ihres Nackens.

Sie roch, wie Katrina es immer tat, verströmte einen leichten Duft nach Nelken und Gewürzen, der zu ihrer mutigen Persönlichkeit passte, ihn erregte und ihn jedes Mal, wenn er ihn einatmete, an Sex mit ihr denken ließ. Er schnüffelte an ihrer Haut, fuhr mit den Zähnen an ihrem Hals entlang, und mit einem sinnlichen Stöhnen legte sie den Kopf in den Nacken und gewährte ihm jeden Zugang, den er wollte.

Als der Mistkerl, der er war, nutzte er ihre Einladung aus. Er zog so lange an den Bändern, die ihr Mieder vorn zusammenhielten, bis es aufsprang, um es ihr dann herunterzureißen. Da sie keinen BH trug, waren ihre festen, vollen Brüste sofort seinem gierigen Blick ausgesetzt.

Er umfasste ihr pralles Fleisch, knetete ihre Brüste und kniff leicht in die festen Nippel, bis sie zu keuchen und sich erregt zu winden begann. *So verdammt heiß und empfänglich.* Er verschlang sie mit seinen Augen, und bei dem Gedanken daran, sie zu schmecken, lief ihm das Wasser im Mund zusammen. Der Teufel, der auf seiner Schulter saß, flüsterte ihm ins Ohr, *es zu tun*.

Er war bereits sehr weit gegangen, und obwohl er wusste, dass er diesem Irrsinn ein Ende setzen sollte, war es ihm unmöglich, Katrina zurückzuweisen, als sie die Hände in seinem Haar vergrub und seinen Mund an ihre herrlichen Titten führte. Er ließ die Zunge über ihren harten Nippel schnellen. Wieder drängte sie sich ungeniert gegen ihn, und er schob eins seiner Beine zwischen ihre Oberschenkel. Er knabberte an ihrer Brust, saugte sie dann tief in seinen Mund. Während sie noch weitere seiner Haare umklammerte, bis seine Kopfhaut brannte, wölbte sie schamlos den Rücken und ritt in dem Versuch, ihrem Orgasmus nachzujagen, den Oberschenkel, den er gegen ihr Geschlecht gepresst hatte.

Fuck, wenn sie nicht aufhörte, sich an ihm zu reiben, würde er in seiner verdammten Jeans kommen – etwas, was ihm seit der Highschool nicht mehr passiert war. Das Gefühl, das diese Reibung auslöste, war so überwältigend, so gut, dass sein schmerzender Schwanz sich verzweifelt danach sehnte, in sie einzudringen. So tief, dass sie nie vergessen würde, dass er in ihr gewesen war, *dass er sie besessen hatte*, wenn auch nur für kurze Zeit.

Er war egoistisch genug, um sich zu nehmen, was immer er bekommen konnte.

Er ließ ihren Nippel los, befreite sich, ihren Protestlaut ignorierend, von ihren Fingern in seinem Haar und drehte sie mit dem Gesicht zur Wand. Er nahm ihre Hände, legte sie flach dagegen und schob ihren Oberköper nach vorn, bis ihre nackten Brüste gegen die kühle Wand gepresst waren. In dieser Stellung war ihr Rücken gewölbt, und ihr köstlicher Hintern wurde ihm dargeboten wie eine Opfergabe.

Liebkosend fuhr er mit der Hand über ihre Wirbelsäule und das weiche Leder, das ihren perfekten Hintern bedeckte, und erwog, dem Drang nachzugeben, ein wenig seiner sexuellen Aggression auf die Weise abzubauen, die ihm am besten gefiel. Und wenn er ehrlich zu sich war, war er neugierig zu sehen, wie sie reagieren würde, wenn er ihr aus reinem Vergnügen den Hintern versohlte und nicht, um sie wie vorhin zurechtzuweisen.

Bevor er seine Meinung ändern konnte, ließ er seine Hand hinabsausen und auf eine ihrer Pobacken klatschen – so fest, dass die Hand schmerzte. Sie zog die Luft ein und stöhnte, lange und leise, ein Laut, der unverkennbar ihre Erregung verriet.

»Mason«, flüsterte sie, sein Name eine verführerische Bitte auf ihren Lippen.

Ein Grinsen umspielte seine Mundwinkel. Ihre Reaktion gefiel ihm und machte ihn noch heißer. »Ahhh, sieht so aus, als sei mein süßes Miezekätzchen ein schmutziges Mädchen, das gern unartig ist.«

Sie zitterte und seufzte und schockierte ihn total, als sie mit einem leisen, devoten Flüstern zugab: *»Ja.«*

Er hörte die verletzliche Ehrlichkeit in ihrer Stimme und hatte einen Moment lang das Gefühl, als sei alle Luft aus seiner Lunge entwichen. Es war, als habe sie gerade ein intimes Geheimnis mit ihm geteilt, etwas, das kein anderer Mann von ihr wusste. Warum nur weckte das in ihm Besitzansprüche? Er wollte nicht zu angestrengt über die Antwort nachdenken, sondern nutzte dieses Gefühl für das, was er als Nächstes mit ihr vorhatte.

Er trat so nah hinter sie, dass sein steinharter Schwanz gegen ihren nach oben gerichteten Hintern gepresst war, und legte ihr die Hände auf die Hüften. »Spreiz die Beine weiter«, befahl er ihr und stellte befriedigt fest, dass sie ihm sofort gehorchte.

Er ließ den Finger am Bund ihrer Hose entlanggleiten, ganz bis nach vorn, wo er den obersten Knopf öffnete und dann langsam den Reißverschluss herunterzog. Er steckte die Fingerspitzen unter den Spitzenbund ihres Schlüpfers, gerade weit genug, um sie zu reizen, ihr aber gleichzeitig die Möglichkeit zu geben, das zu verhindern, was gleich passieren würde.

Er hörte, dass ihr Atem schneller ging, spürte, wie ihre Bauchmuskeln erwartungsvoll gegen seine Handfläche flatterten. Er legte die Lippen an ihr Ohr, und seine Stimme klang barsch, als er ihr versprach: »Ich werde meine Hand zu deiner weichen, feuchten Muschi hinabgleiten lassen und dafür sorgen, dass du kommst.« Das Zittern, das bei seinen Worten ihren Körper durchfuhr, interpretierte er als Erlaubnis weiterzumachen.

Als seine langen Finger zwischen ihre gespreizten Oberschenkel tauchten und spürten, wie unglaublich *feucht* sie war, musste er ein wildes Knurren unterdrücken. Ihr Geschlecht war so geschwollen, so glitschig und heiß, dass er nur ein paarmal über ihren Kitzler streichen musste, um sie an den Rand des Orgasmus zu bringen … und sie dort zu halten. Sie schrie auf vor Verlangen, drückte die Hüften immer wieder gegen seine Hand, suchte verzweifelt nach Erlösung.

»Hör nicht auf«, bat sie ihn ohne Scham und keuchte laut. »Bitte, hör nicht auf.«

»Bist du bereit, für mich zu kommen?«, atmete er in ihren Nacken, während sich sein Schwanz voller Sehnsucht, dort zu sein, wo seine Finger waren, gegen ihren Hintern drängte. *Bald.*

»Ja.« Ihre Stimme klang heiser, wild. *»Ja.«*

Noch einmal liebkoste er ihren prallen Kitzler, und ihr gesamter Körper begann zu vibrieren. Ein leises, hilfloses Stöhnen entfuhr ihren Lippen, und Feuchtigkeit bedeckte seine Finger, als sie die Hüften verführerisch gegen seine Hand kreisen ließ und mit einem leisen, wimmernden Lustschrei kam.

Verdammt, es brachte ihn um. Das unerträgliche Verlangen, in sie einzudringen, brachte ihn um. Er sehnte sich danach zu spüren, wie ihre Muskeln sich um seinen Schwanz spannten, wenn sie das nächste Mal kam. *Ich muss sie jetzt haben*, dachte er, als er die Hand zwischen ihren Beinen hervorzog, schnell seine Jeans öffnete und sie die Oberschenkel hinabschob, bis sein pulsierender Schwanz befreit war. Er holte das Kondom hervor, das in seiner Vordertasche steckte – ja, er verließ das Haus nie ohne ein Kondom, Hurenbock, der er war –, und schob es mit zitternden Händen über seinen dicken, erigierten Schaft.

Sie hatte in derselben Stellung verharrt, die Hände gegen die Wand gestützt, und er schob ihre Lederhose und ihren Schlüpfer so weit herunter, dass er Zugang zu ihrer weichen, geschwollenen Muschi hatte. Er umfasste ihre Hüften und führte den empfindlichen Kopf seines Schwanzes zwischen ihre Beine, bis er die seidige Feuchtigkeit und den Eingang zu ihrem Körper erreichte. Begierig drängte sie sich gegen ihn, war so ungeduldig und hungrig nach ihm, dass ihm schwindlig wurde.

So sehr er sich auch danach sehnte, in sie hineinzustoßen und sie zu nehmen wie ein wildes Tier, sein Gewissen ließ ihn innehalten. Er musste zu hundert Prozent sicher sein, dass sie beide diese Lust, dieses Verlangen empfanden. *Dass sie wusste, was sie tat und mit wem.*

Er griff mit der Hand in ihr Haar, zog ihren Kopf so weit nach hinten, dass sein Mund direkt an ihrem Ohr war, und versuchte angestrengt, sein impulsives Bedürfnis nach Dominanz zu zügeln, obwohl er wusste, dass ihm das wahrscheinlich misslingen würde, weil der Wunsch zu dominieren seinem Wesen entsprach, ihn in seinem Innersten ausmachte.

»Sag mir, dass du es willst«, forderte er schroff. Er musste sie die Worte sagen hören.

»Ich will es«, flehte sie ihn an, während sie die Hüften hob, um so viel wie möglich von seinem Schwanz zu spüren. »Fick mich. *Bitte.*«

Er ließ seine freie Hand zu ihrer nackten Brust wandern und schnipste mit dem Finger gegen ihren steifen Nippel, was ihr ein Keuchen entlockte und ihren Körper beben ließ. Oh ja, es gefiel ihr. Sehr sogar.

»Wie möchtest du es, Miezkätzchen?«, fragte er mit rauer Stimme.

Sie öffnete leicht den Mund und schloss die Augen, als könnte sie sich so vor seinem durchdringenden Blick verstecken. »Ich brauche es hart«, murmelte sie. »Fest. Tief.«

Er lächelte an ihrer Wange. *Gott sei Dank,* denn schon an einem normalen Tag war er nicht fähig, es langsam und locker angehen zu lassen, und allein das Gefühl, wie die feuchten Falten ihrer Muschi über seinen geschwollenen Schwanz rieben, brachte ihn beinahe um den Verstand.

Er wartete nicht eine Sekunde länger, um sie beide zu befriedigen. Mit einem erbarmungslosen Stoß drang er in Katrina ein, so hart, dass sie sich auf die Zehen stellte, um ihm dabei entgegenzukommen, als er seinen Schaft weiter und tiefer in sie hineintrieb, bis er ganz in ihr vergraben war. Sie stöhnten beide vor Lust, während ihr verführerischer Körper ihn in sich hineinsaugte und ihre enge Muschi ihn umklammerte wie eine Faust, als er versuchte, ihn ein wenig hinauszuziehen, damit er wieder in sie hineinfahren und ihnen beiden die Reibung verschaffen konnte, nach der sie sich sehnten.

»Oh Gott«, keuchte sie, wimmerte und krallte sich an der Wand fest, als er ernsthaft in sie hineinzustoßen begann, ihn hinauszog und mit unglaublicher Präzision wieder in sie eindrang.

Sie fiel in seinen erbarmungslosen Rhythmus ein, hob ihm die Hüften entgegen, während er vorwärtsdrängte, vögelte sich schamlos auf seinem Schwanz und nahm sich, was sie brauchte. Es war das Geilste, Heißeste, was er je gesehen oder erlebt hatte.

Er vergrub die Hände in ihrem Haar, drehte ihren Kopf und bedeckte ihren Mund mit seinem, saugte all diese dekadenten Laute ein, die sie von sich gab, während er seine Zunge tief in sie hineingleiten ließ und sie so gründlich küsste, wie er sie vögelte. Lust pulsierte durch seine Adern, und eine vertraute Hitze durchströmte seinen Körper und verriet ihm, dass er seinem Höhepunkt nahe war. Das war normalerweise der Moment, in dem sein Verstand aussetzte und er sich nur noch darauf konzentrierte zu kommen, den Adrenalinrausch zu erleben, der mit dem Orgasmus einherging, und das High, das er anschließend empfand.

Doch das überwältigende Gefühl, so intim mit Katrina zusammen zu sein, sich auf eine Weise mit einem anderen Menschen verbunden zu fühlen, die über die körperliche Vereinigung hinausging, ließ sich nicht ausschalten. Es fühlte sich so verdammt gut und richtig an. *Als sei sie für ihn und niemand anderen gemacht.*

Er stöhnte und zitterte, während sein Mund sie weiter verschlang, obwohl sein Verstand sich gegen die Gedanken wehrte, die ihm durch den Kopf schossen. So sollte es eigentlich nicht sein. Er sollte sich nicht so verzweifelt, so wild fühlen, und er wusste, dass dieser unglaubliche Hunger sich von allem unterschied, was er je mit irgendeiner Frau empfunden hatte. Katrina zerstörte seine Selbstkontrolle, weckte in ihm dieses primitive rasende Verlangen, sie als sein Eigentum zu markieren und zu brandmarken, damit kein anderer Mann sie je wieder berührte.

Mir. Sie gehört verdammt noch mal mir.

Dieser letzte besitzergreifende Gedanke wie auch die Tatsache, dass Katrina seinen Namen gegen seine Lippen stöhnte, trieben ihn direkt an den Rand eines überwältigenden Orgasmus. Da er sich wünschte, dass sie gleichzeitig mit ihm kam – *etwas, was ihn normalerweise nicht im Geringsten inte-*

ressierte, ihm mit ihr aber wichtig war –, griff er zwischen ihre Beine und rieb ihren Kitzler, genau so, wie sie es brauchte.

Ihr Körper zitterte, als sie mit einem leisen Lustschrei kam und diese himmlische Muschi seinen Schwanz melkte, ihre Muskeln sich um ihn zusammenzogen, um ihn zuckten und seinen eigenen Orgasmus triggerten. Der gewaltige Höhepunkt erschütterte ihn und löste in ihm ein so unglaubliches Glücksgefühl aus, wie er es noch nie erlebt hatte, war so berauschend, dass ihm angesichts der Ekstase, die durch jeden Teil seines Körpers strömte, alles vor den Augen verschwamm. Völlig erschöpft ließ er sich mit einem satten Stöhnen gegen sie fallen und drängte sie mit seinem Gewicht gegen die Wand, während er schwer atmete und versuchte, die Orientierung wiederzufinden.

Nur dass das Erste, was ihm in den Kopf schoss, als er wieder klar denken konnte, war: *Was, zum Teufel, habe ich getan?*

Jede Spur von Lust, in der er gerade noch geschwelgt hatte, verpuffte und wurde durch ein mulmiges Gefühl im Magen ersetzt. Fuck. Er brauchte einen Moment, um sich zusammenzureißen und die Fassung wiederzugewinnen, damit er mit dem, was gerade geschehen war, umgehen konnte, auch wenn die sexuelle Ekstase beidseitig gewesen war.

Er löste sich sanft von Katrinas kleinerem Körper, doch sie rührte sich nicht von der Stelle, an der er sie gegen die Wand gedrückt hatte. Was kein gutes Zeichen war. *Fuck, fuck, fuck.*

»Ich bin gleich wieder da«, murmelte er und flüchtete sich ins Badezimmer. Sicher würde auch sie einen Moment Zeit für sich brauchen.

Er entsorgte das Kondom, knöpfte sich die Jeans zu und

wusch sich die Hände. Er wagte es nicht, in den Spiegel zu schauen, wollte das Arschloch, das ihm daraus entgegenstarren würde, nicht sehen, denn er *wusste*, dass er trotz Katrinas Reaktion kein Recht gehabt hatte, sich mit ihr einzulassen. Doch er hatte es getan, weil er seinen verdammten Schwanz und das überwältigende Bedürfnis, endlich zu bekommen, wonach er sich seit Jahren sehnte, nicht hatte kontrollieren können.

Und das Schlimmste? In seiner Eile, sich in Katrinas Muschi zu vergraben, hatte er sie wie ein Tier von hinten genommen. Er hatte es verpasst, ihr in die Augen zu schauen und ihren Gesichtsausdruck zu beobachten, während sie auf seinem Schwanz kam. Und Herrgott, wann hatte irgendetwas von alldem ihm je etwas bedeutet? *Nie.*

Vielleicht hatte sie sich vorgestellt, dass es irgendwer war, der da ganz tief in ihr drin war, nur nicht er. Die Erkenntnis schmerzte ihn, vor allem wenn er an die Worte dachte, die sie in den Qualen der Leidenschaft zu ihm gesagt hatte.

Ich will es, hatte sie gesagt. Nicht, *ich will dich*. Sie hatte den Sex gewollt, aber nicht unbedingt ihn. Ihre Antwort war ein ziemlich guter Hinweis darauf, dass er irgendein Fremder hätte sein können, mit dem sie rummachte, so wie er es ihr vor ihrer Ankunft in Vegas geraten hatte. Dass sie sich flachlegen lassen solle, weil sie zu zickig sei.

Seine Hände zitterten, als er sich mit allen zehn Fingern durch die Haare fuhr. Er hasste die Schuldgefühle, die er empfand, und die Selbstverachtung, die ihm den Magen umdrehte. Es war eine Sache, mit Frauen zu vögeln, die dies aus denselben Gründen taten wie er und die er nicht täglich sehen musste, aber eine andere, seine beste Freundin auszunutzen, den einzigen Menschen in seinem Leben, der ihm neben seinen Brüdern alles bedeutete.

Herrgott, er war ein so egoistisches Arschloch und so verkorkst. Warum also sollte es in dieser Situation anders sein?

Da er wusste, dass er schon viel zu viel Zeit im Bad verbracht hatte, ging er zurück in den kleinen Wohnbereich der Suite und fand Katrina genau dort vor, wo er sie zurückgelassen hatte. Sie hatte ihre Lederhose wieder hochgezogen und zugeknöpft und ihr Mieder gerade wieder zugeschnürt. Ihre Haare fielen ihr wild auf die nackten Schultern. Sie schaute ihn nicht an, sodass es für Mason schwierig war, ihre Emotionen zu lesen, doch das hielt ihn nicht davon ab, die sanfte Röte wahrzunehmen, die er auf ihr Gesicht gezaubert hatte, und diese feuchten, geschwollenen Lippen, die er geküsst und deren Geschmack er noch immer im Mund hatte.

Die unbehagliche Spannung zwischen ihnen war beinahe greifbar. Er hatte schon unzählige One-Night-Stands gehabt, doch mit Katrina fühlte er sich total fehl am Platz. Er bemühte sich, die richtigen Worte zu finden, um es wieder in Ordnung zu bringen, wenn das denn überhaupt möglich war.

»Katrina, ich …«

Sie hob die Hand, unterbrach ihn, bevor er noch etwas sagen konnte, und begegnete seinem Blick. »Mach kein größeres Ding daraus, als es ist, Mason«, sagte sie, wobei ihr Ton so rätselhaft war wie ihr Gesichtsausdruck. »Es war nur Sex, und wir sind beide erwachsen und wussten genau, was wir taten.«

Er hatte alles vernommen, was sie gesagt hatte, doch sein Verstand verweilte noch immer bei dem *Es war nur Sex*. Diese Worte fühlten sich an wie ein Schlag – nicht für sein Ego oder seinen Stolz, sondern weil sie so gleichgültig zu sein schien, während er immer noch mit seinen Emotionen rang. *Und er ließ sich verdammt noch mal nicht auf Gefühle ein.*

Scheinbar blind gegenüber dem Aufruhr in seinem Inneren, fuhr sie fort: »Die Orgasmen waren toll und genau das, was ich gebraucht habe. Und vielleicht bin ich jetzt ja nicht mehr so zickig«, fügte sie mit einem gezwungenen Lächeln hinzu, bevor sie den kurzen Weg zur Tür ging, sie öffnete und sich anschickte zu gehen. »Bis morgen bei der Hochzeit.«

Dann war sie weg, und die Stille im Zimmer war ohrenbetäubend, ließ ihn vor Verwirrung und einem großen, fetten *Was, zum Teufel?* taumeln.

In den ruhigen Minuten, nachdem sie gegangen war, gelangte er zu einer erschreckenden Erkenntnis. *So fühlte es sich an, das Opfer eines schnellen und schmutzigen Ficks geworden zu sein.*

Und es gefiel ihm nicht. Absolut nicht.

Katrina wartete, bis sie in ihrer eigenen Suite war, bevor sie sich gegen die nächstbeste Wand sinken ließ und es sich erlaubte, wirklich zu verarbeiten, was sie gerade mit Mason erlebt hatte. Unglaublichen, atemberaubenden Sex, absolut. Doch sie wusste ohne jeden Zweifel, dass diese eine unvergessliche Erfahrung mit Mason, *ihrem besten Freund*, für immer die Art verändert hatte, wie sie Sex von nun an mit irgendeinem Mann bewerten würde.

Es war schon schwer genug, in Mason verliebt zu sein und zu wissen, dass er diese romantischen Gefühle nicht erwiderte, doch jetzt hatte sie auch noch erlebt, wie es war, diese außerordentliche Lust zu empfinden, nach der sie sich immer gesehnt hatte. Ängste und Befürchtungen hatten ihr immer im Weg gestanden, sich auf eine Beziehung einzulassen, in der sie die sexuelle Kontrolle einem Mann überließ. Deswegen hatte sie es immer vorgezogen, mit zuverlässigen, netten Typen auszugehen, die genauso zuverlässig, nett und konventionell im Schlafzimmer waren.

Mason zu vertrauen war jedoch ganz natürlich gewesen, weil er schon so lange ein Teil ihres Lebens war. Sie wusste, dass er nie die Grenze überschreiten und ihr körperlich wehtun würde. Sie brauchte nur *Stopp* zu sagen, und er würde dies ohne jeden Zweifel sofort tun; deswegen hatte sie ihn gebeten – *nein, angefleht* –, sie hart und tief und grob zu nehmen, eine Erinnerung, bei der sie errötete. Diese eine Begegnung mit Mason war bei Weitem die heißeste und befriedigendste sexuelle Erfahrung ihres Lebens.

Wirklich schade, dass es nicht wieder passieren würde. Denn sie wusste nicht nur, dass Mason sich nicht auf Wiederholungen einließ, sie hatte seine Panik, die Schuldgefühle und das Bedauern in seinem Blick gesehen, als er aus dem Bad gekommen war. Das Letzte, was sie gewollte hatte, war, dass er sich entschuldigte oder mit Ausreden für sein Verhalten kam. Deshalb hatte sie Mason für die Orgasmen gedankt und ihm versichert, dass sie voll und ganz in der Lage war, ihre Affäre als die lockere Begegnung zu betrachten, die sie gewesen war.

Ja, diese Lüge war unerträglich schmerzlich, aber notwendig gewesen, um ihr Herz und ihre Gefühle zu schützen. Als wäre das überhaupt möglich. Ihr Herz war bereits vergeben, jetzt mehr denn je. Und ihr Körper war für immer für jeden anderen Mann ruiniert.

Mit einem müden Seufzer stieß sie sich von der Wand ab und ging ins Bad. Sie hatte morgen einen langen Tag vor sich – Hochzeitsvorbereitungen mit den Mädchen und die Zeremonie am Nachmittag. Sie brauchte eine warme Dusche, um sich zu entspannen, und dann war es Zeit, ins Bett zu gehen und zu schlafen, damit sie auf den Fotos keine dunklen Ringe unter den Augen hatte. Das Letzte, was sie brauchte, war, dass ihre Freunde sie fragten, was los sei. Es war schon schlimm genug, dass sie mit einer Erklärung dafür aufwarten musste, was passiert war, nachdem Mason sie wie ein Höhlenmensch über der Schulter aus der Bar getragen hatte.

Nachdem sie ihre Kleidung abgestreift hatte, stieg sie in die Dusche und stellte sich unter den Wasserstrahl, ließ ihn ihre Haare durchnässen und auf ihren Rücken trommeln. Sie schloss die Augen und fuhr mit der Hand den Arm mit den Schmetterlingstattoos entlang. Gedankenverloren zeichneten ihre Finger die vielen Narben nach, die diese Tattoos verdeckten, alte Wunden, die sie ständig daran erinnerten, warum sie sich eher von passiven Männern angezogen fühlte. Und warum sie mit ihren Sexualpartnern immer so vorsichtig gewesen war.

Ihre Kindheit war miserabel und emotional belastend gewesen, mit Eltern, die weder einander noch ihre Tochter wirklich geliebt hatten. Ihr Vater hatte die Scheidung eingereicht, als Katrina dreizehn gewesen war, und war mit der Frau weitergezogen, mit der er seit einigen Jahren eine Affäre gehabt hatte. Er hatte nie zurückgeschaut und auch nicht den Kontakt zu Katrina gehalten. Sie hatte sich damals sehr allein und verlassen gefühlt, vor allem, als ihre Mutter schon bald den erstbesten Mann geheiratet hatte, der Interesse an ihr zeigte – einen Automechaniker, in dessen Gegenwart Katrina sich vom ersten Moment an unwohl gefühlt hatte. Und sie hatte schnell gelernt, warum.

Während ihre Mutter als kaufmännische Angestellte in einem Gemischtwarenladen Spätschicht gehabt hatte, war Katrina alleine mit ihrem neuen Stiefvater gewesen, und es hatte nicht lange gedauert, bis Owen sein wahres Gesicht zeigte. Er war so groß, dass er bedrohlich wirkte, war auf vulgäre Art ausfällig und verursachte ihr mit seinen unanständigen sexuellen Anspielungen eine Gänsehaut. Sie war für ihre dreizehn Jahre frühreif gewesen, und er hatte ungeniert lüstern nach ihren Brüsten geschielt, die sich im Sommer bei über 30 Grad Hitze und Feuchtigkeit nur schwer verbergen ließen. Er streifte sie bewusst auf eine Weise, die *unabsichtlich* dazu führte, dass er sie auf unanständige Weise berührte – seine Worte, nicht ihre –, sodass sie sich immer in ihr Zimmer einschloss und rar machte, bis ihre Mutter nach Hause kam.

Die Angst, mit Owen allein zu sein, war irgendwann so groß geworden, dass sie ihrer Mutter gesagt hatte, was passierte, wenn sie mit ihm allein war. Sie hatte sich dem einen Menschen offenbart, dem sie, wie sie dachte, vertrauen konnte, der ihr glauben und der für ihre Sicherheit sorgen würde. Doch ihre Mutter war skeptisch gewesen, und als Carol Sands Owen *widerstrebend* nach seinem Verhalten gefragt hatte, hatte das Arschloch alles verdreht und Carol gesagt, Katrina sei diejenige, die sich an *ihn* ranmache. Ihre Mutter, die in Bezug auf Männer immer unsicher gewesen war, hatte sich entschieden, Owen zu glauben, und stattdessen Katrina bestraft.

Katrina war am Boden zerstört gewesen, und selbst jetzt noch drehte sich ihr der Magen herum, wenn sie an Owens selbstgefälligen Gesichtsausdruck dachte und daran, dass ihre eigene Mutter ihr Schicksal besiegelt hatte.

An einem Abend wenige Wochen später hatte Owen getrunken, und als Katrina leise in die Küche gegangen war, um etwas zu essen, war er hinter ihr aufgetaucht und hatte sie gegen die Anrichte gedrückt. Da waren all ihre Ängste entsetzliche Realität geworden. Im nächsten Moment hatte er eine Hand fest auf ihre Brust gelegt und die andere zwischen ihre Beine geschoben, während er sie als Hure, Schlampe und Flittchen beschimpft und darüber informiert hatte, dass *sie hierum gebeten habe.*

Katrina erschauerte bei dem Gedanken an diesen grauenhaften Abend und verschränkte instinktiv die Arme vor der Brust, während der Wasserstrahl über ihre Schultern und den Rest ihres Körpers floss. Sie war mit beinahe vierzehn nicht sehr stark gewesen, doch da der Alkoholkonsum Owens Reflexe verlangsamt hatte, war es ihr gelungen, sich zu ihm umzudrehen. Als seine Hände nach dem Knopf ihrer Shorts griffen, hatte sie ihn, so fest sie konnte, mit dem Knie in die Leiste gestoßen, und er war vor Schmerz auf die Knie gesunken.

Katrina war nicht geblieben, um zu sehen, was als Nächstes passierte. Sie war aus der Haustür gestürzt und barfuß die Straße entlang zum Park gerannt – und dort geblieben, bis Owen am nächsten Morgen zur Arbeit gegangen war. Ihre Mutter hatte nicht einmal gewusst, dass sie die ganze Nacht nicht zu Hause gewesen war, und obwohl Katrina sich missbraucht und traumatisiert fühlte, hatte sie ihr nie etwas davon erzählt. Warum hätte sie das auch tun sollen? Sie glaubte ihr ja doch nicht!

Nach diesem Angriff hatte sie mit der Selbstverletzung begonnen. Wütend und mit einem tiefen Schmerz in ihrem Inneren hatte sie an ihrem linken Arm entlang geschnitten, von der Schulter bis zum Handgelenk – eine Reihe tiefer Schnittwunden, die für sie die einzige Möglichkeit darstellten, mit ihrem emotionalen Leid umzugehen. Der körperliche Schmerz, sich die Haut aufzuritzen und zu beobachten, wie die Wunde blutete, war eine befriedigende Ablenkung von den inneren Qualen gewesen. Es war ihr Weg gewesen, der Realität zu entfliehen und die Kontrolle darüber zu haben, *welche* Art von Schmerz sie fühlte, da sie nicht kontrollieren konnte, was vielleicht jenseits ihrer verschlossenen Schlafzimmertür geschehen würde. Nein, damals hatte sie ihr Handeln nicht verstanden, aber das tat sie heute.

Das waren die Narben, von denen Mason wusste, die, die sie sich zugefügt hatte, bevor eine Sportlehrerin an der Schule sie gesehen und für Katrina die Hilfe organsiert hatte, die sie brauchte, um ihren Destruktionstrieb unter Kontrolle zu bekommen. Die vielen Schnitte an ihrer linken Hüfte waren jedoch das Ergebnis eines anderen Angriffs, von dem Mason keine Ahnung hatte.

Sie hatte es nie über sich gebracht, ihm anzuvertrauen, dass einer seiner Freunde *sie vergewaltigt hatte*. Das Gefühl der Erniedrigung und der Scham war übermächtig gewesen, und sie hatte wieder begonnen, sich zu ritzen, um dem Schmerz zu entfliehen. Glücklicherweise hatte sie das Verhaltensmuster erkannt und sich erneut Hilfe gesucht, doch diese Narben erinnerten sie nun dauerhaft daran, warum sie sich vor einem gewissen Männertyp in Acht nahm.

Katrina hatte lange genug, verloren in ihren düsteren Gedanken, in der Dusche gestanden und das Wasser war inzwischen nur noch lauwarm. Da sie nicht länger über die deprimierende Vergangenheit nachdenken wollte, konzentrierte sie sich darauf, sich die Haare zu waschen, Conditioner hineinzugeben und ihren Körper sauber zu schrubben. Als sie schließlich aus der Dusche gestiegen war und sich abgetrocknet hatte, zog sie einen Schlüpfer und ihr Lieblingsschlafshirt an, das inzwischen abgetragen, aber immer noch weich und bequem war. Müde von der Reise, dem Aufenthalt im Spa und dem Sex mit Mason, kroch sie unter die Bettdecke, entschlossen, sich ordentlich auszuschlafen. Sie war definitiv erschöpft.

Sie ließ ihren müden Körper in die Matratze sinken, schloss die Augen und lenkte ihre Gedanken auf die morgige Hochzeit, sie würde dafür sorgen, dass es ein traumhafter

Tag für Samantha und Clay wurde. Was bedeutete, dass sie so tun musste, als sei zwischen ihr und Mason alles normal, als sei der beste Sex in ihrem Leben nie geschehen und als wären sie immer noch die besten Freunde.

Und das hieß, ein strahlendes Lächeln aufzusetzen, ihr Gefühlschaos zu verdrängen und Mason zu zeigen, dass sie in der Lage war, ihren One-Night-Stand zu vergessen. Genauso problemlos, wie er das konnte.

KAPITEL 5

»Wie lange wollen wir denn jetzt noch drum rumreden?«

Nachdem sie nun schon fast zwei Stunden in Samanthas Suite waren, zuerst gebruncht hatten und sich nun für die bevorstehende Zeremonie die Haare frisieren und das Make-up auflegen ließen, war Katrina nicht im Geringsten empört, als Tara schließlich auf die gestrige Konfrontation im Coyote Ugly zwischen ihr und Mason zu sprechen kam. Sie *war* allerdings überrascht, dass ihre forsche Freundin, die kein Blatt vor den Mund nahm, so lange gebraucht hatte, um etwas zu sagen.

Katrina vermutete, dass Tara sich aus Respekt vor Samantha zurückgehalten hatte und sicherstellen wollte, dass die zukünftige Braut in den ersten paar Stunden im Mittelpunkt stand. Doch jetzt, wo sie im Wohnzimmer der Suite im Halbkreis saßen und drei Coiffeurinnen an ihren eleganten Frisuren arbeiteten, war Tara offensichtlich so weit, auf Antworten zu drängen.

»Ich *brenne* darauf, zu erfahren, was passiert ist, nachdem ihr beide gegangen seid«, schaltete Samantha sich ein. »Ich kann nicht glauben, dass er dich wirklich über die Schulter geworfen und so dort rausgetragen hat.«

Beide Frauen schauten amüsiert drein, und Katrina versuchte, die Geschichte so unbedeutend wie möglich zu halten, ohne in die schmutzigen Details zu gehen und zu erzählen, welches Ende die Sache genommen hatte. »Er dachte, ich sei betrunken, und hat versucht, mich vor mir selbst zu retten.« Sie verdrehte die Augen, um ihre Aussage zu unterstreichen.

Tara kicherte, und ihre Augen funkelten vor Humor. »Levi und mir kam das anders vor. Mason sah aus, als wollte er unmissverständlich seinen Anspruch auf dich geltend machen, damit keiner von diesen anderen Typen, die um die Bar herumstanden, eine Chance hatte.«

»Das sehe ich auch so«, sagte Samantha, während ihre Stylistin begann, ihre losen Locken hinten im Nacken zu einer komplizierten Frisur zusammenzustecken. »Was denkst du, warum Clay sich eingemischt hat?«

»Weil sein Bruder ein Vollidiot ist?«, meinte Katrina sarkastisch, was ihrer eigenen Stylistin ein leises Lachen entlockte.

»So schlimm ist Mason nun auch wieder nicht«, verteidigte Samantha, die eindeutig eine Schwäche für Mason entwickelt hatte, ihren künftigen Schwager. »Ich glaube einfach, dass er sich stark von dir angezogen fühlt, obwohl ihr beide Freunde seid, und dass er frustriert ist, weil er etwas will, von dem er weiß, dass er es nicht berühren sollte. Aber er will auch nicht, dass jemand anderes dich berührt.«

Oh, Mason hatte sie gestern Abend zur Genüge *berührt*,

und das auf Arten, die ihr Gesicht glühen ließen, wenn sie nur daran dachte. Wie geschickt seine Finger gewesen waren, als sie in ihr Haar gegriffen hatten und zwischen ihre Oberschenkel geglitten waren …

»Oh mein Gott, du wirst ja *rot*«, rief Tara in fast schadenfrohem Ton. »Habt ihr beiden gestern Abend Sex gehabt?«

Zu ihrem Entsetzen färbten sich Katrinas Wangen sogar noch roter. »Nein!« Das Letzte, was sie wollte, war, dass alle von dem Stelldichein mit Mason erfuhren, denn es würde ja *nie* wieder passieren. Und sie wollte auf keinen Fall in die Schar seiner Eroberungen eingereiht werden, denn das würde ihre Freundschaft nur noch mehr belasten.

»Ich glaube, du protestierst zu heftig«, neckte Tara sie und traf damit genau den Punkt.

»Lass sie in Ruhe, Tara«, sagte Samantha behutsam mit einem sehr süßen, freundlichen und verständnisvollen Blick. »Was immer zwischen Katrina und Mason passiert ist, geht uns nichts an, es sei denn, sie möchte es uns erzählen.«

Katrina lächelte Samantha an, dankbar, dass sie so gut erzogen war, ihr Unbehagen erkannt hatte und sich so rücksichtsvoll verhielt. Samantha lebte zwar nicht mehr in der Villa ihrer Eltern und verbrachte auch nicht mehr viel Zeit mit ihnen in den Oberschichtkreisen, in denen sie aufgewachsen war, doch Clays zukünftige Braut hatte die höflichen Umgangsformen, die ihr in Fleisch und Blut übergegangen waren, nicht abgelegt. Was sie sehr liebenswert machte.

»Wie habt ihr euch eigentlich kennengelernt, Mason und du?«, fragte sie stattdessen und lenkte die Unterhaltung von den Aktivitäten des gestrigen Abends weg. »Clay hat mir erzählt, ihr seid seit dem ersten Highschool-Jahr Freunde.«

»Wir haben uns im ersten Highschool-Jahr kennengelernt«, erwiderte Katrina, die dieses Thema dem anderen vorzog. »Wir hatten keinen gemeinsamen Unterricht, und ich wusste nicht einmal, wer er war, bis er mir eines Tages zu Hilfe kam, als ich von der Schule nach Hause ging und drei ältere Jungen anfingen, mich zu schikanieren.«

Samantha machte große Augen. »Was ist passiert?«

Sich an diesen Tag zu erinnern fiel Katrina nicht schwer, obwohl er mehr als zwölf Jahre zurücklag. Es war die zweite Schulwoche gewesen, die Temperaturen lagen weit über 30 Grad, und sie hatte eine Reißverschlussjacke getragen, um die Schnitte zu verbergen, die sie sich kürzlich am Arm zugefügt hatte. Einige waren vernarbt, andere noch frische Wunden, und sie war nicht sehr selbstbewusst gewesen, sodass sie immer etwas Langärmliges trug, egal wie das Wetter war. Sie hatte mit ihrer Mutter und Owen in einer Wohnung in einem nicht sehr guten Viertel mit mitleidlosen, gemeinen Kindern gewohnt, die nie eine Gelegenheit ausließen, jemanden zu quälen, den sie für schwächer hielten.

An jenem Nachmittag war sie in ihr Visier geraten. Sie war ein leichtes Ziel gewesen, denn nach der Schule war sie ganz allein nach Hause gegangen und hatte eine Abkürzung durch den Park genommen. Als die drei Jungen sich ihr näherten, sie einkreisten und begannen, grausame Bemerkungen zu machen, wie albern sie bei dieser Hitze in ihrer Jacke aussehe, hatte Katrina gewusst, dass das Ganze nicht gut enden würde. Als sie auf ihre bösen Sticheleien nicht reagierte, rissen sie ihr den Rucksack von der Schulter und warfen ihn auf den Boden, und während einer der Jungen ihre Arme hinter dem Rücken festhielt, öffneten die beiden anderen den Reißverschluss ihrer Jacke und zogen sie ihr aus.

Sie hatte darunter ein Tanktop getragen, doch Katrina zitterte, als sie daran dachte, wie entblößt und verletzlich sie sich gefühlt und welche Angst sie gehabt hatte. Vor allem, als der ältere Junge anfing, sie auf eine Weise anzusehen, wie sie es von ihrem Stiefvater kannte. Als der Junge auf sie zutrat, wurde die Übelkeit in ihrem Magen unerträglich und in ihren Augen brannten Tränen. Sie wollte weglaufen, konnte es jedoch nicht, weil die drei sie eingekreist hatten und ihr den Fluchtweg verstellten.

»Lasst sie in Ruhe«, hörte sie eine andere männliche Stimme brüllen.

Wütend starrte der Anführer der Gang jemanden über Katrinas Schulter an. »Wer, zum Teufel, bist du *denn?«*

»Ich werde dein schlimmster Albtraum sein!«, erwiderte der Junge selbstbewusst, als er schließlich in Katrinas Blickfeld trat. »Gib ihr die Jacke zurück.«

Der Widerling, der vor ihr stand, reckte streitlustig das Kinn vor. »Fick dich, Mann!«

Ihr Retter war groß gewachsen und schlaksig, und obwohl er jünger aussah als die anderen Typen, hatte er eindeutig keine Angst, als er auf den Widerling zutrat. Ohne zu zögern, schlug er ihn so fest ins Gesicht, dass der Junge rückwärts stolperte und auf dem Hintern landete.

Statt ihrem Freund zu Hilfe zu kommen, wichen die beiden

anderen Jungen sofort zurück, und derjenige, der ihre Jacke festhielt, ließ sie auf den Boden fallen, als habe sie plötzlich Feuer gefangen.

Der Junge, der noch immer auf dem Boden saß, fuhr sich mit der Hand an die Nase, aus der Blut spritzte. Schockiert riss er die Augen auf. »Verdammt, ich glaube, du hast mir die Nase gebrochen, du Arschloch!«

»Du hast Glück, dass nicht mehr passiert ist«, sagte ihr Retter frech. Sein ganzer Körper war angespannt, und er hatte die Hände noch immer zu Fäusten geballt, als er die Augen zusammenkniff. »Betrachte es als freundliche Warnung, sie in Ruhe zu lassen. Wenn einer von euch auch nur noch einmal in ihre Richtung schaut, geschweige denn sie anfasst, werde ich euch die Kniescheiben brechen.«

Einer der anderen Jungen hob beschwichtigend die Hände und versuchte offensichtlich, sich von dem kaltschnäuzigen Verhalten seines Freundes zu distanzierenen. »Wir haben einfach nur rumgespielt, Mann.«

»Es ist mir scheißegal, war ihr getan habt«, fauchte er, wieder auf hundertachtzig. »Lasst. Sie. In Ruhe. Und jetzt verpisst euch, bevor ich meine Meinung ändere und meine Wut an euch allen dreien auslasse.«

Murrend und leise vor sich hin fluchend stand der Junge vom Boden auf und das Trio verschwand. Der Typ, der nun vor ihr stand, war nicht größer als die anderen Jungen, aber er war offensichtlich mit allen Wassern gewaschen und ließ sich von niemandem etwas gefallen. Die Tatsache, dass er nicht gezögert hatte, den Anführer des Trios zu schlagen, sprach Bände über seine aggressive Persönlichkeit und seine Scheiß-egal-Haltung.

Er hob ihre Jacke auf und drehte sich zu ihr um. Seine Gesichtszüge wurden ein wenig weicher. »Jungen, die Mädchen schikanieren, sind verdammte Arschlöcher«, sagte er und blickte sie besorgt an. »Niemand wird dir je wieder etwas antun. Dafür werde ich sorgen. Alles okay mit dir?«

Er raubte ihr den Atem und ihre Fähigkeit zu sprechen, und sie konnte nur mit einem zittrigen Nicken antworten. Er sah toll aus mit seinen dunklen, widerspenstigen Haaren und den blauesten Augen mit den längsten schwarzen Wimpern, die sie je gesehen hatte. Und seine Lippen … sie sahen so weich und voll aus, obwohl er ein Junge war. Sein Shirt war alt und voller Löcher, ebenso seine Jeans und seine Schuhe, was ihr verriet, dass auch er aus einer Familie kam, die nicht viel hatte.

Die Furchtlosigkeit, mit der er ihr zu Hilfe geeilt war, hatte sie verblüfft, vor allem, da noch nie jemand sie verteidigt hatte – nicht einmal ihre Mutter. Sein gutes Aussehen ließ ihr Herz höher schlagen. Doch es war die Vehemenz, mit der er gegen Typen vorging, die Mädchen schikanierten, die bewirkte, dass sie sich auf der Stelle über beide Ohren in ihn verliebte. Bis er den magischen Bann brach, indem er die Hand ausstreckte und mit einem warmen Finger sanft über die verschorften Schnitte an ihrem Arm fuhr.

»Was, zum Teufel, ist mit deinem Arm passiert?«, fragte er stirnrunzelnd.

Bei seiner Berührung zuckte sie instinktiv zurück. Eine tiefe Beschämung erfasste sie, dass er die grotesken Narben auf ihrer Haut gesehen hatte und jetzt wusste, wie entstellt und hässlich sie war. »Es ist nichts«, erwiderte sie knapp und wollte sich ihre Jacke schnappen.

Er hielt sie so, dass sie nicht an sie herankam, und zog die Stirn in Falten. »Es ist nicht nichts. *Wer hat dir das angetan?«, verlangte er zu wissen.*

Sie wusste nicht, warum, doch sie fühlte sich gezwungen, ihm zu antworten. »Ich … ich selbst.« Warum kümmerte ihn das überhaupt?

Er drängte nicht auf weitere Antworten. Nicht hier und nicht jetzt.

Stattdessen sagte er ganz ruhig: »Verstehe«, und sie wusste in diesem Moment, dass er ihren tiefen emotionalen Schmerz wirklich verstand, weil er ihn selbst kannte. »Vielleicht erzählst du mir eines Tages davon.«

Nach diesem Tag im Park hatte nie wieder jemand versucht, sie zu drangsalieren. In der Schule hatte sich die Kunde verbreitet, dass Mason Kincaid jeden fertigmachen würde, der es wagte, sie zu belästigen. Sie hatten viel Zeit miteinander verbracht und er war ihr bester Freund geworden. Ihr Beschützer. *Der* Mann in ihrem Leben, dem sie bedingungslos vertraute und der Dinge von ihr wusste, die sie nie jemand anderem anvertraut hatte.

Und ja, sie hatte ihm schließlich von ihrem Stiefvater erzählt und er ihr von seiner eigenen entsetzlichen Familiensituation. Dass seine Mutter eine drogenabhängige Prostituierte war und gerade im Gefängnis saß und dass er von einem der Freunde ihrer Mutter missbraucht worden war. Aber zumindest hatte er seine Brüder gehabt, und sie kümmerten sich alle umeinander. Sie hatte niemanden außer ihm.

Es entstand eine starke, unzerbrechliche Bindung zwischen ihnen, trotz Masons wilder, rebellischer Persönlichkeit und trotz der Tatsache, dass sie die letzten zwölf Jahre damit verbracht hatte, ihn mit anderen Frauen zu beobachten, während sie ihn aus der Ferne liebte …

Katrina merkte, dass ihre Gedanken abgeschweift waren – *hoffentlich nicht zu lange* – und dass Samantha noch immer auf die Antwort auf ihre Frage wartete, was an jenem Tag, an dem sie Mason kennengelernt hatte, geschehen war.

»Mason hat gesehen, wie ich von drei Jungen drangsaliert wurde, als ich allein war«, kürzte sie die Geschichte ab. »Und als einer der Jungen nicht zurückgewichen ist, hat Mason ihn so fest auf die Nase geboxt, dass er auf den Hintern gefallen ist. Seit diesem Tag war er so etwas wie mein Bodyguard, was mehr oder weniger dafür gesorgt hat, dass mich niemand mehr belästigte.«

Schockiert rang Samantha nach Luft. Dann begann sie zu lachen, sodass die Stylistin, die sie frisierte, einen Moment lang innehalten musste, bis ihr Kichern wieder verebbte. »Oh mein Gott, Mason war also tatsächlich ein Tyrann, als er jünger war! Clay hat mir erzählt, dass er schwierig war, und wir alle wissen, dass er noch immer ein leichtsinniger böser Junge ist. Ich kann nur ahnen, wie er als Teenager war.«

»Er war richtiggehend kriminell«, gab Katrina zu, während ihre Friseurin ihr Gesicht mit ein paar Haarsträhnen einrahmte und der Frisur dann mit Haarspray Halt gab. »Er hat getrunken, Pot geraucht, die Schule geschwänzt und so gut wie jeden ignoriert, der eine gewisse Autorität hatte, einschließlich Clay.«

»Das tut er immer noch.« Tara grinste amüsiert. »Ich meine, wer sonst würde damit davonkommen, dass er auf der Toilette der Bar eine Mieze vögelt?«

»Genau.« Katrina schüttelte den Kopf, als sie sich daran erinnerte, wie sehr Masons krasses Verhalten sie geärgert hatte. »Ehrlich, Clay hat sein Bestes gegeben, was Mason angeht, aber ich glaube einfach, dass Mason so viel Wut in sich hatte, dass seine extreme Aufsässigkeit seine Art war, diese Wut auszuagieren.«

Doch obwohl Mason wiederholt Clays Geduld auf die Probe gestellt und ständig Regeln gebrochen hatte, war ihr von Anfang an klar gewesen, dass Mason ein großes Herz hatte, auch wenn er das selbst nicht glaubte. Sie hatte seine fürsorgliche Seite nicht nur an jenem Tag erlebt, an dem er sie im Park vor diesen Rüpeln gerettet hatte, sondern auch im Laufe der Jahre, in denen er ein so verlässlicher Freund geworden war.

Während dieser Jahre und während ihrer Therapie wegen ihrer eigenen emotionalen Probleme war Katrina bewusst geworden, dass Mason das Verhalten seiner Mutter und die Tatsache, dass sie ihre Kinder völlig vernachlässigt und dann verlassen hatte, tiefer getroffen hatte, als er je zugeben würde.

Hinzu kam, dass keiner der Brüder Kincaid wusste, wer ihr Erzeuger war, und dass es nie eine Vaterfigur in ihrem Leben gegeben hatte, der sie hätten vertrauen können. Katrina kannte Mason gut genug, um zu wissen, dass er sich unwürdig fühlte, von jemandem geliebt zu werden, und dass er deswegen ständig irgendwelchen Scheiß machte, um die Menschen um sich herum zu testen und zu sehen, ob er sie so weit gebracht hatte, dass auch sie ihn schließlich verließen.

Es war ein Muster, das auch zu seiner Haltung gegenüber Frauen beitrug, auf die er sich nie über einen One-Night-Stand hinaus einließ.

Und das würde Katrina wohl nie ändern können. Er gehörte nicht zu denen, die sich selbst analysierten oder ihr Verhalten änderten. Der Teil von ihm, der sich unwürdig fühlte, beherrschte jeden Impuls und jedes mögliche Bedürfnis, sich zu ändern. Nicht einmal Katrinas beständige Gegenwart, ihre unerschütterliche Unterstützung … oder Liebe – wenn Mason nur die Augen öffnen und sie sehen würde – würden ihn verändern.

»Clay hat erzählt, dass er einmal sogar ein Auto gestohlen hat«, sagte Samantha, völlig schockiert über das Verbrechen, das Mason in seiner Jugend begangen hatte.

»Ja, hat er«, erwiderte Katrina, während das Mädchen, das ihr die Haare frisiert hatte, begann, ihre Foundation aufzulegen. »Und dafür hat er auch einige Zeit im Jugendgefängnis eingesessen. Aber selbst das hat ihn nicht zur Vernunft gebracht.«

»Und was hat ihn dann zur Vernunft gebracht?«, fragte Tara neugierig.

»Wenige Monate nachdem er aus dem Jugendgefängnis entlassen worden war – er war damals siebzehn –, wurde er dabei erwischt, wie er Graffiti auf die Seitenwand eines Tattooladens gesprüht hat.« Katrina schloss die Augen, während das Mädchen ihr Lidschatten auftrug und einen Lidstrich zog. »Der Name des Besitzers war Joe, und statt gegen Mason Strafanzeige wegen Vandalismus und Zerstörung von Eigentum zu stellen, hat er mit Clay die Vereinbarung getroffen, dass Mason das Graffito mit Sandstrahl von der Wand entfernte und einen ganzen Monat lang in seinem Laden als Reinigungskraft arbeitete, was Mason hasste.«

Samantha lachte. »Das kann ich mir gut vorstellen.«

»Aber Mason hat immer eine künstlerische Ader gehabt, hat gern gezeichnet und war darin ein Naturtalent.« Katrina besaß noch alle Zeichnungen, die Mason für sie während ihrer Jahre an der Highschool gemacht hatte. Die meisten waren drollige, amüsante Skizzen, die ein Lächeln auf ihr Gesicht hatten zaubern sollen; sie liebte noch immer jede einzelne von ihnen.

Katrina erzählte weiter, während ihre Wimpern getuscht wurden. »In dem Monat, in dem er in dem Tattooladen gearbeitet hat, hat Joe ihm gesagt, dass er ihm ein paar Sachen übers Tätowieren beibringen und ihn Entwürfe für Kunden machen lassen würde, wenn er beweise, dass er sich aus Schwierigkeiten raushalten könne. Das war der Anreiz, den Mason gebraucht hatte, um sich auf etwas Lohnendes zu konzentrieren, und nachdem er sechs Monate lang für den Ladenbesitzer geschuftet hatte, ist ihm eine Lehrstelle angeboten worden. Jetzt hat er seinen eigenen Laden.«

»Wow, ich hatte keine Ahnung, wie es dazu gekommen ist«, sagte Tara bewundernd. »Clay muss wirklich stolz auf Mason sein.«

»Er ist auf beide Jungs stolz«, sagte Katrina, die schon so lange Teil des Lebens der Brüder Kincaid war. »Sie hatten alle eine schwere Kindheit und Jugend, und wenn Clay nicht für Mason und Levi da gewesen wäre, wer weiß, was aus ihnen geworden wäre. Clay war derjenige, der dafür gesorgt hat, dass sie als Familie zusammenblieben, statt getrennt in Pflege gegeben zu werden, nachdem ihre Mutter im Gefängnis gelandet war.«

»Und deswegen heirate ich diesen erstaunlichen Mann«, sagte Samantha mit einem verträumten Seufzer. »Weil er ein Herz aus Gold hat und es nichts gibt, was er für die Menschen, die er liebt, nicht tun würde. Ich habe wirklich großes Glück.«

Es klopfte an die Doppeltüren der Suite, und eine der Stylistinnen ging, um die Fotografin, Sara, hereinzulassen, die vor der Hochzeit einige Fotos von der Braut und ihren Trauzeuginnen machen wollte.

»Bist du bereit?«, fragte Sara Samantha. »Wir fangen mit den Aufnahmen im Ankleidezimmer an, die du haben wolltest, stecken dich dann in dein Brautkleid und machen Fotos von dir und deinen beiden Trauzeuginnen.«

Samantha strahlte vor Aufregung. »Gib mir noch zehn Minuten für mein Make-up, dann können wir loslegen.«

»Perfekt.« Sara lächelte. »Ich richte im Schlafzimmer schon mal alles her, und wir sehen uns dann dort.«

Katrina lächelte, als sie Samanthas glückseligen Gesichtsausdruck sah. Da sie wusste, dass ihr selbst wohl nie so ein Traummann vergönnt sein würde, würde sie dies einfach aus zweiter Hand erleben müssen.

Doch jetzt musste sie sich mental auf die Hochzeit und darauf vorbereiten, Mason zum ersten Mal seit letzter Nacht gegenüberzutreten und so zu tun, als sei alles wieder beim Alten, obwohl dies weit von der Wahrheit entfernt war.

KAPITEL 6

Mason konnte nicht aufhören, Katrina anzustarren, die langsam durch den Gang der kleinen Kapelle im Hotel Bellagio schritt und einfach umwerfend aussah. *Und was, zum Teufel, war das für ein leichtes, schwaches Flattern in seiner Magengrube?* Und als wäre diese Reaktion nicht schon seltsam genug, ließ sein Herzschlag, der sich beim Anblick von Katrina, die wie ein Engel auf ihn zuschwebte, immer mehr beschleunigte, ihn sich fragen, ob er vielleicht krank wurde. Obwohl ihm nicht übel war und er kein Fieber hatte.

Er atmete tief aus, was seinen Magen ein wenig beruhigte, doch sein Herz kooperierte nicht. Er hatte Katrina immer hübsch und attraktiv gefunden, aber so atemberaubend schön war sie noch nie gewesen. Ihr blondes Haar war zu einer raffinierten Frisur hochgesteckt, und ihr Make-up weich und dezent, einschließlich der blassrosa Farbe auf diesen Lippen, von denen er gestern Abend bei Weitem nicht genug bekommen hatte.

Das hellrosa Kleid, das sie trug, war trägerlos, und der weiche, fließende Stoff umspielte ihre Beine bei jedem Schritt, den sie auf den blumenbedeckten Bogengang zu machte. Perlen schmückten ihren Hals und ihre Ohren, und sie hielt einen kleinen Strauß blassrosa Rosen in den Händen. Sie sah anmutig und strahlend aus, und plötzlich fühlte er sich wie ein Teenager, der zum ersten Mal im Leben verknallt war.

Was, zum Teufel, war nur los? Es hatte im Lauf der Jahre viele Mädchen gegeben, die er gemocht hatte, doch er hatte sich nie in eins von ihnen verliebt, denn das schloss Emotionen und romantische Gefühle mit ein. *Und Emotionen und Romantik kamen für ihn nicht infrage.* Niemals.

Mason, der als einer der Trauzeugen seines Bruders zwischen Clay und Levi stand, trat von einem Fuß auf den anderen und nestelte am Kragen seines bis oben zugeknöpften Hemds herum. Vielleicht saß die Krawatte zu eng um seinen Hals und rief Wahnvorstellungen bei ihm hervor. Ja, er würde sich an diese Ausrede klammern, denn er weigerte sich, andere Gedanken im Zusammenhang mit seiner besten Freundin zuzulassen – auch wenn sie den heißesten Sex überhaupt gehabt hatten. Und mehr war es auch nicht gewesen, erinnerte er sich – eine leidenschaftliche, lustvolle Begegnung, zu der es gar nicht erst hätte kommen dürfen.

Aber es war nun mal passiert. Und jetzt konnte er nicht aufhören, an Katrinas ungehemmte Reaktion auf seinen Kuss, seine Berührungen zu denken und an die schamlose Art, wie sie darum gebeten hatte, sie hart und tief und grob zu nehmen, so wie er es mochte …

Sein Schwanz zuckte in seiner Anzughose, und da er wusste, dass Clay es nicht gutheißen würde, wenn er während der Zeremonie eine Erektion hatte, verdrängte er seine schmutzigen Gedanken und konzentrierte sich auf Tara, die als Nächste durch den Gang geschritten kam und ihren Platz neben Katrina einnahm, den Männern gegenüber.

Der traditionelle Hochzeitsmarsch setzte ein, und alle fünf schauten zum Ende der Kapelle, wo Samantha in den Doppeltüren erschien. Sie trug ein einfaches, aber elegantes Hochzeitskleid, das ihre Kurven betonte und ab dem Knie ausgestellt war. Auch ihr Haar war hochgesteckt, wobei weiche Strähnen ihr Gesicht einrahmten, und Mason hätte schwören können, dass er hörte, wie Clay scharf Luft holte – er konnte seinem Bruder dieses untypische Zeigen von Gefühlen nicht vorwerfen. Andererseits hatte Clay sich völlig verändert, seit er Samantha kannte – er war sanfter und geduldiger geworden und hatte keine Angst, eine weichere Seite von sich zu zeigen, wenn es um die Frau ging, die er liebte.

Die Blicke von Samantha und Clay trafen sich, und sie lächelte fast schüchtern, während sie über den mit Rosenblättern bestreuten Teppich auf die Hochzeitsgesellschaft zuzuschweben schien, die auf sie wartete. Ihre Augen funkelten vor Freude und Glück, und ihre Haut glühte, als sie schließlich unter dem Blumenbogen neben dem Mann stehen blieb, der gleich ihr Ehemann werden würde. Sie reichte Katrina den Strauß, und dann nahm Clay Samanthas Hände in seine, und der Geistliche begann mit der Zeremonie.

Mason schaute an Braut und Bräutigam vorbei zu Katrina, die das Paar mit einem weichen Gesichtsausdruck beobachtete. Es war ihm nicht entgangen, dass sie bis jetzt jeden Augenkontakt mit ihm vermieden hatte, und die Tatsache, dass sie ihn scheinbar ignorierte, *als habe es den gestrigen Abend nie gegeben*, ärgerte Mason über alle Maßen. Vor allem, weil er nicht aufhören konnte, an ihre Begegnung und an sie zu denken. Nicht als die beste Freundin, die sie seit Jahren war, sondern als die sinnliche Frau, die für ihn die perfekte Sexpartnerin gewesen war.

Da Katrina kein einziges Mal in seine Richtung geschaut hatte, richtete Mason seine Aufmerksamkeit wieder auf seinen Bruder und Samantha, die ihre Ehegelübde ablegten und die Ringe tauschten. Schließlich verkündete der Geistliche, dass sie nun Mr. und Mrs. Clay Kincaid waren, und Clay durfte die Braut küssen.

Sein Bruder tat dies mit einer überschwänglichen Geste. Er beugte sich über die frischgebackene Ehefrau in seinem Arm und besiegelte ihre Gelübde mit einem leidenschaftlichen Kuss, der die kleine Hochzeitsgesellschaft zum Lachen und Beifallklatschen brachte. Als er Samantha schließlich Luft holen ließ, grinste sie von einem Ohr bis zum anderen und errötete angesichts von Clays öffentlicher Zurschaustellung seiner Zuneigung – noch etwas, was neu für Clay war.

Braut und Bräutigam gingen als Erste den Gang hinunter zum Ausgang der Kapelle, und Mason trat vor und bot Katrina seinen Arm an. Sie schaute ihn mit einem Lächeln an, von dem er nicht wusste, ob es echt oder gezwungen war. Doch sie legte ihre Hand in seine Armbeuge und ließ sich von ihm nach draußen führen, während Levi dasselbe mit Tara tat. Sobald sie durch die Tür nach draußen geschritten waren, ließ Katrina ihn los, um Samantha und Clay noch einmal zu gratulieren.

Sie stießen alle mit einem Glas Champagner an, dann

wurden Fotos gemacht, was eine weitere Stunde in Anspruch nahm. Wann immer er neben Katrina stehen oder sie berühren musste, gab ihre Reaktion ihm keinen Hinweis auf ihre Gemütslage oder ihre Gefühle ihm gegenüber. Sie verhielt sich einfach … normal. Er hätte dankbar sein sollen, dass es, nach dem, was geschehen war, keine unangenehmen Spannungen zwischen ihnen gab, vor allem, da sie auch als Managerin von Inked für ihn arbeitete. Stattdessen war er zunehmend gereizt, weil er sich im Hinblick auf Katrina und ihre Freundschaft einfach nicht mehr normal *fühlte.*

Herrgott, er war so verdammt am Arsch, und er musste das Durcheinander in Ordnung bringen und wieder einen klaren Kopf bekommen. Es war nur zu hoffen, dass sein Schwanz seinem Beispiel folgte.

»Ich bin fertig mit den Fotos der Hochzeitsgesellschaft«, sagte Sara, die Fotografin, zu Masons großer Erleichterung. »Samantha und Clay, ich würde gern ein paar Fotos von euch beiden alleine machen.«

Braut und Bräutigam gingen für die Aufnahmen zurück in die Kapelle, und Mason beschloss, Katrina wegen des gestrigen Vorfalls direkt anzusprechen – und wegen der Tatsache, dass das Ganze nicht wirklich gut geendet hatte, obwohl man ihr das überhaupt nicht ansah. Wenn sie über alles offen redeten und mögliche bestehende Probleme lösten, konnte *er* die Sache vielleicht hinter sich lassen und zu der Überzeugung gelangen, dass sich zwischen ihnen nicht wirklich etwas verändert hatte. Er *brauchte* diese Bestätigung.

Katrina, Tara und Levi standen zusammen, plauderten und lachten, während sie auf Samantha und Clay warteten, und er ging zu ihnen, trat neben Katrina und berührte sie leicht am Arm, um ihre Aufmerksamkeit auf sich zu ziehen. Erschrocken – da er von hinten gekommen war – blickte sie ihn mit großen grünen Augen an und schien wie vor Angst gelähmt.

Vielleicht ist sie doch nicht so immun gegen mich, wie ich dachte. »Könnte ich einen Moment allein mit dir sprechen?«

Da er Katrina sehr gut kannte, entging ihm die Skepsis nicht, die kurz in ihrem Blick aufflammte, bevor sie sie schnell wegblinzelte. Ja, sie war ein Profi darin, ihre Gefühle zu verbergen, wenn sie es wollte.

»Klar«, sagte sie mit einem lässigen Achselzucken.

Sie folgte ihm durch den Flur, der zurück zum Hotel Bellagio und dem Casino führte. Als er sich sicher war, dass sie sich außer Hörweite befanden, blieb er stehen.

»Was ist los?«, fragte sie locker, wie der gute *Kumpel,* der sie immer gewesen war.

Dass sie wieder zur Ebene bester Freunde zurückkehrte, hätte ihn wirklich erleichtern sollen, doch er konnte den Ärger nicht verdrängen, der an die Oberfläche zu dringen versuchte. Er suchte in ihrem Gesichtsausdruck nach … *mehr*, doch ihre Gesichtszüge verrieten ihm rein gar nichts.

Erwartungsvoll sah sie ihn an, und er rieb sich mit der Hand den Nacken und kam sich plötzlich wie ein Idiot vor. »Ich will nur sichergehen … Ist alles okay zwischen uns?«

Überrascht hob sie die Augenbrauen. »Ja, alles bestens. Warum?«

Sie fragte tatsächlich, *warum*? Als würde sie sich nicht erinnern, wie tief er in ihrer Muschi vergraben gewesen war?

Er zwang sich, seinen zusammengepressten Kiefer zu entspannen. »Weil ich nach dem, was gestern Abend passiert ist, einfach sicherstellen will, dass zwischen uns alles in Ordnung ist.«

Sie streckte die Hand aus und tätschelte besänftigend seinen Brustkorb. »Natürlich ist alles in Ordnung«, sagte sie viel zu locker. »Du machst das doch ständig, Mason. Das mit dir und mir hatte nicht mehr zu bedeuten als deine anderen zufälligen Sexabenteuer.«

Das war Teil seines Problems, denn sie war für ihn kein Gelegenheitsfick gewesen, und er konnte nicht glauben, dass sie annahm, sie wäre für ihn genau das Gleiche wie diese zufälligen, gesichtslosen Frauen. Und nein, ihm entging die Ironie dieser Situation nicht, und das ärgerte ihn.

»Du hast mich zu nichts gezwungen, was ich nicht wollte«, versicherte sie ihm. »Der Sex war gut, wir haben beide bekommen, was wir wollten, also mach kein Drama draus.«

Er runzelte die Stirn und konnte die Worte, die aus seinem Mund purzelten, nicht zurückhalten. »Der Sex war *nur gut?*«

Sie zuckte die nackten Schultern. »Eine solide Sieben auf einer Skala von eins bis zehn, würde ich sagen.«

Was … durchschnittlich war. Er konnte nicht sagen, ob sie es ernst meinte oder ihn auf den Arm nehmen wollte, doch sein verdammter Stolz und sein Ego meldeten sich. »Hast du schon besseren gehabt?«

Sie lachte, genoss eindeutig seine Verärgerung. »Ich küsse nicht, um zu vergleichen.«

Er widerstand dem Drang, sie vor allen anderen hier und

jetzt zu küssen und dafür zu sorgen, dass sich die Art, wie er sich ihres Mundes bemächtigte, mit nichts *vergleichen* ließ. Stattdessen schob er die Hände in die Hosentaschen und wechselte das Thema.

»Übrigens siehst du wunderschön aus in diesem Kleid und mit den hochgesteckten Haaren.«

Sein Kompliment entlockte ihr ein weiches Lächeln. »Du siehst auch nicht schlecht aus in diesem schicken Anzug. Schwer zu glauben, dass sich unter all dieser Pracht ein tätowierter, böser Junge verbirgt.«

Er zog an dem unbequemen Kragen und der Krawatte. »Glaub mir, wenn es nicht um einen meiner Brüder ginge, würde ich das verdammte Ding nicht tragen. Ich kann es kaum abwarten, sie loszuwerden.«

Bevor Katrina noch etwas sagen konnte, kamen Samantha und Clay wieder Hand in Hand und glücklich lächelnd aus der Kapelle.

»Wer hat Lust, was zu essen?«, fragte Samantha, als sie alle in Richtung Hotel und Casino gingen.

»Ich hätte gern einen Burger«, sagte Mason.

Samantha lachte. »Wir haben im Picasso hier im Bellagio einen Tisch reserviert und tolles *französisches* Essen bestellt.«

Mason verzog das Gesicht. Er stand absolut nicht auf Schickimicki.

»Es ist unsere Hochzeit, Mase«, mischte Clay sich gutmütig ein. »Also jammer nicht herum und achte auf deine Manieren. Es ist ein feines Restaurant. Bring uns nicht in Verlegenheit, indem du deine Finger benutzt und mit offenem Mund kaust.«

Mason zeigte ihm den Stinkefinger, woraufhin sein Bruder kicherte. »Du magst jetzt zwar verheiratet sein, aber du bist immer noch eine Pfeife.«

»Aber jetzt ist er meine Pfeife«, sagte Samantha und riss dann schockiert die Augen auf. »Oh Gott. Ich kann nicht glauben, dass ich das laut ausgesprochen habe.«

Levi kicherte. »Nun ist es offiziell. Du bist erfolgreich korrumpiert worden. Willkommen in der Familie, Samantha.«

Als sie das Restaurant betraten, wurden sie zu einer eigens für sie reservierten Terrasse geführt, auf der man einen Tisch mit Leinentischdecke aufgestellt hatte, der ungehindert Sicht auf die Springbrunnen des Bellagio und das Wasserschauspiel bot, das jede Viertelstunde stattfand.

Mason liebte zwar einfache Kost, doch das Essen, das ihnen serviert wurde, war unglaublich köstlich. Sie nahmen dazu ein paar Drinks und genossen dort draußen auf dem offenen Patio ihre eigene kleine Feier.

Wann immer das Wasserschauspiel einsetzte, tanzten sie zu seiner Musik, wobei es Masons Aufmerksamkeit nicht entging, dass Katrina sich jedes Mal mit Levi zusammentat, sodass er mit Tara tanzte. Trotz Katrinas Versicherung, dass zwischen ihnen alles in Ordnung sei, zweifelte er nicht daran, dass sie bewusst Abstand hielt. Es ärgerte ihn sehr, doch er ließ sie gewähren. Für den Moment.

Nach dem Essen gingen sie, noch immer in ihrem Hochzeitsstaat, ins Casino, um ein bisschen zu spielen und Spaß zu haben. Ein paar Stunden später verkündete Clay schließlich, dass er mit seiner Braut Besseres zu tun habe, als die Nacht mit Glücksspielen zu verbringen, und dass sie eine

Ehe zu vollziehen hätten. Samantha wurde rot, hielt Clay jedoch nicht davon ab, sie – mitsamt Hochzeitskleid und allem – auf den Arm zu nehmen und durch das Casino zu den Aufzügen zu tragen, die zu ihrer Penthouse-Suite hochfuhren.

»Der Abend hat gerade erst angefangen«, sagte Tara, als Samantha und Clay gegangen waren. »Und es ist Samstagabend in *Vegas*. Was haltet ihr davon, wenn wir uns alle umziehen und uns den Nachtclub Hyde hier im Hotel ansehen?«

Levi zuckte die Schultern, er war wie immer ganz unkompliziert. »Klingt gut.«

»Klar«, sagte Mason, denn auch er war noch nicht bereit, für heute Schluss zu machen. »Ich bin dabei.«

Die drei blickten Katrina an, die entschuldigend lächelte.

»Ich bin nur ungern ein Spielverderber, aber ich denke, ich passe«, sagte sie, wobei sie Mason *noch immer* nicht ansah. »Es war ein langer Tag, und ich bin erschöpft.«

Mason konnte es sich gerade noch verkneifen, angesichts ihrer Ausrede die Augen zu verdrehen. Und er wusste, dass es genau das war – eine Ausrede, um nicht mehr Zeit mit ihm verbringen zu müssen. Okay. Sollte sie heute Abend doch ruhig allein in ihrem Zimmer hocken, er jedenfalls würde mit Levi und Tara in den Hyde gehen, und er würde Spaß haben. Verdammt, vielleicht musste er eine willige Frau finden, um seine Gedanken von Katrina abzulenken und den gestrigen Abend aus seinem Kopf auszuradieren, damit er endlich aufhörte, sich zwanghaft mit seiner besten Freundin zu beschäftigen.

Ja, *genau das* würde er tun, beschloss er.

Sie kehrten alle zurück in ihre Zimmer, um sich umzuziehen, mit Ausnahme von Katrina, die ihnen viel Spaß wünschte – und Mason war verdammt entschlossen, Spaß zu haben. Vierzig Minuten später ging Mason in schwarzen Jeans und einem schwarzen Shirt, das seine tätowierten Arme zur Schau stellte, Levi und Tara ins Hyde voran.

Der Club füllte sich langsam, und Mason brauchte sich nur kurz umzusehen, um zu wissen, dass er kein Problem haben würde, die Ablenkung zu finden, nach der er suchte. Die Frauen, die in den Nachtclub gekommen waren, um sich zu amüsieren, ließen sich leicht erkennen. Sie trugen enge Kleider, die kaum ihren Hintern bedeckten, und ihre Oberteile waren so weit ausgeschnitten, dass ihre unechten Titten beinahe herausfielen.

Diejenigen, die an ihm interessiert waren, musterten ihn unverhohlen, und in ihren Blicken stand eine offene Einladung. Sie streckten die Brust noch ein bisschen weiter raus und lächelten kokett. Sie leckten sich die Lippen, warfen das Haar nach hinten und suchten direkten Augenkontakt. Er kannte diese sexuellen Gesten und diese Körpersprache, spielte das Spiel schon seit so vielen Jahren, dass er ein verdammter Profi war.

Ja, das war genau das, was er brauchte, um Katrina und die letzte Nacht zu vergessen.

Er wandte sich an Levi und Tara, die nach einem Platz in der Lounge suchten, wo sie einen Drink nehmen wollten. »Wartet heute Abend nicht auf mich, Leute«, sagte Mason bedeutungsvoll. »Wer weiß, wo ich landen werde.«

Levi hob eine Augenbraue. »Oder mit wem?«

Mason zuckte die Schultern. »Du kennst mich zu gut.«

Dann sah er, dass Tara ihn mit unverkennbarer Verärgerung anschaute. »Warum siehst du mich so an?«, fragte er sie.

Sie schürzte die Lippen. »Ich hab nur gedacht, also, dass du und Katrina nach letzter Nacht, na ja, *du weißt schon …*«

Er legte die Hände auf die Hüften und neigte neugierig den Kopf. *»Du weißt schon?«*, wiederholte er, nicht sicher, welche Richtung diese Unterhaltung nehmen würde. Doch er wollte nichts sagen, solange er nicht wusste, was *du weißt schon* bedeutete.

»Sex hattet«, erklärte Tara.

»Hat Katrina das gesagt?«, fragte er und gab noch immer nichts preis.

Tara schüttelte den Kopf, sah ihn noch immer missbilligend an. »Nein, sie hat gesagt, es sei nichts passiert, aber ich hätte *schwören* können, dass was passiert ist.«

Katrina hatte also den Sex mit ihm verschwiegen. Sie hatte es nicht einmal ihrer guten Freundin gestanden, *weil sie beide wussten, dass es nicht wieder passieren würde.* Sie wollte es offensichtlich geheim halten und aus Respekt vor Katrina tat er dasselbe.

»Es ist auch nichts passiert«, bestätigte er ihre Behauptung.

»Okay«, lenkte Tara ein. »Viel Spaß dabei, deine Unschuld in Vegas zu verlieren.«

Mason grinste.

»Vergiss nicht, dass unser Flieger nach Hause morgen Mittag geht und dass wir vier uns um zehn im Foyer treffen.«

Levi dachte immer voraus, während Mason es vorzog, impulsiv zu handeln. Genau deswegen erinnerte Levi ihn auch an den nächsten Morgen.

»Keine Sorge, ich werde da sein«, versicherte Mason ihm. »Und brecht nicht zu viele Regeln heute Nacht, ihr beiden«, sagte er trocken. Er wusste, dass sein Bruder, der Antialkoholiker war und sich stets streng an die Regeln hielt, es nicht wagen würde, irgendetwas zu tun, was im Widerspruch zu seiner puritanischen Persönlichkeit stand.

Während Levi und Tara in die Lounge gingen, schlenderte Mason durch den Nachtclub. Es gab keine spezielle Tanzfläche, sodass alle um die Nischen und Tische herum tanzten, und ein paarmal griff eine Frau nach seinem Arm, um ihn zum Mitmachen aufzufordern, doch er war nicht in der Stimmung zu tanzen.

Er bedachte sie mit seinem Böser-Junge-Grinsen, schüttelte jedoch den Kopf und hielt weiterhin Ausschau nach einer Frau, die ihn – und seinen Schwanz – interessierte. Normalerweise war das kein Problem für ihn. Doch heute Abend schien sein Schwanz wählerisch zu sein, und diese Erkenntnis verunsicherte ihn sehr.

Er blickte zur Bar hinüber. Eine kurvige Brünette in einem schulterfreien, kurzen schwarzen Kleid, das ihre Brüste betonte, saß auf einem Barhocker am anderen Ende, nippte an einem Cocktail und beobachtete ihn. Als sich ihre Blicke trafen, lächelte sie ihn an, klopfte auf den leeren Stuhl neben sich und winkte Mason zu sich.

Da er vermutete, dass ihm die Optionen ausgehen würden, weil er so verdammt wählerisch war, ging er zu ihr und ließ sich auf den Hocker gleiten. Sie stellte ihr leeres Glas auf die Bar. Ihre knallroten Lippen verzogen sich verführerisch, und in ihren Augen stand eine unmissverständliche Einladung, die genau zu dem führen würde, weshalb er hierhergekommen war.

»Spendierst du mir einen Drink?«, fragte sie mit sinnlicher Stimme, während sie mit dem Finger langsam und aufreizend über den Rand ihres Glases fuhr.

Zuerst ein Drink und das Austauschen von Höflichkeiten. »Klar«, sagte er freundlich. »Was möchtest du haben?«

»Einen Apple Martini.«

Mason winkte dem Barkeeper und gab ihre Bestellung auf. »Sie möchte einen Apple Martini und ich nehme einen Bulleit pur.«

Der Barkeeper entfernte sich, um ihnen die Drinks zu machen, und die Frau drehte sich auf ihrem Hocker zu Mason um und reckte ihm ihre Brüste entgegen. Ja, er zweifelte nicht daran, dass auch sie dies nicht zum ersten Mal tat. Perfekt.

»Besuchst du Vegas oder wohnst du hier?«, fragte sie, während sie ein schlankes Bein über das andere schlug.

»Ich bin aus Chicago«, erwiderte er und wünschte sich sehnlichst, sein Körper würde mit seinen Plänen, Sex zu haben, mitziehen, damit er es hinter sich bringen konnte. »Ich bin übers Wochenende zur Hochzeit meines Bruders hier.«

»Wie schön. Bist du mit jemandem hier im Club?«

Er nahm an, dass es ihr nicht um seinen Bruder und Tara ging, sondern darum, ob er eine Partnerin dabeihatte. Wieder kam ihm Katrina in den Sinn, und die überraschenden

Schuldgefühle, die er plötzlich verspürte, ließen ihn auf seinem Hocker hin und her rutschen. Es gab absolut keinen Grund, Reue zu verspüren, sagte er sich und versuchte, sich auf die Frau neben ihm zu konzentrieren.

»Nein«, erwiderte er. »Ich bin allein hier.«

»Ich auch«, sagte sie und leckte sich die Unterlippe.

Mason konnte nur an eines denken: an *Katrinas* Lippen und all die schmutzigen Dinge, die er noch mit diesem weichen, warmen Mund anstellen wollte. Er hatte gestern Abend bei Weitem nicht genug bekommen.

Der Barkeeper servierte die Drinks. Mason zog zwei Zwanzig-Dollar-Scheine aus seiner Brieftasche und reichte sie ihm. »Stimmt so.«

»Danke, Mann«, sagte der Barkeeper und wandte sich einem anderen Kunden zu.

Die Frau trank einen großzügigen Schluck von ihrem Martini und tat den ersten Schritt, indem sie Mason eine Hand auf den Oberschenkel legte. Normalerweise wäre sein Schwanz sofort munter geworden, und er wäre scharf darauf gewesen, in Gang zu kommen. Doch er verspürte nicht das geringste sexuelle Verlangen. Nada. Nichts. Wie, zum Teufel, sollte er das Erlebnis mit Katrina abschütteln, wenn sein Körper sich weigerte zu kooperieren?

»Du bist also ganz allein hier und ich auch«, sagte die Frau, während ihre Finger schamlos seinen Oberschenkel hochwanderten, bis ihre Hand seinen Schritt berührte. »Wie wär's, wenn wir austrinken und irgendwohin gehen, wo wir … ungestörter sind?«

Sie massierte gekonnt die Ausbuchtung unter dem Reißverschluss, und er wartete darauf, dass es geschah, dass sein Schwanz hart wurde und … nichts. Völlig frustriert schloss er die Augen und erinnerte sich sofort daran, wie Katrina ihn letzte Nacht durch seine Jeans umfasst, wie sie ihn gerieben und gedrückt hatte, bis er gedacht hatte, er würde in seiner Hose kommen.

Bei dieser erotischen Erinnerung begann sein Schwanz zu pochen und *endlich* hart zu werden, doch jetzt fühlten sich die Liebkosungen *dieser* Frau schmutzig und falsch an.

»Fuck«, fluchte er gereizt und schob die Hand der Frau, fester als beabsichtigt, weg.

Sie lehnte sich zurück, wirkte eher sauer als verletzt. »Herrgott, bist du schwul?«

Er hätte gelacht, wäre er nicht so genervt gewesen. »Nein, verdammt noch mal, ich bin nicht schwul.«

»Du brauchst nicht gleich einzuschnappen«, sagte sie verärgert. »Es gibt Pillen, die du nehmen kannst gegen dieses … Problem.«

Dieses Mal lachte er, leise und rau. Das Einzige, was ihn von seinem Problem befreien würde, war Katrina. Bis dahin machte sein Schwanz ihm einen Strich durch die Rechnung. Echt super.

Er kippte seinen Whisky herunter und sah die Frau entschuldigend an. Es war nicht ihre Schuld, dass sein Schwanz plötzlich in den Streik getreten war. »Es tut mir leid.« Er beschloss zu gehen, bevor er sich noch weiter blamierte.

Er hielt es nicht für nötig, Tara und Levi zu sagen, dass er ging; sie würden wahrscheinlich annehmen, dass er irgendwo steckte und Sex hatte, was ja auch der Fall gewesen wäre, wenn sein Schwanz nicht protestiert hätte. Voller Unbehagen und ruhelos ging er zurück ins Casino und ließ sich an einem der Blackjack-Tische nieder, an dem pro Spiel ein Mindesteinsatz von 100 Dollar verlangt wurde.

Nachdem er innerhalb von fünf Minuten fünfhundert Dollar verloren hatte, war er klug genug, aufzuhören … doch sein unleugbares Verlangen nach einer Frau, einer ganz bestimmten Frau, nach *Katrina*, ließ einfach nicht nach. Was ihm eine höllische Angst einjagte, denn dieses Verlangen machte ihn viel zu verletzlich, ja, gab ihm das Gefühl, nicht nur körperlich, sondern auch emotional die Kontrolle zu verlieren.

Er sehnte sich nach der Erlösung, die nur sie ihm verschaffen konnte, er brauchte sie dringend. Nach nur einem Mal war er ihr verfallen, und er musste unbedingt noch einmal Sex mit ihr haben, um sie aus sich herauszuficken, damit es ihnen nach ihrer Rückkehr nach Chicago möglich war, wieder beste Freunde zu sein – denn ein Freund war alles, was er je für sie sein konnte. Er war zu kaputt, und sie verdiente einen Mann, der sie voll und ganz lieben konnte.

Noch eine Nacht. Das war alles, was er brauchte, sagte er sich, als er auf die Hotellifts zusteuerte und wilde Vorfreude durch seine Adern flutete. Lust. Verlangen. Das war es, was er kannte. Was er verstand. Und wenn er erst einmal ein paar Stunden Zeit gehabt hatte, um Katrinas Körper jedes Quäntchen Lust abzuringen, würde er gehen können, und sie beide wären befriedigt und immer noch Freunde.

KAPITEL 7

Katrina hatte sich auf einem der weichen, bequemen Sessel im Wohnzimmer ihrer Suite zusammengerollt und versuchte zu lesen, um sich von den Gedanken abzulenken, was Mason gerade tat –oder vielmehr *mit wem* –, als es an ihre Tür klopfte.

Sie runzelte die Stirn. Sie erwartete keinen Zimmerservice, doch als es erneut klopfte, dieses Mal fester, legte sie ihren E-Book-Reader auf den Couchtisch und tapste auf bloßen Füßen zum Eingang. Schockiert zog sie die Luft ein, als sie durch den Spion schaute und Mason auf der anderen Seite stehen sah.

Sie konnte sich nicht vorstellen, was er hier wollte, hatte sie doch fest damit gerechnet, dass er inzwischen dabei wäre, sich mit einer anderen Frau zu vergnügen. Nachdem sie sich in der vergangenen Stunde mit allen möglichen schmutzigen Szenarien gequält hatte, war sie erleichtert, ihn zu sehen. Und da es wichtig oder ein Notfall sein konnte, öffnete sie die Tür, obwohl sie ein Trägerhemd ohne BH darunter und Pyjamashorts mit Tunnelzug trug.

Katrina fiel sofort auf, dass Mason angespannt wirkte – sowohl sein Körper als auch sein Gesichtsausdruck verrieten es ihr. Seine Haare waren völlig verwuschelt, als sei er sich wiederholt mit den Fingern hindurchgefahren, und er runzelte frustriert die Stirn.

»Ist alles okay?«, fragte sie ängstlich.

»Es geht allen gut, und es ist alles in Ordnung«, versicherte er ihr schnell, als wisse er, dass sie automatisch vom Schlimmsten ausgehen würde. Er atmete tief aus, und seine Anspannung schien ein wenig nachzulassen. »Darf ich reinkommen?«

Sie nickte. »Ja klar.«

Katrina trat zur Seite und ließ ihn vorbei, führte ihn jedoch bewusst nicht ins Wohnzimmer. Sie blieben im Eingangsbereich stehen, denn egal aus welchem Grund er auch hier sein mochte, wenn nichts passiert war, würde er sicher nicht lange bleiben. Dann dämmerte es ihr, dass er wahrscheinlich die Unterhaltung, die sie nach der Hochzeit gehabt hatten, noch einmal aufwärmen und sie *wieder* fragen wollte, ob alles mit ihr in Ordnung sei. Oje! Sie hatte absolut keine Lust, das noch einmal durchzugehen.

»Mason … ich bin wirklich nicht in der Stimmung zu reden«, sagte sie mit einem Seufzer.

Seine Augen verdunkelten sich, und sein Gesichtsausdruck wurde beinahe lüstern – ein Blick, der typisch für ihn war, wenn er sich auf eine Frau konzentrierte, die er haben wollte, nur dass er ihn jetzt auf *sie* richtete. Alles in Katrina reagierte automatisch auf diesen plötzlich raubtierhaften Blick. Ihr Herz raste, und ihr ganzer Körper prickelte.

Er blickte auf ihr Trägerhemd, das sich an ihre Brüste schmiegte, und sah, dass ihre Nippel sich hart gegen den Stoff drückten. Ein sündiges Lächeln umspielte seine Mundwinkel, als er wieder ihrem Blick begegnete. »Das ist gut, denn ich bin nicht hier, um zu reden.«

Er machte zwei langsame Schritte auf sie zu, und sie wich instinktiv zwei Schritte zurück – und rang nach Luft, als ihr Hintern gegen die Wand hinter ihr stieß. Ohne zu zögern, stützte er die Handflächen zu beiden Seiten ihres Kopfs gegen die Wand – so wie er es am Abend zuvor getan hatte, kurz bevor alles heiß und wild zwischen ihnen geworden war.

Verzweifelt versuchte sie, ihm nicht wie seine üblichen Eroberungen sofort nachzugeben. »Weswegen bist du dann hier?«

Er änderte seine Körperhaltung, berührte bewusst ihren Körper mit seinem, nur ganz leicht, um sie zu necken. »Ich bin hier, um zu sehen, ob du Lust auf ein paar weitere Orgasmen hast«, sagte er heiser.

Sie blinzelte ihn an und lachte dann leise – was half, jede noch verbliebene Spannung zwischen ihnen zu lösen. Und er hatte definitiv ihr Interesse geweckt. »Du bist so ein Süßholzraspler, Mase.«

Er zuckte die Schultern. »Warum soll ich um den heißen Brei herumreden, wenn ich doch weiß, dass wir es beide gestern Abend genossen haben?«

Das konnte sie nicht leugnen und dann kam ihr ein Gedanke. »Oh mein Gott, hat man dich im Hyde abblitzen lassen?«, fragte sie ungläubig.

In seinem Blick blitzte kurz Verärgerung auf, doch er hatte

sich sofort wieder im Griff. »Ich hatte Angebote, doch keins hat mir zugesagt.«

»Und ich sage dir zu?« Der Gedanke erregte sie, und ihr gesamter Körper fühlte sich warm und geschmeidig an.

»Lass es mich überprüfen.« In seiner Stimme schwang Humor mit, als er ihre Hand nahm und sie auf den Schritt seiner Jeans legte. Sein Blick brannte sich in ihren, während er ihre Finger um die Konturen seines Schafts legte und erschauerte.

»Fuck, ja, du sagst mir zu.« Erleichterung und Triumph huschten über sein schönes Gesicht, als sein Schwanz gegen ihre Handfläche pulsierte. »Und ich wette, dass du feucht und glitschig vor einem ebenso großen Verlangen wärst, wenn ich meine Finger zwischen deine Beine schieben würde.«

Das konnte sie unmöglich leugnen, sodass sie es nicht einmal versuchte. »Du bist so ein Großmaul.«

»Das bin ich«, stimmte er ihr schamlos zu. Seine Augen verfärbten sich zu einem dunklen, heißen Blau, und seine solide Erektion, die doppelt so groß geworden war, seit sie ihn das erste Mal berührt hatte, drängte sich fester gegen ihre Hand. »Was bedeutet, dass du so viel *Schwanz* bekommst, wie du bewältigen kannst.«

Sie schluckte hart und ihr schwirrte der Kopf. Sie würde sich selbst belügen, würde sie sagen, dass sie sich nicht noch eine weitere Nacht mit ihm wünschte. Doch sie wusste auch, dass es mehr nicht sein konnte, denn sie gehörte nicht zu den Frauen, die regelmäßig mit jemandem Sex haben konnten, ohne dass Emotionen ins Spiel kamen. Ihre Gefühle für ihn waren schon kompliziert genug, und sobald sie nach Chicago zurückkamen, würde sich alles zwischen ihnen ändern. Das musste es, um ihres Herzens und ihrer geistigen Gesundheit willen.

Doch heute Nacht … wollte sie Mason und diese aggressive Dominanz, die sie so sehr erregte. Aber es war unerlässlich, dass er verstand, dass heute Nacht ihre Regeln galten.

»Ich habe eine Bedingung«, sagte sie und versuchte angestrengt, klar zu denken, als er seine großen, warmen Hände auf ihre Hüften legte, sie langsam nach oben wandern ließ und den Saum ihres Trägerhemds hochschob.

»Und die wäre?«, fragte er heiser, während seine Hände bei ihrer Taille verweilten.

Sie hätte beinahe gestöhnt, als seine Daumen träge über ihren Bauch strichen und ihre Nippel sich so fest kräuselten, dass es wehtat. »Was in Vegas passiert, bleibt in Vegas«, brachte sie schließlich hervor. »Sobald wir wieder in Chicago sind, kein Sex mehr. Das war's dann.«

»Einverstanden.« Er nickte und grinste. »Es wird unser schmutziges kleines Geheimnis sein.«

»Mit schmutzig bin ich völlig einverstanden.« Sie sehnte sich danach, dass seine Hände weiterwanderten und ihre Brüste umfassten.

»Damit sind wir schon zwei.« Er fuhr fort, mit den Daumen ihren Bauchnabel zu umkreisen, und legte den Kopf schief. »Du hast heute gesagt, der Sex gestern Abend sei nur gut gewesen.«

»Ja«, erwiderte sie, obwohl es nicht stimmte. Sie hatte ihn ärgern und seinem Ego einen kleinen Dämpfer versetzen wollen, was auch funktioniert hatte. Und jetzt würde es für ihn einen Anreiz darstellen, wurde ihr klar. »Das war eine solide Sieben.«

Er grinste. »Heute Nacht werden wir nicht aufhören, bis du *zehn* schreist«, versprach er und rückte ein kleines Stück von ihr weg, um sein schwarzes Hemd aufzuknöpfen. »Verstanden?«

Sie erzitterte ob des dunkleren, bestimmteren Tons seiner Stimme. »Bist du dir sicher, dass du für diese Herausforderung bereit bist?«

»Absolut«, erwiderte er mit einem tiefen, wilden Knurren. »Und bist du bereit für noch mehr schmutzigen, heißen, groben Sex?«

Sie biss sich auf die Unterlippe, während sie beobachtete, wie er sein Hemd aufknöpfte und nach und nach seine breite Brust und der Ansatz seines muskulösen, straffen Bauchs zum Vorschein kamen. Oh ja, schmutziger, heißer, grober Sex mit ihm klang so dekadent. »Ja, bitte«, erwiderte sie viel zu eifrig.

Er gluckste, als er sein Hemd auszog und beiseite warf. »Dann lass die Spiele – und die Orgasmen – beginnen.«

Er nahm ihr Gesicht in die Hände, hob ihren Kopf an und bedeckte ihren Mund mit seinem. Ihre Lippen öffneten sich automatisch unter dem Druck der seinen, und seine Zunge glitt zu einem verschlingenden Kuss in sie hinein. Sie stöhnte, als er an ihrem Mund leckte, seine Zähne in ihre Unterlippe bissen und er noch tiefer, noch gieriger in ihren Mund eindrang. Als könnte er nicht genug von ihr bekommen. Als würde er sterben, wenn er aufhörte, sie zu küssen.

Sie musste ihn berühren, legte die Hände auf seine harte Brust und ließ sie nach unten wandern, wobei ihre Daumen seine festen Bauchmuskeln nachzeichneten, bis sie seine Jeans erreichten. Sie folgte dem Bund zu seinem nackten Rücken und fuhr mit den Handflächen seine Wirbelsäule entlang. Sie hatte ihn schon oft ohne Hemd gesehen, doch sein warmes, glattes Fleisch unter ihren Händen zu spüren war etwas ganz Besonderes.

Er stöhnte gegen ihre Lippen und presste die Hüften gegen ihre. Die Metallschnalle seines Ledergürtels grub sich in ihren Bauch, und sein in einer Jeans steckender Schwanz stieß gegen ihren Schamhügel. Ihr Geschlecht weinte vor Verlangen, und sie musste dem Drang widerstehen, ihn wie einen Baum zu besteigen und die Beine um seine Taille zu schlingen, damit diese harte Schwellung in seiner Hose ihr die Erlösung verschaffen konnte, nach der ihr Körper schrie.

Stattdessen vergrub sie ihre Finger in seinen Schultermuskeln und fuhr mit den Nägeln seinen Rücken hinab. Er erschauerte, riss seinen Mund von ihrem los und atmete schwer.

»Fuck«, stieß er mit rauer Stimme hervor, während seine Lippen sich amüsiert kräuselten. »Mein Miezekätzchen hat Krallen und keine Angst, sie zu benutzen.«

Seine Hände hielten noch immer ihr Kinn umfasst, und er fuhr mit einem seiner Daumen über ihre geschwollene, feuchte Unterlippe und schob ihn dann zwischen ihren Zähnen hindurch. Sie hielt seinem Blick stand, schloss den Mund um seinen Daumen und ließ die Zunge um ihn wirbeln, wobei sie genau wusste, wohin seine Fantasie wandern würde.

Seine Augen verdunkelten sich vor Lust. »Gott, dein Mund … ich will ihn genauso um meinen Schwanz spüren und zusehen, wie du mich tief darin aufnimmst.«

Mit einem hörbaren Plop zog er den Finger wieder heraus, und da sie nicht so leicht kapitulieren wollte, neckte sie ihn: »Zwing mich doch!«

Ein heißer, verruchter Blick huschte über sein Gesicht und ließ sie wissen, dass er absolut keine Skrupel hatte, die Herausforderung anzunehmen. Er ließ eine Hand durch ihr Haar gleiten, strich es ihr aus dem Gesicht und umfasste eine Handvoll an ihrem Hinterkopf. Mit einer Drehung der Finger umklammerte er die Strähnen noch fester und machte ihr deutlich bewusst, wer heute Abend das Sagen hatte. *Er.*

Ihr Herz raste, und es gab nichts, was sie hätte tun können, um zu verhindern, dass ihr Höschen ganz feucht wurde.

»Auf die Knie«, befahl er, und angesichts der Wand in ihrem Rücken und seiner Hände, die ihr Haar umklammerten und sie *nach unten* zogen, hatte sie keine andere Wahl, als ihm zu gehorchen.

Sie kniete sich vor ihn hin und wartete auf seinen nächsten Befehl.

»Braves Mädchen«, murmelte er, obwohl er den Griff, mit dem er ihr Haar hielt, nicht lockerte. »Öffne jetzt meine Jeans und hol meinen Schwanz heraus, aber sei vorsichtig, denn da ist *nichts* zwischen ihm und diesem Reißverschluss.«

Er trug also keine Unterwäsche. Ihr Atem beschleunigte sich vor Erwartung, als sie erst seinen Gürtel und dann den obersten Knopf seiner Jeans öffnete. Ganz vorsichtig zog sie den Reißverschluss über die gewaltige Erektion, die gegen seine Hose drückte, und befreite seinen Schaft. Am gestrigen Abend hatte sie nicht das Vergnügen gehabt, seinen nackten Schwanz zu sehen, hatte ihn nur in sich gespürt, und oh mein Gott, selbst sein Schwanz war prachtvoll. Dick und glatt und perfekt geformt, und genauso groß, wie sie es sich vorgestellt hatte.

Mit seiner freien Hand umfasste er seine Erektion und fuhr daran auf und ab – langsam, geschickt, bis ein Lusttropfen aus dem Schlitz sickerte. Ohne nachzudenken, leckte sie sich die Lippen. Angesichts des erotischen Anblicks, ihn seinen Schwanz streicheln zu sehen, und des Beweises für seine Erregung, presste Katrina die Oberschenkel zusammen, um den wachsenden Schmerz zwischen ihnen zu lindern. Es funktionierte nicht. Nein, es machte sie nur noch verzweifelter. Begieriger.

»Nimm mich in den Mund, Miezekätzchen. *Ganz.*« Er presste seinen Schwanz gegen ihre Unterlippe, und sie leckte den Tropfen Flüssigkeit an der Spitze weg, was ihm ein zittriges Stöhnen entlockte. »Fuck, ich will spüren, wie deine weiche Zunge an meinem Schwanz bis ganz nach unten gleitet. Tu es. *Jetzt.*«

Sie legte die Hände auf seine harten Oberschenkel und öffnete weit den Mund, als er ihn in sie hineinschob. Sie nahm ihn ganz in sich auf, ließ ihn dann hinausgleiten, bis sie nur noch an seiner Eichel saugte. Sie tat es noch einmal, langsam und routiniert, und er fluchte leise und stützte sich mit einer Hand an der Wand hinter ihr ab. Mit der anderen, mit der er ihre Haare umklammert hielt, dirigierte er ihren

Kopf, und sie ließ ihn das Tempo diktieren, den Rhythmus, überließ ihm die Kontrolle, die Macht.

Bei jeder Liebkosung füllte sein salziger Geschmack ihren Mund und sein männlicher Duft ihre Sinne. Sie saugte ihn hinein, ließ ihn wieder hinausgleiten, immer und immer wieder, selbst als seine Stöße härter und wilder wurden. Sie griff zwischen seine Beine und umfasste seine Hoden, und als sein Stöhnen lauter wurde und er ein paarmal *»ja, verdammt ja, verdammt ja«*, schrie, fuhr sie fort, sie zu massieren, bis sie sich zusammenzogen, sein Körper zu zittern begann und sie wusste, dass sein Höhepunkt kurz bevorstand. Sie genoss es, dass sie ihn an diesen Punkt gebracht hatte, und erkannte, dass sie zum ersten Mal in ihrem Leben nicht vor dem Orgasmus, der kurz bevorstand, zurückweichen würde.

Nein, sie wollte alles von Mason.

»Jesus …«, keuchte er. Seine Beine begannen zu zittern, als sie ihn noch einmal ganz tief in ihre Kehle saugte. »Brauche dich so … Dein Mund ist so heiß, so gierig … Ich komme gleich so verdammt heftig …«

Er atmete schnell und flach, und dann pulsierte sein Schwanz gegen ihre Zunge, und seine Hüften zuckten, als er zum Höhepunkt kam und einen rauen Lustschrei ausstieß, der auch ihr Befriedigung verschaffte. Erschöpft ließ er schließlich den Kopf gegen die Wand sinken und ihre Haare los, erlaubte es ihr endlich, sich zu bewegen.

Sie schaute hoch, betrachtete die beeindruckenden Bauchmuskeln. Zusammen mit den kunstvollen Tattoos, die seine Arme bedeckten, war sein Körper ein Kunstwerk. Unfähig, der Versuchung zu widerstehen, und weil er noch immer dabei war, sich zu erholen, pflanzte sie mit offenem Mund einen Kuss direkt unterhalb seines Nabels und lächelte, als er stöhnte.

Ihre Zunge leckte sich den Weg nach oben, folgte gemächlich all den köstlichen Rillen an seinem Bauch. Als sie mit den Zähnen über einen seiner Nippel fuhr, stieß er überrascht den Atem aus, legte eine Hand um ihren Nacken und zog sie hoch, bis sie wieder vor ihm stand.

Ohne zu zögern, küsste er sie erneut, gründlich, tief. Als er genug hatte, löste er sich von ihrem Mund und legte seine Stirn an ihre. »Dein Mund ist verdammt tödlich.«

Ihr Körper summte vor Freude über sein Kompliment, und sie grinste. »Und ich glaube, dein Durchschnitt ist gerade auf eine *Acht* gestiegen.«

Er hob den Kopf und starrte ihr in die Augen. Ein arrogantes Lächeln umspielte seine Lippen. »Dann ist es ja gut, dass ich noch nicht mit dir fertig bin und es noch Luft nach oben gibt.«

Sie lachte. »Du kannst es ja versuchen.«

»Oh, das habe ich vor.« Er zog den Reißverschluss seiner Hose zu, ließ den Gürtel jedoch offen und trat dann zur Seite. »Setz dich auf das Sofa, und wir legen los.«

Ihre Vorfreude war gewaltig, und ihre Beine zitterten, als sie seinem Befehl gehorchte und sich, noch immer vollständig bekleidet, auf das Sofa setzte. Sie beobachtete, wie er näher kam, und ihre Aufregung wuchs mit jedem Schritt, den er auf sie zu machte. Als er schließlich vor ihr stand, ging er auf die Knie, griff nach der Kordel ihrer Pyjamashorts und zog sie ihr zusammen mit ihrem Höschen die Beine herunter und aus.

Ihr stockte der Atem, und sie hielt die Knie zusammengepresst, als sie begann, auch ihr Trägerhemd auszuziehen.

Schnell hielt er sie davon ab. »Lass es an. Ich will eins nach dem anderen genießen«, sagte er heiser, berührte sie aber nicht so, wie sie es sich wünschte. »Und im Moment geht es allein um diese süße Stelle zwischen deinen Beinen. Spreiz deine Beine hübsch und weit für mich, Miezekätzchen, damit ich dich zum Schnurren bringen kann.«

Als ihr klar wurde, wie exponiert sie sein würde und dass sie mit keinem anderen Mann je so schamlos gewesen war, zögerte sie.

»Komm schon, Süße«, drängte er sachte, als würde er ihre plötzliche Nervosität spüren. »Zeig mir diese herrliche Muschi. Ich verspreche dir, dass es sich lohnen wird.«

Es war nicht fordernd, aber sie konnte das Verlangen, das sie in seiner leisen, hypnotisierenden Stimme hörte, nicht leugnen. Sie spreizte die Beine ein klein wenig, lange nicht weit genug, dass er den Anblick genießen konnte, nach dem er sich sehnte – und vielleicht neckte sie ihn dieses Mal bewusst, nur um zu sehen, wie weit sie Mason treiben konnte, bevor er sich wieder in diesen heißen Alpha-Mann verwandelte, der die Kontrolle übernahm.

Es dauerte nicht lange.

»*Weiter*, Katrina.« Dieses Mal klang er ungeduldig und viel aggressiver, und sie rang nach Luft, als er die Hände auf ihre Knie legte, sie so weit wie möglich auseinanderschob und ihr auch die letzten Hemmungen nahm.

Sie vergrub die Finger in den Sofakissen, während er ihre geschwollenen Schamlippen betrachtete, die sich für ihn wie eine Blume geöffnet hatten, Schmolllippen, die vor Feuchtigkeit glitzerten. Sie beobachtete, wie seine großen Hände langsam an den Innenseiten ihrer Oberschenkel nach oben glitten, und ihrer Kehle entfuhr ein weicher, wimmernder Laut, als er ihr Geschlecht erreichte, mit den Daumenbeeren über die äußeren Schamlippen strich und in ihr den verzweifelten Wunsch weckte, er möge ihr empfindliches, pochendes Fleisch liebkosen.

»Mason«, bat sie verzweifelt. »Bitte berühr mich. Ich brauche einen Orgasmus, unbedingt.«

»Wie möchtest du meinen Mund und meine Zunge auf deiner Muschi haben, Baby?«, fragte er, während er einen heißen, nassen Kuss auf die Innenseite ihres Oberschenkels pflanzte, sich dann langsam den Weg nach oben leckte und direkt vor ihrem Geschlecht innehielt. »Sanft und langsam oder fest und schnell?«

»Beides.« Sie war unfähig, sich zu entscheiden, denn ihr Verstand war bereits dabei auszusetzen. »Ich will beides.«

»Gieriges Mädchen«, murmelte er. Sein Atem verbrühte sie, Sekunden bevor er seinen Mund zwischen ihren Beinen vergrub und ihr vollkommen den Verstand raubte.

Er begann sanft und langsam, fuhr mit der Zunge über ihr Geschlecht und ließ sie neckend ihren Kitzler umkreisen. Ihr ganzer Körper wölbte sich diesem verruchten Mund entgegen, eine stumme Bitte um festere, tiefere Reibung – obwohl sie nichts tun konnte, um ihn zu zwingen, sein Tempo zu steigern.

Egal, ob er sie leckte, sie streichelte oder seine Zunge in sie hineintauchte, sie hatte keine andere Wahl, als die Lust zu akzeptieren, die er ihr in dem von ihm gewählten Tempo verschaffte. Es war atemberaubend, trieb sie zum Wahnsinn, und als er zwei Finger tief in sie hineingleiten ließ und an den inneren Wänden entlangfuhr, ließ die Fülle an Gefühlen sie nach Erlösung fiebern.

Sie wimmerte vor Verlangen, fuhr mit den Fingern durch sein Haar, zog ihn schamlos näher, und endlich kam er ihrer Bitte nach, widmete sich diesem empfindsamen Bündel von Nerven und trieb sie mit Zähnen und Zunge zu einem unglaublichen Höhepunkt. Ihr ganzer Körper bebte, so gewaltig war der Orgasmus, der sie durchflutete. Ihr Kopf fiel zurück auf das Sofa, und sie schloss die Augen, schrie seinen Namen, als eine Flutwelle der Ekstase über ihr zusammenschlug und sie überwältigt und völlig fertig zurückließ.

Sie spürte, dass er sich entfernte, und sie wusste nicht, wie viel Zeit vergangen war, bevor sie imstande war, den Kopf zu heben und die Augen wieder zu öffnen. Er saß splitternackt in dem Sessel gegenüber dem Sofa, auf dem sie ausgestreckt lag. Offensichtlich hatte er genug Zeit gehabt, sich auszuziehen, und fühlte sich mit seiner Nacktheit eindeutig wohler, als sie es tat, denn er lehnte sich lässig zurück, die langen, kräftigen Beine leicht gespreizt.

Er war so umwerfend und heiß und unglaublich männlich. Sein Schwanz war wieder dick und hart, und schockiert spürte sie, wie bei der Erkenntnis, dass er noch nicht fertig mit ihr war, erneut Verlangen durch ihren Körper pulsierte. Zumindest hoffte sie, dass er noch nicht fertig mit ihr war.

Er neigte leicht den Kopf und bedachte sie mit einem selbstzufriedenen Lächeln. »Und?«

Sie wusste, worauf er wartete, wollte sein Ego jedoch nicht zu schnell füttern. »Neun«, sagte sie und beobachtete, wie er eine dunkle Augenbraue hochzog. »Das war definitiv eine Neun.«

Er hob den Gürtel, den er, wie ihr jetzt klar wurde, die ganze Zeit in der Hand gehalten hatte, und ließ den Lederriemen knallen. Ihr Herzschlag verdoppelte sich, und eine heimliche Erregung durchzuckte sie – der Beweis dafür, wie sehr sie ihm vertraute, vor allem, da sie keine Ahnung hatte, was er mit diesem Gürtel anstellen wollte. Was immer es auch war, sie wusste, dass er ihr Lust bereiten würde statt Schmerzen, die Narben auf ihrer Seele und ihrem Körper hinterließen, und dieses Wissen linderte jegliches Unbehagen, das sie haben mochte.

»Eine *Neun*«, sagte er gedehnt, seine Stimme triefte vor Sarkasmus. »Okay, dann lass es mich dieses Mal *fester* versuchen. Geh auf Hände und Knie und kriech her zu mir wie das gehorsame Miezekätzchen, das du, wie ich weiß, sein kannst«, forderte er sie heraus.

Gehorsam ließ sie sich auf alle viere herab und kam langsam, verführerisch auf ihn zu, wobei sich ihre Hände und Knie synchron bewegten. Sie wiegte ganz betont die Hüften und genoss die Befriedigung, dass ihr sinnliches Spiel nicht unbemerkt blieb. Als sie Mason erreichte und vor seinem Sessel kniete, waren die Hitze und der Hunger, die in seinem Blick brannten, heiß genug, um sie zu versengen.

»Komm her und hock dich rittlings auf meine Oberschenkel«, sagte er mit einer Stimme, die so rau war wie Schmirgelpapier.

Sie stieg auf den Sessel und spreizte die Beine so weit auseinander, dass sie rittlings auf seinem Schoß saß. Nur ganz wenig Raum trennte ihr schmerzendes Geschlecht von seinem angeschwollenen Schaft, doch das Wissen, dass er ach so nahe war, machte sie noch begieriger, ihn wieder tief in sich zu spüren. Mason berührte sie nicht, und es war die reinste Qual, darauf zu warten, dass er es endlich tat, und sich zu fragen, wo.

»Jetzt darfst du dein Top ausziehen, damit ich deine hübschen Brüste sehen kann.« Ein verruchtes Lächeln umspielte seine Lippen. »Und wenn du brav bist, berühre ich sie vielleicht sogar und sauge daran.«

Oh ja, bitte. Ohne zu zögern, zog sie sich das Trägerhemd über den Kopf und ließ es auf den Boden neben den Sessel fallen. Sie war jetzt völlig nackt und spürte ihr Herz wild in ihrer Brust schlagen. Fast ehrfürchtig betrachtete er ihre Brüste, und angesichts seines gierigen Blicks richteten sich ihre Nippel auf, wurden fest und hart, bettelten um seinen warmen, feuchten Mund. Sie war bereits so erregt, dass sie ein begieriges Stöhnen unterdrücken musste.

Er hob den Gürtel und ließ ihn über seine Handfläche gleiten, um sie an seine Existenz zu erinnern. »Verschränk die Hände hinter dem Rücken.«

Jetzt wusste sie, was er im Sinn hatte. Als ihr klar wurde, wie verletzlich und wehrlos sie sein würde, schweiften ihre Gedanken in die Vergangenheit und zu jener schrecklichen Nacht zurück, in der sie so machtlos gegenüber den selbstsüchtigen Absichten eines anderen Mannes gewesen war – und einen Moment lang beschlich sie Unsicherheit.

Sie musste zu lange gezögert haben, denn Mason runzelte besorgt die Stirn. »Vertraust du mir, dass ich aufpassen werde, dass du dich gut fühlst, Miezekätzchen?«, fragte er leise.

Sie schluckte schwer. Mason war völlig anders als Connor und würde sie nie manipulieren oder ihr wehtun – und sie hasste es, dass ein anderer Mann ihr diese tief sitzende Angst eingeflößt hatte. Sie wusste auch, dass Mason ihre Entscheidung respektieren würde, wenn sie seiner Bitte nicht nachkam, doch sie wollte unbedingt über diese unangenehme Erinnerung hinwegkommen, und was konnte es Besseres geben, als sie durch die Lust zu ersetzen, die Mason ihr, wie sie wusste, verschaffen würde?

Sie atmete tief aus und schüttelte ihre Unsicherheit ab. »Ja, ich vertraue dir«, sagte sie und verschränkte als Beweis die Arme hinter dem Rücken.

Er studierte ihren Gesichtsausdruck, und es gefiel ihr sehr, dass sie ihm wichtig genug war, um sich Gedanken um ihr körperliches und emotionales Wohlergehen zu machen. Er musste die Gewissheit gefunden haben, nach der er suchte, denn endlich griff er mit dem Gürtel in der Hand hinter sie. Während er ihren Blick festhielt, schlang er das Lederband um ihre Handgelenke und durch die Schnalle und zog es so fest, dass sie keine Bewegungsfreiheit mehr hatte, es sich aber nicht unangenehm anfühlte.

In dieser Stellung wurden ihre Schultern zurückgezogen, und ihre Brüste reckten sich vor wie eine Opfergabe. Er nahm sie in die Hände, drückte ihr Fleisch und rollte ihre

Nippel zwischen seinen geschickten Fingern, bis dieses Ziehen und Kneifen fast unerträglich wurde. Sie stöhnte, und ihre Scheidenmuskeln spannten sich an, als er die Daumen langsam, qualvoll um ihre Warzenhöfe kreisen ließ.

»Gott, du bist so verdammt schön und perfekt.« Seine Stimme klang schockierend besitzergreifend, während sein Blick seinen Händen folgte, die an ihrer Taille entlangglitten und dann hinter ihrem Rücken verschwanden. »Jeder einzelne verdammte Zentimeter von dir.«

Sie wusste diese süßen, unzensierten Worte zu schätzen, denn es kam nicht oft vor, dass sie sich angesichts ihrer emotionalen und körperlichen Makel als schön empfand. Doch jetzt, mit Mason, fühlte sie sich unvollkommen vollkommen, und ja, auch schön.

Er legte die Hände auf ihren Hintern, spreizte sie und zog sie vorwärts, bis ihre Schamlippen zu einem heißen, feuchten, intimen Kuss gegen seinen Schwanz gepresst waren. »Spürst du das, Baby?«, fragte er, während er die Hüften kreisen ließ, seinen Schwanz an ihren nassen Schamlippen rieb und ihn mit all der glitschigen Feuchtigkeit von dem letzten Orgasmus überzog, den er ihr verschafft hatte. »Ich bin schon einmal in deinem Mund gekommen und bin schon wieder so verdammt hart für dich.«

Sie biss sich auf die Unterlippe, während er fortfuhr, sich gegen ihr Geschlecht zu wiegen. Der Druck und die Reibung ließen ihren Körper wieder lebendig werden. Mit jedem absichtlichen Stoß verwandelte sich das Verlangen zwischen ihren Oberschenkeln in ein erbarmungsloses Pochen, und sie ließ die Hüften gegen seine Erektion kreisen und bescherte ihm einen schmutzigen, obszönen Lapdance. Er biss die Zähne zusammen, seine Brust hob und senkte sich und sein Atem ging schneller.

Ein dunkles Knurren rumorte in seiner Brust, und seine Finger gruben sich fester, tiefer in das weiche Fleisch ihres Hinterns. »Ja, Miezekätzchen. Reib deine nasse Muschi an mir, bis du auf meinem Schwanz kommst.«

Seine obszönen Worte und sein Befehlston waren wie eine direkte Verbindung zu ihrem Kitzler und ließen diese empfindsamen Nevenenden vor Verlangen schreien. Sie wollte ihn an der Schulter packen, um Halt zu haben, wenn es sie zerriss, doch da dies nicht möglich war, grub sie die Nägel in ihre Handflächen, während sie fortfuhr, sich an ihm zu reiben. Die Lust, die sie durchströmte, nahm immer mehr zu, und als sie in Masons glänzende blaue Augen schaute und sah, mit welchem Feuer und Verlangen er sie beobachtete, konnte sie den Orgasmus, der sie überwältigte, und das Stöhnen, das ihrem Mund entwich, nicht länger zurückhalten.

Bevor sie die Chance gehabt hatte, sich ganz zu erholen, hatte er ein Kondom übergestreift, und seine Hände griffen nach ihrer Taille und hoben sie auf die Knie, damit er die Spitze seines Schwanzes an ihrer Öffnung positionieren konnte. Dann zog er sie hinab auf seinen Schaft und stieß ihn so hart und tief in sie hinein, dass sie aufschrie.

Sie war vollkommen aufgespießt, und er bewegte sich nicht. Als sie die Augen öffnete und in seine schaute, erkannte sie, dass er ihr einen Moment Zeit gab, sich darauf einzustellen, bevor er loslegte, und sie zweifelte nicht daran, dass ihr ein harter Ritt bevorstand. Sie spürte, wie sein Körper sich anspannte, welche Mühe es ihn kostete, sich zurückzuhalten, und wie sein Schwanz in ihr pulsierte. Und sie sah, wie der Muskel in seiner Wange zuckte, als er langsam die Hände ihre Hüften hinabgleiten ließ.

Überraschend änderte sich sein Gesichtsausdruck. Er schien verwirrt und runzelte die Stirn, als seine Finger immer wieder über ihre linke Hüfte strichen. Es dauerte einen Moment, bis ihr klar wurde, was er entdeckt hatte, dass er die vielen dicken, hässlichen, schartigen Narben fühlte, die sie dort hatte. Sie hatte sie so viele Jahre lang vor ihm verborgen, hatte ihm nie von dem schmerzlichen und demütigenden Erlebnis erzählt, das der Grund dafür gewesen war, sich diese Narben zuzufügen.

Er wusste nur von den Narben an ihrem Arm, die nun von den Schmetterlingstattoos verdeckt wurden, und glaubte, sie habe sich nie wieder geritzt, seit sie nach dem Missbrauch ihres Stiefvaters Hilfe erhalten hatte. Sie sah die Fragen in seinem Blick und versuchte, nicht in Panik zu geraten.

»Katrina?« Seine Stimme war so sanft, verglichen mit dem körperlichen Kampf, den er angesichts seiner Erregung ausfocht.

Verzweifelt schüttelte sie den Kopf. »Nicht heute Abend, Mason«, sagte sie und machte ihm deutlich, dass dieses Thema tabu war. »Ich möchte einfach nur, dass du mich fickst, mir ein gutes Gefühl vermittelst und mir diese Zehn gibst, die du versprochen hast.«

Das entlockte ihm, wie sie gehofft hatte, ein Lächeln, und er nickte verständnisvoll. »Das geht in Ordnung. Aber diese Unterhaltung ist damit nicht beendet«, sagte er.

Sie zweifelte nicht daran, dass er das Thema nicht fallen lassen würde. Doch im Moment wollte sie es vergessen, sodass sie ihm ihren Körper entgegenwölbte und seine Gedanken zurück auf die Lust lenkte, nach der sie sich beide sehnten.

Mason lag neben Katrina in dem übergroßen Bett ihrer Suite. Ihr warmer, weicher Körper war an ihn gekuschelt, und er hatte den Arm um ihre Taille geschlungen, während sie schlief. Da sie seit zwölf Jahren beste Freunde waren, kuschelten sie nicht zum ersten Mal, doch es war definitiv das erste Mal, dass sie es völlig nackt taten.

Bei diesem Gedanken musste er grinsen. Es war schon nach zwei Uhr morgens, und er wusste, dass er gehen musste, doch er schaffte es nicht, sich jetzt schon von Katrina zu trennen, denn sobald er durch diese Hoteltür gegangen war, würde alles vorbei sein. Noch nie hatte er eine solche Nähe erlebt. Diese Verbindung zu einer Frau, die für ihn mehr war als einfach nur irgendjemand, der ihm ein körperliches High und die gesuchte Erlösung verschaffte. Mehr als nur eine Sucht und ein Adrenalinrausch, dem er so viele Jahre lang hinterhergejagt war, um die schmerzlichen Erinnerungen an die Vergangenheit in Schach zu halten.

Trotz all seiner sexuellen Abenteuer hatte Mason sich noch nie so zufrieden gefühlt, und er wusste, dass es nichts damit zu tun hatte, dass er Katrina auf ein halbes Dutzend Arten gevögelt hatte. Dieses Gefühl war … anders. Er fühlte sich *innerlich* ruhig und auf eine Weise zufrieden, die ihm fremd war. Sie hatten ihrer Freundschaft als neues Element sehr heißen Sex hinzugefügt, und wenn er ein besserer Mensch wäre statt ein egoistisches Arschloch, hätte er das Überschreiten dieser Grenze nie zugelassen. Doch es war nun einmal passiert, und in diesem Augenblick, diesem ruhigen Moment, in dem Katrina ihm ganz gehörte, bereute er absolut nichts … und hoffte, dass auch sie nichts bereute.

Aber das änderte nichts an der Tatsache, dass sie sich geeinigt hatten, die Affäre hinter sich zu lassen, wenn sie aus Vegas zurück waren, und er wusste, dass es so das Beste war. Phänomenaler, umwerfender Sex war das eine. Katrina das zu geben, was sie emotional brauchte, war etwas, wozu er nicht geschaffen war. Es gab einen Grund, warum er keine Beziehungen einging. Er hatte verdammtes Glück, dass sie in den letzten zwölf Jahren Freunde geblieben waren, dass sie seinen Mist so lange ertragen hatte, und er wäre ein Idiot, das zu versauen, nur damit sie Fuckbuddies waren. Es war nicht möglich, dass sie weiterhin Sex miteinander hatten, ohne dass das an irgendeinem Punkt ihre Freundschaft stören oder verkomplizieren und vor allem auch damit in Konflikt geraten würde, dass sie im Inked für ihn arbeitete. Es war ein Risiko, das einzugehen er nicht bereit war.

Fazit: Katrina war zu wichtig für ihn, und bei dem Gedanken, dass sie nicht regelmäßig Teil seines Lebens sein könnte, drehte sich ihm vor Angst der Magen um. Sie war diejenige, die dafür sorgte, dass er im Gleichgewicht blieb, und die ihn trotz seiner Unvernunft, seiner alles andere als herausragenden Entscheidungen und seiner emotionalen Durchhänger akzeptierte, und ohne sie wäre er verloren.

Doch zugegebenermaßen beunruhigte es ihn, dass sie darauf bestanden hatte, das Vorgefallene auf Vegas zu begrenzen. Normalerweise war er derjenige, der solche Forderungen stellte. Und trotz der Tatsache, dass auch er diese Regeln brauchte und dass ihre Freundschaft nur überleben konnte, wenn sie das Ganze nicht wiederholten, wünschte sich ein Teil von ihm, dass Katrina mehr wollte.

Er schlang den Arm fester um ihre Taille und schmiegte sich noch enger an ihren warmen Körper, nahm sich, was er konnte, bevor es enden musste. Sie seufzte leise im Schlaf, war offensichtlich todmüde nach all den Orgasmen, die er ihr abgerungen hatte. Er vergrub das Gesicht in ihrem Nacken und atmete den leichten Duft nach Nelken und Gewürzen ein, vermischt mit dem berauschenderen Duft nach Sex – mit ihm. Ihr ganzer Körper duftete nach ihm, und er musste zugeben, dass ihm das gefiel. Mehr, als klug war.

Er unterdrückte die Erregung, die ihn erfasste, fuhr gedankenverloren mit der Hand über ihre Hüfte und runzelte die Stirn, als er wieder die Narben spürte. Es waren keine frischen Wunden, und er wusste nicht, wie lange sie die Narben schon hatte, doch die Tatsache, dass sie die Spuren der Schnittverletzungen vor ihm verborgen hatte – oder wichtiger noch, dass sie wieder angefangen hatte, sich zu schneiden, nachdem ihr Stiefvater nicht länger Teil ihres Lebens war –, beunruhigte ihn. Was hatte sie dazu gebracht, wieder zu dieser emotionalen Stütze zu greifen, die so selbstzerstörerisch war, und warum hatte sie sich ihm nicht anvertraut?

Er war davon ausgegangen, dass sie als beste Freunde keine Geheimnisse voreinander hatten. Sie wusste alles über seine beschissene Vergangenheit, selbst die dunkelsten Erfahrungen, die zu viel Einfluss auf seine Entwicklung gehabt hatten. Und nachdem er gehört hatte, dass Katrina von ihrem Stiefvater missbraucht worden war, hatte er es sich zur Aufgabe gemacht, das verletzliche Mädchen zu schützen. Dafür zu sorgen, dass ihr keiner mehr wehtat. Und er hatte wirklich geglaubt, dass ihm das gelungen war.

Die Narben und ihre Reaktion, als er sie heute Nacht entdeckt hatte, wiesen auf etwas anderes hin. Und obwohl er ihre Entscheidung, nicht darüber zu reden, respektierte, gefiel es ihm nicht, dass dieses frühere Verhalten wieder getriggert worden war und sie sich ihm aus irgendeinem Grund nicht hatte anvertrauen können. Es war für ihn in Ordnung gewesen, das Thema für den Moment fallen zu lassen, doch irgendwann einmal musste er wissen, was passiert war und warum. Hatte er sie im Stich gelassen? Dieser Gedanke beunruhigte und ängstigte ihn am meisten.

All dies ging ihm durch den Kopf, während er noch eine halbe Stunde lang bei ihr blieb. Schließlich beschloss er zu gehen, bevor auch er einschlief. So sehr er sich wünschte, mit ihr aufzuwachen, gab es keinen Grund, sie beide einem peinlichen »Morgen danach« auszusetzen. Sie waren sich darüber einig gewesen, wie der heutige Abend enden würde, und das Letzte, was er wollte, war, von Tara oder einem seiner Brüder dabei erwischt zu werden, wie er sich aus ihrem Zimmer stahl.

KAPITEL 8

Mason war ziemlich gut im Multitasking, doch selbst er hatte Schwierigkeiten, sich auf die Schattierung des Tattoos seines Kunden zu konzentrieren, während er versuchte zu hören, was Katrina so verdammt lustig fand. Sie hatte in den letzten fünf Minuten mehr gelacht als seit ihrer Rückkehr aus Vegas vor etwas mehr als einer Woche.

Es heiterte seine Stimmung nicht gerade auf, dass der für dieses unbeschwerte, lebendige Lachen Verantwortliche ein gut aussehender Typ namens Blake Cavanaugh war, ein Stammkunde von Caleb, einem der anderen Künstler im Laden. Blake, ein Anzugträger, war Miteigentümer einer der besten Werbeagenturen in Chicago – am Tag ein adretter, gesitteter Unternehmer, doch unter seinen Designeranzügen waren Blakes Arme, seine Brust und sein Rücken eine Leinwand für die Tattookunst. Noch irritierender war, dass er ein wirklich netter Typ war.

Und er stand auf Katrina. Jedes Mal wenn Blake kam, um seine Tattoosammlung zu erweitern, flirtete er ganz offen mit ihr und lud sie zu einem Rendezvous ein, obwohl sie ihm immer behutsam einen Korb gab. Doch das hielt den Typen nicht davon ab, seinen Charme spielen zu lassen, oder Katrina davon, es zu genießen – jedes verdammte Mal.

Verdammter Romeo, dachte Mason gereizt.

Weiteres amüsiertes Lachen ließ Mason die Zähne zusammenbeißen, während er Druck mit der Nadel in seinen Händen ausübte, um die leicht unterschiedlichen Schwarztöne im Flügel des Raben anzubringen, den er auf den oberen Rücken einer Frau tätowierte. Er konnte sich nicht erinnern, wann Katrina das letzte Mal so unbeschwert mit ihm gelacht hatte, doch er war sich verdammt sicher, dass es lange vor ihrem Trip nach Vegas gewesen war.

Sie hatten einander versprochen, die Affäre in Vegas zu lassen, und sie hatten Wort gehalten und ihre beiden gemeinsamen Nächte mit keinem Wort erwähnt – doch Mason dachte an sie. Ständig. Vor allem daran, dass er den Sex mit Katrina tatsächlich *genossen*, ja, ihn als etwas Einzigartiges erlebt hatte. Als etwas, was mehr war als die Jagd nach körperlicher Erlösung und dem High, das ein Orgasmus ihm verschaffte.

Auf nichts von dem, was sie in jenen Nächten getan hatten – die neckischen sexuellen Spiele, das ausgedehnte Vorspiel –, hatte er sich je mit anderen Frauen eingelassen. Und auch die Tatsache, dass ihm ihr Vergnügen genauso wichtig gewesen war wie sein eigenes, war neu für ihn. Verdammt, der Gedanke war ihm nie zuvor in den Sinn gekommen. Er hatte sich nur auf seine eigenen Bedürfnisse konzentriert. Doch Katrinas Gefühle waren ihm wichtig, und alles andere kam ihm jetzt hohl und eigennützig vor.

Gott, er hätte nie gedacht, dass es so schwierig sein würde, nach Hause zurückzukehren, wieder beste Freunde zu sein und so zu tun, als habe es Vegas nie gegeben. Das Geschehene zu vergessen war unmöglich, denn er sah Katrina jeden Tag bei der Arbeit. Sie *schien* mit der Situation gut zurechtzukommen, doch er wusste es besser. Nach außen hin war sie die Katrina, die sie immer gewesen war – immer freundlich und mit einem Lächeln auf den Lippen, doch Mason spürte, dass alles aus dem Gleichgewicht geraten war. Bisweilen wirkte ihr Verhalten gezwungen, nicht nur ihm gegenüber. Er hatte keine Ahnung, was er dagegen tun sollte, wo er sich doch nur wünschte, dass alles wieder normal wäre.

Er wollte aufhören, über Sex mit Katrina nachzudenken. Ja, vor allem das, dachte er frustriert. Egal wie oft er seinem Schwanz sagte, dass es keine Wiederholung geben würde, hielt ihn das nicht davon ab, es sich zu wünschen und davon zu fantasieren.

Als er mit dem Tattoo fertig war, reichte er Rachel, der jungen Frau, einen Spiegel und ließ sie das Design prüfen.

»Es gefällt mir unglaublich gut«, sagte sie enthusiastisch. »Es ist genau das, was ich wollte.«

»Ich bin immer bestrebt, meine Kunden zufriedenzustellen«, erwiderte Mason gedehnt und schenkte ihr ein Lächeln. Diesen Satz brachte er gelegentlich bei neuen Kunden an, und er war ihm automatisch herausgerutscht. Doch als sie ihn mit einem verführerischen Blick anschaute und kurz musterte, erkannte er seinen Fehler.

»Hm, ich wette, dass du das tust«, murmelte sie kokett, eine deutliche Einladung im Blick.

Vor Vegas wäre dies der Moment gewesen, in dem er die Situation genutzt und sie gefragt hätte, ob sie Lust habe, sich später mit ihm zu treffen, doch schockierenderweise reizte ihn der Gedanke nicht. Und wenn man bedachte, dass er seit der letzten Nacht mit Katrina vor einer Woche mit keiner Frau mehr zusammen gewesen war, sagte das viel über seine Gemütsverfassung aus.

Normalerweise hätte er inzwischen schon wieder eine andere Affäre gehabt. Die Tatsache, dass er nicht zu seinem gewohnten Verhalten zurückgekehrt war und dass selbst die Frau vor ihm – die hübsch und kurvenreich und scheinbar willig war – ihn nicht reizte, war ein klares Anzeichen dafür, dass sein Schwanz das haben wollte, was er nicht haben konnte.

Leider war Katrinas heißer Körper für immer tabu, und er würde einfach diese sich selbst auferlegte Durststrecke überstehen müssen. Irgendwann – wahrscheinlich wenn er *aufhörte*, an Katrina zu denken, sich zwanghaft mit ihr zu beschäftigen und jede Frau mit ihr zu vergleichen – würde sein verdammter Schwanz wieder zurück ins Spiel kommen.

Und so war das einer der ganz wenigen Augenblicke in seinem Erwachsenenleben, in denen er nicht auf die unverhohlene Anmache einer Frau einging. Stattdessen erklärte er ihr, wie die Nachsorge auszusehen hatte, während er eine antibakterielle Salbe auf das frische Tattoo auftrug und es mit einem Verband bedeckte. Als sie seine Kabine verließ, blickte er zum Empfangstresen hinüber und war erleichtert zu sehen, dass Blake *endlich* gegangen war und dass Katrina mit Jasmine, der Empfangsdame, einige Papiere durchsah.

Wenige Augenblicke später ging Katrina zum Zeichentisch hinüber, an dem sie die Entwürfe für ihre Kunden machten, setzte sich und begann zu zeichnen.

Er räumte seine Kabine auf und beschloss, dass Katrina und er wieder etwas von dem tun mussten, was sie immer als Freunde zusammen unternommen hatten, wenn sie wieder normal miteinander umgehen wollten. Etwas, das Spaß machte, und wobei sie sich entspannen konnten. Die perfekte Idee kam ihm in den Sinn.

Euphorisch und hoffnungsvoll vergewisserte er sich, dass er an diesem Abend keine Termine hatte, und schlenderte zu Katrina hinüber. Sie hatte den Kopf gesenkt, während sie an ihrem Entwurf arbeitete, doch sie musste ihn aus dem Augenwinkel gesehen haben, denn ihre Schultern verspannten sich. Er wollte die Hand ausstrecken und sie über ihren Rücken gleiten lassen, bis sie sich unter seiner Berührung entspannte. Verdammt, er wollte sie einfach berühren, Punkt.

Stattdessen lehnte er sich lässig neben ihr gegen den Tisch und sah ihr dabei zu, wie sie eine Reihe von Kirschblütenzweigen zeichnete, die sich um den Namen einer Frau rankten. »Ist das ein Auftrag?«, fragte er.

Sie nickte und fügte den Blüten mit lockerem Handgelenk ein paar Schattierungen hinzu. »Vorhin war eine Frau da, der eins der exklusiven Designs in meinem Album gefallen hat, und sie wünscht sich ein ganz individuelles Tattoo. Sie möchte Kirschblütenzweige entlang ihrem Brustkorb zusammen mit dem Namen ihrer Schwester, die vor fünf Jahren gestorben ist.«

Viele der Tattoos, die sie machten, erinnerten an spezielle Gelegenheiten oder waren einem geliebten Menschen gewidmet. »Und wer macht die Tätowierung?«

»Derek.« Das war der neueste Künstler, den das Inked vor fast einem halben Jahr engagiert hatte. »Er war der Einzige, der an dem Tag und zu der Zeit, die der Frau passte, einen Termin frei hatte.«

Mason sah ihr schweigend beim Zeichnen zu. Sie war eine unglaublich gute Künstlerin – war es immer gewesen, und es war schön, den Kunden einen weiblicheren Kunststil bieten zu können. Katrina hatte nie Interesse daran gezeigt, das Aufbringen eines Tattoos zu erlernen, aber sie liebte es, Entwürfe zu kreieren, und ihm gefiel es, aus eigennützigen Gründen, sie in seinem Laden zu haben.

Sie war seit dem ersten Tag, an dem er die Türen des Inked geöffnet hatte, an seiner Seite gewesen, unterstützte ihn und sorgte dafür, dass sein Laden wie eine gut geölte Maschine lief. Sie managte alles, bezahlte die Rechnungen, kümmerte sich um das Inventar, die Gehaltsabrechnungen, die Buchführung – um all den Mist, für den er keine Zeit oder an dem er kein Interesse hatte. Außerdem kümmerte sie sich um seine Privatrechnungen und hielt sein Leben im Allgemeinen in Ordnung. Noch etwas, warum sie von so unschätzbarem Wert für ihn war.

Nach ein paar Minuten des Schweigens legte sie ihren Bleistift hin und schaute ihn vorsichtig an. »Brauchst du etwas von mir, Mason?«

Wenn das keine Fangfrage war! Alle möglichen Anspielungen gingen ihm durch den Kopf, aber er bemühte sich sehr, nichts Dummes zu sagen, um sich keinen Korb einzuhandeln. »Eigentlich habe ich mich nur gefragt, ob du Lust hast, heute Abend mit mir abzuhängen?«

Sie runzelte leicht die Stirn. »Abzuhängen?«, fragte sie vorsichtig.

»Ja. Abzuhängen«, sagte er mit einem lässigen Achselzucken. »Es ist eine Weile her, dass wir das das letzte Mal gemacht haben, und ich dachte, es wäre lustig, zum Navy Pier zu gehen. Wir könnten mit dem Riesenrad fahren, Minigolf spielen und im Bubba Gump was essen.«

Das Lächeln, das sich auf ihrem Gesicht breitmachte, war nostalgisch, und Mason wusste, dass sie daran zurückdachte, wie sie sich als Teenager an den Sommerabenden hinausgeschlichen und Stunden am Pier verbracht hatten, bis alles längst geschlossen hatte. Damals hatte keiner von ihnen Geld für Essen oder die Attraktionen, doch sie hatten immer Spaß gehabt. Zusammen zu sein war alles gewesen, was zählte – und obendrein war es für ein paar Stunden eine dringend benötigte Flucht vor dem beschissenen Leben zu Hause gewesen.

»Es ist lange her«, sagte sie wehmütig, und Mason war sich sicher, dass es ihm gelungen war, sie für seinen Plan zu gewinnen, bis sie fortfuhr: »Aber heute Abend kann ich nicht. Ich habe schon Pläne.«

Ihre Antwort war frustrierend vage, denn normalerweise zögerte sie nie, ihm bestimmte Einzelheiten zu erzählen. Er wartete ein paar Sekunden, und als sie nicht, wie erhofft, näher darauf einging, drängte er auf eine Antwort.

»Was für Pläne?« Er wollte wissen, was wichtiger war, als Zeit mit ihm zu verbringen. Oder vielleicht war es nur eine

Ausrede, um nicht mit ihm allein zu sein. Wie auch immer, er wollte eine Antwort. »Was hast du vor?«

Sie zögerte, fuhr sich nervös mit den Zähnen über die Unterlippe, bevor sie antwortete. »Also … ich gehe mit Blake Cavanaugh essen.«

Diese unerwartete Antwort fühlte sich an wie ein Schlag in den Magen, und es kostete ihn äußerste Selbstbeherrschung, nicht wie ein verdammter Höhlenmensch zu brüllen und Katrina wie besagter Neandertaler an den Haaren in sein Büro zu schleifen und ihr zu zeigen, wem sie gehörte.

Herrgott noch mal, wie besitzergreifend war er eigentlich? Wenn es um Katrina ging, verspürte er offensichtlich den starken Drang, Ansprüche anzumelden, obwohl er kein Recht dazu hatte.

So ruhig, wie die Gefühle es zuließen, die in ihm tobten, fragte er: »Du hast ein Date mit dem Typen?« Er verschluckte sich fast an dieser Frage.

»Es ist nur ein Abendessen«, sagte sie, als sei es keine große Sache.

Abendessen … und dann was?, fragte Mason sich. In Katrinas Wohnung für einen Absacker und … *Fuck, fuck, fuck*, wenn er nur daran dachte, dass ein anderer Mann sie berührte, geriet er aus dem Gleichgewicht.

»Letztes Jahr hast du ihm ständig einen Korb gegeben«, sagte er, erstaunt, dass seine Stimme tatsächlich ruhig klang. »Was hat sich geändert?«

Sie seufzte leise und schob sich die violetten Spitzen ihres blonden Haars hinters Ohr, sodass er ihr wunderschönes Gesicht und das Unbehagen, das sich darin abzeichnete, besser sehen konnte. »Er ist ein wirklich netter Typ, warum also nicht?«

Mason hätte ihr ein Dutzend Gründe liefern können, *warum nicht*, doch er glaubte nicht, dass sie seine Antworten schätzen würde: *Weil niemand dich so gut ficken wird, wie ich es tue … weil Cavanaugh keine Ahnung hat, wie besonders du bist … weil du mir gehörst und ich es nicht ertragen kann, dich an einen anderen Mann zu verlieren.*

Ja, bei dem Gedanken an Letzteres tat ihm sein verdammtes Herz weh.

Er wollte nicht, dass irgendein anderer sie besaß, doch Mason hatte einfach nicht, was nötig war, um der Mann zu sein, den Katrina brauchte und verdiente. Und seine größte Angst war, dass sie eines Tages erkennen würde, dass er selbst als Freund die Mühe nicht wert war. Das war ein vertrautes Muster in seiner Kindheit gewesen – eine Mutter, die sich einen Dreck kümmerte und für die ihre Drogen wichtiger waren als ihre Kinder; ein Vater, der nicht einmal wusste, dass Mason existierte, und Lehrer, die nie versuchten, die Ursache seiner aggressiven Haltung zu verstehen, und ihn als Loser abschrieben. Was ihn dazu getrieben hatte, nur noch mehr Straftaten zu begehen, denn, zum Teufel, warum nicht? Er hatte absolut nichts zu verlieren gehabt.

Ein Teil von ihm wusste sogar, dass diese Selbstzweifel der Grund dafür waren, dass er über One-Night-Stands hinaus keine Beziehungen hatte. Wenn er niemanden so nahe an sich heranließ, dass es ihn emotional berührte – wobei Katrina die Ausnahme war –, bestand kein Risiko, zurückgewiesen zu werden. Seine distanzierte Haltung hatte ihm immer gute Dienste geleistet und ihm geholfen, seine Gefühle außen vor zu lassen. Neben seinen Brüdern war Katrina der einzige Mensch, den gernzuhaben er sich erlaubt hatte, und wenn er ihr nicht *alles* von sich geben konnte, hatte er dann wirklich das Recht, sie daran zu hindern, es bei jemand anderem zu finden?

Gott, sein Magen rebellierte, und er hatte das Gefühl, sich gleich übergeben zu müssen. Weil er die Antwort auf diese Frage kannte und *aufhören* musste, ein egoistisches Arschloch zu sein, wenn es um Katrina ging. Und das hieß, dass er der Tatsache ins Auge blicken musste, dass Katrina mit einem anderen Mann weiterziehen würde, der nicht so kaputt war wie er und der sie von ganzem Herzen und ohne Ängste und Vorbehalte lieben konnte.

»Du hast recht«, sagte er schließlich, obwohl alles in ihm dagegen aufbegehrte, diese Situation zu akzeptieren. »Blake ist ein netter Typ. Viel Spaß bei deinem Date.«

Und dann ging Mason und versuchte, sich einzureden, dass er das Richtige für Katrina getan hatte, obwohl er spürte, dass es verdammt falsch war.

Katrina fuhr ihren lila schimmernden VW-Käfer in die gerade frei gewordene Parklücke in der Straße nahe dem Antico, einem erstklassigen italienischen Restaurant in Backtown, wo sie mit Blake Cavanaugh verabredet war. Ein Teil ihrer Abmachung, mit ihm zu Abend zu essen, war, dass sie mit ihrem eigenen Wagen kommen und ihn im Restaurant treffen würde, damit sie es auch getrennt wieder verlassen konnten. Mason mochte den Eindruck haben, dass es sich heute Abend um ein Date handelte, doch das war keineswegs der Fall.

Sie hatte nur aus einem Grund zugestimmt, Blake zu treffen: weil er gesagt hatte, dass er ein berufliches Angebot für sie habe, und sie neugierig war, herauszufinden, wie dieses Angebot aussah. Sie hatte bereits die schwierige Entscheidung getroffen, sich nach einem anderen Job umzusehen, und sie war aktiv auf der Suche, während sie im Inked Jasmine darauf vorbereitete, mehr Verantwortung zu übernehmen, damit es ein reibungsloserer Übergang werden würde, wenn sie ging.

Masons Gegenwart tagtäglich bis zu zehn Stunden lang zu ertragen forderte seinen Tribut. Ihr Herz tat ihr so weh, wie sie es nie zuvor erlebt hatte. Sie wusste, dass sie Raum brauchte, um ihre Freundschaft retten zu können, denn es war einfach zu hart und schmerzlich, jeden seiner Schritte im Laden zu beobachten und regelmäßig mit ansehen zu müssen, wie er mit Frauen flirtete. Die Eifersucht würde sie schließlich bei lebendigem Leibe auffressen.

Fazit: Angesichts der derzeitigen Situation konnte sie ihr Leben nicht so weiterleben, wie sie es sich wünschte. Schon gar nicht nach dem Wochenende, das sie mit Mason in Vegas verbracht hatte. Diese beiden Nächte hatten für sie alles verändert, für ihn aber nichts. Andererseits hatte er ihr ja auch keine Versprechen gegeben, und sie hatte von vornherein gewusst, wie er tickte, wenn es um Frauen und Sex ging. Doch dieses Wissen machte das, was sie für Mason empfand, nicht weniger schmerzlich.

Sie verdrängte die Gedanken an Mason, damit sie sich

auf Blakes Vorschlag konzentrieren konnte, wie immer der auch aussehen mochte, stieg aus ihrem Wagen, aktivierte die Alarmanlage und überquerte die Straße. Nach der Arbeit war sie nach Hause gegangen und hatte sich umgezogen. Sie trug jetzt eine hübsche schwarze Röhrenhose, eine dunkellila Off-Shoulder-Bluse, die zu den Strähnen in ihrem Haar passte, und flippige Pumps, die aussahen, als habe sie jemand mit lila Farbe besprüht. Das Outfit war hübscher als die lässige Kleidung, die sie im Inked trug, und angemessener für das, was Katrina als Geschäftsdinner betrachtete – und *nicht* als Date.

Als sie das Antico erreichte, stand Blake davor und wartete auf sie.

Mit einem anerkennenden Blick registrierte er ihr verändertes Aussehen und grinste. »Wow, du hast heute Morgen schon großartig ausgesehen, aber heute Abend siehst du geradezu umwerfend aus.«

Sie lächelte und akzeptierte voller Anmut sein Kompliment. »Danke.«

Obwohl es *ihr* heute Abend allein ums Geschäftliche ging, wusste sie, dass Blake versuchen würde, auch dem Vergnügen ein wenig Raum zu geben. Er hatte sein romantisches Interesse an ihr sehr deutlich gemacht, und er war charmant und ein Überzeugungskünstler, doch Katrina war fest entschlossen, auf der professionellen Ebene zu bleiben.

Als sie das Restaurant betraten, fiel ihr auf, dass auch er nach Hause gegangen war und sich umgezogen hatte. Er trug jetzt eine schwarze Hose und ein dunkelgraues, langärmliges Anzugshemd. Krawatte und Anzugjacke hatte er weggelassen, und obwohl er so lässiger wirkte, stand außer Zweifel, dass dieser Mann nach wie vor die Fähigkeit hatte, die Aufmerksamkeit auf sich zu ziehen, egal, welchen Raum er betrat. Er hatte einfach dieses selbstbewusste Auftreten.

Nach außen hin war er ein adretter, gut aussehender Mann mit markigen Gesichtszügen und dunkelbraunen Augen, die vor Selbstvertrauen und Klugheit strahlten. Doch sie wusste, dass sich unter diesem Äußeren ein tätowierter böser Junge verbarg. Es war ein großer Widerspruch, und Katrina konnte nicht leugnen, dass diese zwei Seiten von Blakes Persönlichkeit verdammt sexy waren. Doch da hörte ihre Faszination dann auch schon auf. Es war wirklich sehr schade, dass sie sein Interesse nicht erwidern konnte, da ihr Herz einem anderen gehörte. Auch wenn *dieser andere* nicht die leiseste Ahnung davon hatte.

Was der Grund dafür war, dass sie Abstand zu Mason gewinnen musste, damit sie lernen konnte, jeden einzelnen Tag ihres Lebens ohne ihn zu leben. Und dann würde vielleicht eines Tages ein Mann daherkommen und diese Leere dauerhaft füllen. Nachdem sie die Liebe und Zuneigung gesehen hatte, die Samantha und Clay füreinander empfanden, wünschte sie sich einen Mann, der sie wertschätzte. Katrina wollte heiraten und eine eigene Familie gründen. Sie wollte sich nicht mit weniger zufriedengeben.

Sie gingen zum Empfangstresen. Sobald die Empfangsdame, die in den Zwanzigern war, Blake sah, leuchteten ihre Augen, und sie lächelte breit. Offensichtlich hatte sie ihn als einen Stammkunden erkannt.

»Hi, Mr. Cavanaugh«, begrüßte sie ihn, ohne Katrina auch nur eines Blickes zu würdigen. »Ihr Tisch ist bereit.«

»Ausgezeichnet.« Sie ging ihnen durchs Restaurant voraus, und Blake legte seine große Hand auf Katrinas unteren Rücken, als sie ihr folgten.

Es war die Geste eines Gentlemans, und Katrina dachte, dass sie vielleicht irgendetwas spüren würde, vielleicht sogar ein Flattern oder eine Anziehung. Doch es passierte einfach nichts, und sie wusste, dass das bei keinem Mann passieren würde, bis sie über Mason hinweg war. Gott, sie hoffte, dass das überhaupt möglich war.

Sie ließen sich an einem Tisch in einer ruhigen, abgeschiedenen Ecke nieder, und sobald der Kellner kam, bestellte Blake für sie beide eine Flasche Wein. Katrina nahm an, dass es ein teurer Wein war, und Blake schien nicht der Typ zu sein, der billigen Chardonnay trank. Sie studierte die Karte mit den italienischen Speisen, und er tat es ihr gleich.

Nach ein paar Minuten machte Blake ihr ein paar Vorschläge. »Der Entenbraten ist hervorragend, ebenso das geschmorte Schweineschulterragout.«

Sie zog die Nase kraus und schaute ihn über die Speisekarte hinweg an. Sie wusste, dass sie ihm gleich gestehen würde, dass ihr Geschmack im Vergleich zu seinem verwöhnten Gaumen sehr langweilig war. »Tut mir leid, dich zu enttäuschen, aber ich bringe es nicht über mich, eine Ente zu essen, und Schweineschulter klingt einfach … falsch.«

Er kicherte. »Also gut.«

Zumindest amüsierte ihn ihr Mangel an Kultiviertheit, was Essen anbelangte. »Ich meine, das hier ist ein italienisches Restaurant«, führte sie an. »Haben die keine Ravioli oder einfach Spaghetti mit Fleischbällchen?«

Seine Augen funkelten vor Lachen. »Klingt, als hätte ich mit dir ins Olive Garden gehen sollen.«

»Oh Gott, ich *liebe* das Olive Garden«, sagte sie enthusiastisch.

»Das werde ich mir fürs nächste Mal merken.« Er legte die Speisekarte beiseite. »Und hier, denke ich, werden dir die Tagliatelle Bolognese schmecken, das sind Bandnudeln in einer Fleischsoße. Sie kommen den Spaghetti sehr nahe«, sagte er mit einem Grinsen.

Sie schenkte ihm ein zufriedenes Lächeln. »Perfekt.«

Der Kellner kam mit dem Wein, goss jedem von ihnen ein Glas ein und brachte ihnen Butter und einen Korb Brot. Nachdem er ihre Bestellungen aufgenommen hatte – Blake nahm die geschmorten Rippchen – und sie wieder allein waren, lenkte Katrina das Gespräch auf das, weswegen sie eigentlich hier waren.

»Also, was für ein Angebot hast du für mich?«, fragte sie.

»Was? Nicht ein wenig Small Talk zu Beginn?« Auch dieses Mal klang seine Stimme humorvoll.

Zumindest nahm er die Dinge nicht zu ernst, was ihn äußerst sympathisch machte. »Weißt du, was?«, sagte sie, während sie nach einem Stück Brot griff und es mit Butter bestrich. »Lass uns zuerst das Geschäftliche erledigen, und wenn dann noch Zeit bleibt, machen wir ein bisschen Small Talk.«

Gedankenverloren schwenkte er sein Weinglas. »Klingt unanständig.«

»Ich glaube, du verwechselst das mit *Bett*geflüster«, korrigierte sie ihn und biss in ihr Brot.

»Dich kann ich nicht austricksen, oder?« Mit gespielter Enttäuschung schüttelte er den Kopf.

»Nein, ich bin ziemlich schlau«, neckte sie ihn.

Er trank einen Schluck Wein und lehnte sich auf seinem Stuhl zurück. Seine Haltung war entspannt, aber immer noch sehr kontrolliert. »Okay, hör zu. Du weißt, dass ich Miteigentümer einer Werbeagentur bin, richtig?«

Sie nickte, während sie den Rest ihrer Brotscheibe verputzte und nach einer weiteren griff – verflixt, sie hatte Hunger, und sie gehörte nicht zu diesen mageren Frauen, die in Gegenwart eines Mannes kein Brot und keine Pasta aßen. Da sie nicht mit vollem Mund reden wollte, gab sie den universellen Laut für Ja von sich. »Mmm hmm.« Sie wusste auch, dass *Cavanaugh and Zimmerman* eine sehr angesehene Agentur war, und nach den Designerklamotten zu urteilen, die er trug, und dem Sportwagen, den er fuhr, ging es der Firma nicht schlecht.

»Also, wir sind eine Fullservice-Agentur, zu der auch eine Designabteilung gehört«, erklärte er. »Im Moment haben wir eine freie Stelle für einen Grafikdesigner, der direkt unter dem Leiter der Kunstabteilung arbeiten würde.«

Sie trank einen Schluck Wein – ja, die Qualität war hervorragend – und neigte den Kopf zur Seite. »Und was hat das mit mir zu tun?«

»Ich dachte, es sei vielleicht etwas, was dich interessiert«, sagte er ernsthaft.

»Wieso mich?« Vor Überraschung machte sie große Augen. »Ich habe keine Ahnung von Werbung. Na ja, das stimmt nicht ganz«, berichtigte sie sich. »Ich habe ein bisschen Marketing für Inked gemacht, aber das ist wohl kaum die Erfahrung, nach der du suchst oder die du brauchst.«

Er lehnte sich auf seinem Stuhl vor, stützte die Hände auf dem Tisch ab und sah sie direkt an. »Wir wollen jemanden mit einer frischen Perspektive und mit Enthusiasmus. Jemanden, der nicht vorgebildet ist und der über den Tellerrand schaut, wenn es um kreative Designs für unsere Kunden geht.«

So aufregend das Angebot auch klang, sie verstand noch immer nicht, was das mit ihr zu tun hatte. Würden sie nicht zumindest jemanden mit einem Abschluss wollen? »Blake … Ich war nicht auf dem College, und ich habe nie für ein großes Unternehmen gearbeitet. Ich kenne mich ziemlich gut mit Photoshop und ein paar anderen Grafikdesign-Programmen aus, aber ich bin nicht sicher, ob das für eine so große und so angesehene Werbeagentur wie deine reicht.«

Er lächelte. »Süße, ich würde nicht hier sitzen und fragen, ob du an dem Job interessiert bist, wenn ich nicht davon überzeugt wäre, dass du gut zu *Cavanaugh and Zimmerman* passen könntest. Hätte ich gerne ein Date mit dir? Absolut. Aber das eine hat nichts mit dem anderen zu tun. Im Moment ist mein Interesse an dir rein geschäftlicher Natur. Ich möchte nicht, dass du denkst, das eine würde vom anderen abhängen. Und nach dem, was ich weiß und gesehen habe, bringst du mehr als genug für das mit, was wir von einem Grafikdesigner erwarten.«

Gerade als er seine Ausführungen beendet hatte, kam ihr Essen, und ja, ihre ausgefallenen Tagliatelle Bolognese hatten wirklich Ähnlichkeit mit ihrer Vorstellung von einem italienischen Mahl. Der Kellner rieb frischen Parmesan über die Pasta, füllte ihre Weingläser nach und ging weiter zu einem anderen Tisch, nachdem Blake ihm versichert hatte, dass alles bestens sei.

Sobald sie wieder allein waren, stellte Katrina die Frage, auf deren Antwort sie sehr neugierig war. »Also, was weißt du von mir und was hast du gesehen, das dich glauben lässt, dass ich gut in deine Werbeagentur passen würde?« Falls sie dieses Angebot auch nur in Erwägung zog, wollte sie sichergehen, dass er ihre Stärken und ihre Grenzen in Bezug auf die Stelle, die er ihr anbot, auch wirklich kannte.

»Gute Frage«, sagte er scheinbar beeindruckt, während er in ein geschmortes Rippchen schnitt. »Ich komme jetzt seit über sechs Monaten ins Inked. Was mein Wissen über dich angeht: Caleb war sehr gesprächig während meiner Sitzungen und hat mir viele meiner Fragen über dich beantwortet. Ihm zufolge liegt es an dir, dass der Laden so reibungslos läuft, wie er das tut, was mir verrät, dass du eine hervorragende Arbeitsmoral hast. Und ich habe dich im Umgang mit anderen Kunden beobachtet und auch miterlebt, wie du den Laden managst.«

»Du hast mich also ausspioniert?«, neckte sie ihn.

Er kicherte, als er von der Gemüsebeilage aß. »Man nennt es, einen potenziellen Mitarbeiter unter die Lupe nehmen.«

Sie drehte die Bandnudeln um ihre Gabel. »Einen Tattooladen zu managen hat nichts mit der Arbeit in einer Werbeagentur zu tun.«

»Stimmt, aber ich weiß, dass du immer daran interessiert

sein wirst, dich weiterzubilden, und das gehört zu den Qualitäten, die mir bei den Leuten, die ich einstelle, wichtig sind.« Er zögerte einen Moment lang, trank einen Schluck Wein und fuhr dann fort: »Ich habe auch deine Zeichnungen gesehen, die in deinem persönlichen Album und die, die an der Bilderwand im Laden hängen. Jedes Mal, wenn ich reinkomme, schaue ich nach, ob du etwas Neues gemacht hast. Und jedes Mal bin ich unglaublich beeindruckt von deinen Designs und deiner Kreativität.«

Sie blickte auf ihren Teller; ihr Gesicht wurde warm bei dem Gedanken, wie gründlich er sie als potenzielle Mitarbeiterin für seine Agentur analysiert hatte. Und plötzlich überfielen sie Zweifel. »Ich bin mir einfach nicht sicher, ob sich meine Kunst und meine Designs für Inked darauf übertragen lassen, was du für eine Werbeagentur brauchst.«

»*Ich bin* mir sicher, und das ist alles, was zählt«, sagte er zuversichtlich. »Ich bin bekannt dafür, ungeschulte und unerfahrene Mitarbeiter zu engagieren, wenn ich bei ihnen das Talent entdecke, das gut zu unserer Agentur passt. Ich habe mich selten in den Leuten geirrt, die ich ausgewählt habe. Tatsächlich sind die meisten von ihnen zur tragenden Säule des Unternehmens geworden und diejenigen, die in Bezug auf Werbekampagnen und Marketingideen ständig mit einer neuen und frische Perspektive aufwarten.«

Trotz ihrer leichten Bedenken, dass sie keine Erfahrung in diesem Bereich hatte, begann die Vorstellung sie zu reizen. »Du bist so verdammt überzeugend«, sagte sie kopfschüttelnd.

Ungerührt zuckte er die Schultern. »Ich weiß, was ich will,

und ich bin fest entschlossen, meinen Willen durchzusetzen, wenn es mir wichtig genug ist.«

Sie fühlte sich wirklich geschmeichelt – dass er so bedingungslos an ihre Fähigkeit glaubte, sich gut in sein Unternehmen einzufügen. Sie beendeten ihr Dinner, und nachdem der Kellner ihre Teller weggeräumt hatte, blickte Blake über den Tisch und sah ihr direkt in die Augen.

»Also, was denkst du?«, fragte er.

Sie atmete tief aus. Das Angebot war unglaublich großzügig, ja, sogar aufregend, aber es kam auch sehr unerwartet. Sie wusste ohne jeden Zweifel, dass sie, um ihrer Freundschaft mit Mason und um ihres Herzens und ihrer Gefühle willen, einen neuen Job finden musste, doch sie gehörte nicht zu den Menschen, die sich in eine Sache stürzten, ohne genau darüber nachzudenken.

»Ich weiß dein Angebot wirklich zu schätzen, und ich bin sehr interessiert«, sagte sie respektvoll. »Aber ich kann dir in diesem Augenblick keine endgültige Antwort geben.«

»Das erwarte ich auch gar nicht.« Sein Ton war verständnisvoll. »Nimm dir eine Woche Zeit, und denk über alles nach, was ich dir gesagt habe. Und bedenk die Möglichkeiten, die sich in einer Werbeagentur bieten, die zu den Top-Ten-Firmen in Chicago gehört. Ich weiß, dass wir noch nicht über die Bezahlung gesprochen haben, aber ich verspreche dir, es wird sich lohnen.«

»Danke.« Dieses Jobangebot anzunehmen hatte wirklich keine Nachteile, wurde ihr klar. Dennoch würde sie sich die eine Woche nehmen, um sicherzugehen, dass eine neue Karriere in der Werbung das war, was sie wirklich wollte.

»Genug Geschäftliches«, sagte er in einem fröhlicheren Ton, während ein sexy Lächeln seine Lippen umspielte. »Ich bin mehr daran interessiert, zum Bettgeflüster zu kommen.«

Natürlich war er das. Sie ging auf das Spiel ein, lehnte sich auf ihrem Stuhl vor und flüsterte mit aufreizender Stimme. »Möchtest du wissen, wie *meine* Version von verführerischem Bettgeflüster aussieht?«

Auch er lehnte sich vor, seine Augen ein dunkles, tiefes Braun, als er sie gespannt anstarrte. »Absolut«, murmelte er.

Sie schloss die Augen, leckte sich langsam die Lippen, öffnete die Augen wieder und frotzelte: »Ich *brauche* einen Schokopudding.« Sie seufzte und lächelte schelmisch. »Das ist für mich gerade ungefähr so heiß wie Bettgeflüster.«

Er lachte und schüttelte den Kopf. »Ich werde einer Frau niemals ein Dessert verweigern. Außerdem ist es eine Win-win-Situation. Du darfst es essen, und ich darf dir dabei zusehen.«

Solange er sie nicht *berührte,* war alles gut.

KAPITEL 9

Mason saß alleine am hinteren Ende der Bar im Kincaid's und nuckelte an einer Flasche Bier, während er überlegte, ob er nicht zu etwas Stärkerem übergehen sollte, um nicht mehr an Katrinas *Date* mit Blake zu denken und daran, was sie vielleicht gerade taten. Wenn der Typ sie küsste, sie berührte, sie anmachte … *Fuck*. Dieser beunruhigende Gedanke weckte in ihm den Wunsch, mit der Faust gegen etwas Hartes zu schlagen, um ein wenig von dem Frust loszuwerden, der sich in ihm aufgestaut hatte.

»Das ist ja was Neues«, hörte Mason seinen Bruder sagen, bevor Levi sich auf den leeren Hocker neben ihn setzte.

»*Was* ist was Neues?«, fragte Mason gereizt. Er war wirklich nicht in der Stimmung, sich die Kommentare dieses Musterknaben anzuhören.

»Dass du ganz allein an einer Bar sitzt und ziemlich mitleiderregend aussiehst«, meinte Levi, den die Situation sehr zu amüsieren schien.

»Du kannst dich gern wieder verpissen«, schlug Mason vor und trank sein Bier aus.

»Könnte ich.« Levi klang eher amüsiert als beleidigt. »Aber dich so zu sehen ist viel lustiger.«

Wütend starrte Mason seinen Bruder an. Er war ins Kincaid's gekommen, weil er blöderweise angenommen hatte, er könnte sich dort allein in seinem Elend suhlen. Er hatte gewusst, dass Clay nicht da sein würde. Seit sein älterer Bruder verheiratet war, verbrachte er mehr Zeit in dem neuen Zuhause, das er für Samantha und sich gekauft hatte, als in der Bar. Levi trank keinen Alkohol und tauchte normalerweise nicht dort auf, es sei denn, es gab einen speziellen Grund, und Mason nahm es Levi übel, dass er das störte, was eine Selbstmitleidsorgie hätte werden sollen. Bei der Klugscheißer nicht zugelassen waren. Offensichtlich hatte Levi das entsprechende Memo nicht gelesen.

»Was machst du hier?«, fragte Mason unwirsch.

Seine aggressive Haltung brachte Levi nicht aus der Fassung, denn als Polizist hatte er es oft mit weitaus einschüchternderen Leuten zu tun. »Also, ich hab mir zu Hause auf Netflix *House of Cards* angesehen und eine besorgte SMS von Tara bekommen, dass mit dir ernsthaft was nicht stimmt und dass ich sobald wie möglich herkommen soll.«

»Tut mir leid, dass man dir deinen aufregenden Abend vor dem Fernseher verdorben hat«, sagte Mason sarkastisch. »Aber es ist alles in Ordnung, und du bist völlig umsonst hergekommen.«

Levi stützte einen Arm auf den Tresen. »Na ja, wenn man bedenkt, dass du es nicht ausnutzt, dass heute Abend so viele Single-Frauen hier sind, und noch immer keine von ihnen vögelst, muss ich Tara zustimmen. Bist du krank? Hast du

Fieber? Oder ist dein Schwanz endlich wählerisch geworden? Du weißt, dieses große Wort, über das wir während des Flugs nach Vegas gesprochen haben, und das bedeutet, dass man sich genau überlegt, was dieser Schwanz macht und mit wem?«

Levi brauchte den Namen *Katrina* nicht zu nennen, denn sein Bruder war kein Dummkopf. Gott, Mason hasste es, wenn Levi das machte – wenn er sich schweigend zurücklehnte und sich nichts von dem, was um ihn herum geschah, entgehen ließ. Schon als Kind war Levi ruhig und introvertiert gewesen, hatte jedoch alles mitbekommen. Als Erwachsener war es verdammt entnervend, all diese Intensität auf sich gerichtet zu wissen.

Mason widerstand dem Drang, Levi den Stinkefinger zu zeigen, und bedachte ihn stattdessen mit einem angespannten Lächeln. »Meinem Schwanz geht es *gut;* vielen, vielen Dank für deine Besorgnis.«

Er hoffte, dass Levi den Wink verstand und wieder nach Hause ging. Doch der machte stattdessen Tara auf sich aufmerksam und winkte sie zu ihnen herüber.

»Ich hab dir gesagt, dass es schlimm ist.« Tara ließ ihren besorgten Blick von Mason zu Levi schweifen.

»Herrgott noch mal«, blaffte Mason ungehalten. »Es geht mir verdammt noch mal *gut.*«

»Es geht ihm absolut nicht gut«, sagte Levi mit einem mitfühlenden Kopfschütteln. »Er nimmt noch ein Sam's und ich das Übliche.«

»Alles klar«, sagte Tara und ging, um ihre Getränke zu holen.

Wenige Minuten später kam sie zurück und stellte eine frische Flasche Bier vor Mason und ein hohes Glas mit einer alkoholfreien Orangenschorle vor Levi.

Mason warf einen Blick auf den Softdrink seines Bruders. »Ich wünschte, jemand würde deinen verdammten Orangensaft heimlich mit Alkohol versetzen. Ich würde dich liebend gern mal betrunken sehen. Nur einmal.«

Levi schmunzelte und trank einen großen Schluck von seiner Mischung aus Orangensaft und Sodawasser. »Das wird nicht passieren«, sagte er, als er sein Glas wieder auf den Tresen stellte. »Ich habe kein Verlangen danach, Alkohol zu trinken und Mist zu bauen.«

Sich zu betrinken und Mist zu bauen hatte weitgehend Masons Teenagerzeit und auch einen Teil seines Erwachsenenlebens ausgemacht. »Warum nicht?«, fragte er neugierig.

Levi zuckte die Schultern. »Es hat was mit Kontrolle zu tun«, sagte er vage.

Mason war sich ziemlich sicher, dass Levis Gründe mit ihrer Kindheit zu tun hatten und dass jeder von ihnen auf sehr unterschiedliche Weise versuchte, ihre entsetzliche Vergangenheit zu bewältigen. Levi gefiel es *tatsächlich*, alles unter Kontrolle zu haben. Er war ruhig, fokussiert und beherrscht. War es immer gewesen. Als Kind und Jugendlicher hatte Mason es gehasst, dass nichts Levi zu berühren schien, doch im Lauf der Jahre hatte er gelernt, dass die ruhige Persönlichkeit seines Bruders dessen Art war, mit all dem emotionalen Aufruhr in ihrem Leben fertigzuwerden.

Während Levi sich zurückgezogen hatte, war Mason ins andere Extrem verfallen und hatte sich von seiner Wut zu jedem nur erdenklichen Akt der Rebellion hinreißen lassen. Erst mit zunehmendem Alter hatte Mason gelernt, diese wütenden Ausbrüche in den Griff zu bekommen.

»Möchtest du darüber reden?«, unterbrach Levi seine Gedanken.

Stirnrunzelnd sah Mason seinen Bruder an. »Worüber?«

Levi verdrehte die Augen. »Katrina«, spezifizierte er.

Masons erster Gedanke war, sich dumm zu stellen und zu fragen: »Was ist mit Katrina?«, aber er war es so verdammt satt, seine Gefühle für seine beste Freundin zu leugnen. Alles an der derzeitigen Situation machte ihn total fertig, und einer der wenigen Menschen, denen er vertraute, war sein Bruder. Levi urteilte nicht, und das war im Moment genau das, was Mason brauchte – jemand, der ihm zuhörte und ihm hoffentlich einen nützlichen Rat gab.

»Katrina und ich haben in Vegas miteinander geschlafen«, sagte Mason, bevor der Mut ihn verließ.

»Ja, hab ich mir gedacht.« Levi fuhr mit Daumen und Zeigefinger an dem Kondenswasser entlang, das sich auf seinem Glas sammelte.

»Wieso hast du dir das ›gedacht‹?«, fragte Mason, neugierig zu erfahren, was ihn und Katrina verraten hatte.

Levi lachte. »Fragst du das im Ernst? Als du Katrina wie ein verdammter Höhlenmensch aus dem Coyote Ugly getragen hast, wussten Clay und ich sofort, dass sich die Dinge zwischen euch zuspitzen würden. Ihr habt beide seit Jahren versucht, die Anziehung zwischen euch zu leugnen, doch in letzter Zeit war die sexuelle Spannung ziemlich intensiv. Als Katrina dann oben auf der Bar getanzt hat und du unter allen Umständen verhindern wolltest, dass ein anderer Mann sie auch nur anrührt, musste es ja hitzig werden. Und wenn man bedenkt, wie seltsam die Stimmung zwischen euch beiden am nächsten Tag bei der Hochzeit war, war es nicht schwierig, darauf zu kommen, dass ihr Sex hattet.«

Mason runzelte die Stirn. »Aber du warst doch dabei, als ich Tara gesagt habe, es wäre nichts passiert.«

»Und *sie* hat dir geglaubt, aber ich bin dein Bruder und weiß, wann du lügst. Ich sehe es in deinen Augen, vor allem, wenn es um Katrina geht. Und als Polizist ist es für mich noch leichter zu erkennen, wenn du nicht ganz ehrlich bist.«

»Na super«, murmelte Mason. Er würde daran denken müssen, seinem Bruder *nicht* in die Augen zu schauen, wenn er das nächste Mal flunkerte.

»Ihr habt also miteinander geschlafen«, brachte Levi die Unterhaltung wieder auf das eigentliche Thema zurück. »Wo ist das Problem?«

»Das Problem ist, dass ich unsere Freundschaft damit total versaut habe«, murmelte er.

»Wieso?«

»Weil jetzt alles … anders ist zwischen uns.« Er fuhr sich verärgert mit den Fingern durchs Haar. »Es ist alles so seltsam und verkrampft, obwohl wir uns einig waren, das nicht passieren zu lassen. Außerdem hat sie heute Abend ein Date mit einem anderen Typen, und der Gedanke daran macht mich verrückt.«

Überrascht hob Levi die Augenbrauen. »Willst du damit sagen, dass du eifersüchtig bist, wenn Katrina sich mit jemandem trifft?«

Mason drehte sich der Magen um, und Säure stieg ihm in die Kehle. »Ja, und ich hasse es.« In der Vergangenheit hatte er nie ein Problem damit gehabt, mit wem sie sich traf, doch das war, bevor sie die Grenzen ihrer Freundschaft hatten verschwimmen lassen. Jetzt, wo er wusste, wie es sich anfühlte, wenn ihr Körper sich so intim um seinen schlang und er in ihr war, hatte sich zum ersten Mal in seinem Leben in seiner Haltung zu einer Frau alles verändert.

Levi schwenkte geistesabwesend den Orangensaft in seinem Glas, während er einen Moment lang nachdachte. Dann schaute er Mason mit einem schiefen Lächeln an. »Weißt du, ich verstehe nicht, warum ihr beide nicht einfach anfangt, wie ein normales Paar zusammen zu sein.«

Mason runzelte die Stirn. »Weil ich keine *Beziehungen eingehe*. Und weil … weil sie meine beste Freundin ist und das einfach … seltsam ist.«

Levi lachte. »Mann, du hattest *Sex* mit ihr. Und du machst dir Sorgen, dass es seltsam sein könnte, mit Katrina *zusammen zu sein*?«

»Ich weiß, ich weiß«, erwiderte Mason, dem klar wurde, wie lächerlich das alles klang. Doch er konnte diese Zweifel nicht daran hindern, ihm ständig ihre hässlichen Fratzen zu zeigen, und er äußerte sie, bevor er den Mut dazu verlor.

»Ich war noch nie mit jemandem zusammen. Noch nie.« Er fummelte an dem Etikett seiner Bierflasche herum, um Levi nicht direkt ansehen zu müssen, während er ihm seine größten Ängste eingestand. »Und ich habe solche Angst, dass ich mit Katrina noch alles viel schlimmer vermassele, als ich es bereits getan habe. Was, wenn ich alles versaue und wir nicht einmal mehr unsere Freundschaft haben und ich sie für immer verliere?« *Gott, das würde ihn zugrunde richten.* »Was, wenn ihr klar wird, dass ich gar kein so toller Typ bin und dass sie einen sehr viel besseren haben könnte? Dass ich ein totaler Loser bin, der ihr nicht all das bieten kann, was sie von einer Beziehung braucht?«

»Wenn du ein Loser wärst, wäre sie nicht die letzten zwölf Jahre bei dir geblieben«, sagte Levi trocken.

»Als *Freundin*«, korrigierte Mason seinen Bruder. »Nicht als jemand, der … *mehr* will.«

Verstehen flackerte in Levis Blick auf. »Hör mal, woher willst du wissen, wie sich die Dinge entwickeln, wenn du nicht *versuchst*, dich mit Katrina auf mehr einzulassen.«

Mason schluckte schwer, bevor er die Wahrheit zugab. »Ich habe Angst.«

»Du darfst nicht zulassen, dass die Vergangenheit weiterhin dein Handeln bestimmt«, sagte Levi geradeheraus. »Irgendwann musst du deine Verhaltensmuster ändern, damit sich um dich herum etwas ändert.«

Mason sah seinen Bruder mit zusammengekniffenen Augen an. »Von welchen Verhaltensmustern redest du?«

»Von deiner Rumhurerei«, sagte Levi, der offensichtlich versuchte, etwas Humor in die Unterhaltung zu bringen. Doch schon wenige Augenblicke später wurde sein Gesichtsausdruck viel ernster. »Glaubst du, ich verstehe nicht, warum du keine Frau nah genug an dich ranlässt, um dich in sie zu verlieben?«

Das war wieder typisch Levi, ganz aufmerksam und scharfsinnig, doch Mason war neugierig, zu erfahren, welche Schlussfolgerungen sein Bruder gezogen hatte. »Warum lässt du mich nicht an deiner Weisheit teilhaben?«, fragte er gedehnt.

Levi ignorierte seinen klugscheißerischen Ton. »Wir sind mit einer Mutter aufgewachsen, die ihre Kinder, die sie sowieso nie wollte, praktisch im Stich gelassen hat, und wir sind alle drei mit der Situation auf völlig unterschiedliche Weise umgegangen. Clay hat die Elternrolle übernommen. Er war der Verantwortliche, der dafür gesorgt hat, dass wir zusammenbleiben konnten, obwohl das bedeutete, dass er sich den Arsch aufreißen musste, um uns ein anständiges Leben ohne Wyatts ständigen Missbrauch zu ermöglichen.« Wyatt, das Arschloch, war der Freund ihrer Mutter gewesen, der großen Gefallen daran gehabt hatte, sie zu terrorisieren, bis Clay eines Tages zurückgeschlagen hatte.

Gott sei Dank war dieser Teil ihrer Vergangenheit für immer vorbei. Wyatt war zwar vor Kurzem wieder in ihr Leben getreten und hatte Clay erneut bedroht, doch es hatte nicht gut für ihn geendet, denn er saß jetzt für einen Mord im Gefängnis, den er vor über einem Jahr begangen hatte. Zumindest hatte diese Konfrontation es Clay aber erlaubt, sich endlich der Möglichkeit einer Zukunft mit Samantha zu öffnen. Was war nötig, dass Mason genauso an sich glauben konnte?

»Ich war so jung«, fuhr Levi fort, »aber selbst ich habe meine eigenen Bewältigungsmechanismen entwickelt. Ich habe immer …« Er runzelte die Stirn und ließ die Worte ungesagt, als wolle er nicht über diese schmerzlichen Erinnerungen nachdenken. Und Mason drängte ihn nicht.

»*Du* warst ein verdammter Teufelsbraten«, sagte Levi stattdessen und brachte die Sprache zurück auf Mason. »Als unsere Mutter ins Gefängnis musste und Wyatt dank Clay endlich aufgegeben hatte, hast du, nach allem, was wir durchgemacht hatten, alles getan, um Clay an die Grenze der Belastbarkeit zu treiben. Es war, als würdest du ihn ständig testen, aber er hat dich nie aufgegeben. Nie.«

»Ich weiß«, sagte Mason, und er war dankbar dafür, denn er hatte es seinem älteren Bruder wirklich nicht leicht gemacht.

»Und das, was du mit Frauen machst … Du bindest dich nicht, weil du durch unsere Vergangenheit einen Knacks weghast«, sagte Levi. »Du gehst, ohne auch nur zu sehen, ob sich etwas anderes als Sex entwickeln könnte, und du wählst bewusst Frauen aus, die nichts weiter wollen als etwas Spaß, damit keine Gefahr besteht, dass du in Gefühle verwickelt wirst. Aber Katrina … sie ist anders als all diese Gelegenheitsficks. Ist es schon immer gewesen.«

Dagegen konnte Mason nichts einwenden, denn Levi hatte recht.

»Deswegen hast du immer dafür gesorgt, dass Katrina in der Kumpelzone bleibt«, fuhr Levi fort, während Mason versuchte, die Worte seines Bruders zu verdauen. Levi sagte all das, was er zwar wusste, aber nur selten verbalisierte, und worüber er nicht gern nachdachte. »Denn auf diese Weise kannst du ein enges Verhältnis mit Katrina haben, ohne dir Sorgen machen zu müssen, dass du etwas Dummes tust und sie dich verlässt. So ist das nun mal mit besten Freunden. Sie bleiben auch in harten Zeiten, sie unterstützen dich und halten dir immer den Rücken frei. Und sie vergeben dir, wenn du ein Arschloch bist.«

Letzteres brachte Mason zum Schmunzeln. »Und wir alle wissen, dass das ein- oder zweimal passiert ist.«

»Oder ein Dutzend Mal«, fügte Levi mit einem Grinsen hinzu. »Mein Rat? Sei diesmal kein Arschloch; wiederhol dein Schnelle-Nummer-Muster nicht mit Katrina, denn damit würdest du ihr nur einen Grund geben, noch mehr Abstand zwischen euch zu legen. Das hier ist deine Chance, alles mit ihr in Ordnung zu bringen, und die Tatsache, dass du seit unserer Rückkehr aus Vegas nicht wieder rumgehurt hast, sagt mir, dass sie vielleicht die Richtige ist. Verdammt, vielleicht ist sie es immer gewesen, und du öffnest dich erst jetzt dieser Möglichkeit.«

So beängstigend es auch klang, Mason nickte zustimmend. Genau so fühlte es sich an – als würde er es sich endlich zum ersten Mal in seinem Leben erlauben, emotional verletzlich zu sein, wobei er jedoch keine Ahnung hatte, wo Katrina stand. Vielleicht war sie bereits zu Blake weitergezogen, und ihre Zeit mit Mason in Vegas war für sie nur noch eine entfernte Erinnerung.

Er fluchte leise, weigerte sich, diese Möglichkeit auch nur in Betracht zu ziehen. Und er würde nicht zulassen, dass ein anderer Typ sich zwischen ihn und Katrina drängte. Jedenfalls nicht kampflos.

Mason schaute Levi an, war neugierig, ein paar Dinge zu erfahren, die sein Bruder ungesagt gelassen hatte. »Da du mich so gut analysiert hast, wie kommt's, dass du selbst nie eine feste Beziehung hattest?«

»Wer sagt, dass ich keine hatte?«, schoss Levi zurück.

Die schnelle Antwort seines Bruders überraschte Mason. »Na ja, da ich nie mitbekommen habe, dass du mit einer Frau zusammen warst, und du Clay und mir auch nie eine vorgestellt hast, habe ich einfach gedacht, du seist *wählerisch*. Siehst du, ich weiß, was dieses große Wort bedeutet«, scherzte Mason. »Oder vielleicht hebst du dich für die Ehe auf.«

Levi lachte laut los. »Weit gefehlt. Ich bin einfach nur diskreter als du.«

Mason beobachtete, wie sein Bruder seinen gespritzten Orangensaft austrank und das Glas über die Bar schob. Levi hatte während der Highschool nie eine Freundin gehabt – jedenfalls keine, von der Mason gewusst hätte –, und direkt nach dem Schulabschluss mit siebzehn war er mit Clays Zustimmung für vier Jahre zur Armee gegangen. Er war seit über zwei Jahren wieder zurück und arbeitete jetzt als Polizist für das Chicago Police Department, und es schien keine Frau in seinem Leben zu geben.

»Hast du dich beim Militär mit jemandem getroffen?«, fragte Mason, neugierig, ob während dieser Zeit etwas passiert war.

»Heute Abend geht es allein um dich, nicht um mich«, wich Levi dem Thema aus, stand auf und klopfte Mason auf den Rücken. »Meine Intervention ist erledigt, und jetzt kann ich mit gutem Gewissen nach Hause gehen und mir weiter *House of Cards* ansehen, denn ich weiß, dass ich meinen Bruder davor bewahrt habe, etwas Dummes zu tun, was er später bereuen könnte. Oh, und die Therapiesitzung war gratis.«

»Hier ist deine Bezahlung«, sagte Mason und zeigte Levi den Stinkefinger.

Levi schüttelte nur den Kopf und kicherte, als er aufbrach und Mason wieder allein ließ. Doch der suhlte sich wenigstens nicht länger im Selbstmitleid. Nein, jetzt entwarf er einen Schlachtplan, wie er die eine Frau – *die einzige Frau* –, die er im Leben wollte, für sich gewinnen konnte.

Als Mason am folgenden Morgen um zehn beim Laden eintraf, war er trotz der Tatsache, dass Katrina am Abend zuvor mit einem anderen Mann essen gewesen war, in Bezug auf sie und den vor ihm liegenden Tag optimistisch gestimmt. Er hatte einen Becherhalter mit zwei großen Coffee to go dabei, die er auf dem Weg zur Arbeit gekauft hatte – einen schwarzen für sich und einen Caramel-Latte, den Katrina so gern trank –, sowie ein Plunderstück mit Apfel und Frischkäse, ihren Lieblingskuchen.

Als er das Inked betrat, wurde er vom Anblick einer Kristallvase mit einem Dutzend Rosen auf dem Empfangstresen sowie von Katrina begrüßt, die dort in einem süßen schwarzen Minikleid und oberschenkelhohen Schnürstiefeln stand, bei deren Anblick er sofort davon träumte, dass sie sie um seine Taille schlang, während er sie gegen den Tresen vögelte. Ja, sein Schwanz unterstützte die Idee zu einhundert Prozent.

Sie hatte ein breites Lächeln auf dem Gesicht – aber es galt nicht ihm. Nein, es war die Reaktion auf die kleine Karte, die mit den Blumen gekommen war und die sie jetzt las. Zweifellos hatte Blake sie geschickt.

So viel dazu, sie mit einem Kaffee und einem Gebäckstück zu überraschen. Seine mageren Geschenke hatten keine Chance gegen das leuchtende, wunderschöne Arrangement, das wahrscheinlich ein kleines Vermögen gekostet hatte. Offensichtlich machte Blake seine Ansprüche geltend, und Mason atmete langsam und tief aus, um nicht überzureagieren und etwas *Dummes* zu sagen, das nur dazu führen würde, dass Katrina sich noch weiter von ihm zurückzog. Sein Ziel war das Gegenteil: Die Freundschaft, die ihnen beiden so viel bedeutete, wiederherzustellen, und von dieser Basis aus eine Beziehung aufzubauen.

Doch Herrgott noch mal, er hatte nicht damit gerechnet, mit Reichtum und Raffinesse und einem Typen konkurrieren zu müssen, der wusste, wie man eine Frau umwarb. Diese Fertigkeit hatte Mason nie benötigt, doch er erkannte, dass er definitiv eine Schippe drauflegen musste, wenn er mit jemandem von Blake Cavanaughs Kaliber mithalten wollte.

Er trat neben Katrina, und sie steckte die Karte, die sie las, schnell wieder in den Umschlag, bevor er sehen konnte, was darauf stand. Sie steckte den Umschlag in ihre Tasche, die immer noch auf dem Tresen lag, und drehte sich dann mit geröteten Wangen und einem verlegenen Gesichtsausdruck zu ihm um.

Wegen Blakes Nachricht?, überlegte er. Mist. Er hasste es, dass ein anderer Mann diese Wirkung auf sie haben konnte. Eifersucht schnürte ihm die Brust ein, und er weigerte sich, es seinem Verstand zu erlauben, Bilder von Blake und Katrina heraufzubeschwören, die *das* taten, wovon Mason sich wünschte, dass allein er das Privileg hatte, es mit ihr und für sie zu tun.

»Hey«, sagte sie mit einem gezwungenen Lächeln und verhielt sich so reserviert, als sei sie nicht sicher, was sie an diesem Morgen von ihm zu erwarten hatte.

»Hey, du«, erwiderte er mit einem *echten* Lächeln, während er sich die größte Mühe gab, sich nicht wie ein besitzergreifender Depp zu benehmen, denn das würde nur dazu führen, dass sie sich noch mehr verschloss. »Ich hab dir einen Caramel Latte und ein Plunderstück mitgebracht.« Er reichte ihr beides.

»Danke.« Die aufmerksame Geste schien sie wirklich zu freuen.

Er warf den To-go-Behälter in den Abfalleimer und trank einen Schluck seines starken Kaffees. »Wie war dein Date mit Blake gestern Abend?« *Na bitte, er konnte völlig zivilisiert mit der Situation umgehen.*

»Es war … gut«, sagte sie viel zu vage und wich seinem Blick aus.

Was in aller Welt bedeutete *gut*? Mason drängte nicht. Würde nicht drängen. Doch Fuck, er wollte drängen. Unbedingt. Stattdessen sagte er: »Freut mich, dass du einen schönen Abend hattest«, und ging in seine Kabine, um sich auf seinen ersten Termin an diesem Tag vorzubereiten.

Als er lässig einen Blick zurück zum Tresen warf, sah er, dass Katrina ihn stirnrunzelnd beobachtete, während sie in ihr Gebäck biss. Offensichtlich hatte sie nicht erwartet, dass er so rational reagieren würde, und selbst Mason musste zugeben, dass er von sich selbst beeindruckt war, denn es hatte ihn das letzte Fünkchen Kontrolle gekostet, das er besaß, sie nicht in sein Privatbüro zu zerren und ihr auf die beste Art, die *er* kannte, überall seinen Besitzstempel aufzudrücken.

Scheiß auf die teuren Rosen. Mason würde sicherstellen, dass er seinen Anspruch auf denkwürdigere Weise geltend machte. Ob Katrina es wusste oder nicht, sie gehörte ihm. Und er würde alles in seiner Macht Stehende tun, um es zu beweisen.

KAPITEL 10

Katrina betrat ihre Wohnung, legte Tasche und Schlüssel auf den kleinen Tisch bei der Tür und ging in ihr Schlafzimmer, um das Kleid und die Stiefel auszuziehen, die sie zur Arbeit getragen hatte. Es war ein langer, arbeitsreicher Tag gewesen, und es hatte die Sache nicht einfacher gemacht, dass sie jedes Mal, wenn ihr Blick auf die Vase mit den Rosen gefallen war, die auf dem Empfangstresen stand, an Blakes Jobangebot hatte denken müssen. Zweifellos war genau das seine Absicht gewesen.

Und dann waren da Mason und sein seltsames Verhalten. Er war gut gelaunt mit ihrem Lieblingsfrühstück im Laden eingetroffen, und es hatte sich wie ein Friedensangebot angefühlt, das sie begrüsst hatte. Und obwohl er die Blumen gesehen und sich sehr nett nach ihrem *Date* mit Blake erkundigt hatte, hatte sie sich gewünscht, er würde ein kleines bisschen Eifersucht zeigen. Etwas, irgendetwas, was ihr einen Hinweis darauf gab, dass er mehr für sie empfand, als man es für eine *beste Freundin* tat.

»Und wenn er es täte, was dann?«, murmelte sie vor sich

hin, während sie auf dem Bett saß, ihre Stiefel aufschnürte und auszog. Mason kannte die Bedeutung des Wortes monogam nicht, und sie war nur an einem Mann interessiert. Ende der Geschichte.

Nachdem sie ihr Kleid und ihren BH abgelegt hatte, zog sie ein weiches Baumwollleibchen und bequeme Schlafshorts an und tapste in die Küche, um sich etwas zum Abendessen zuzubereiten. Sie öffnete den Kühlschrank und prüfte den mageren Inhalt. Oje, sie hätte auf dem Heimweg beim Lebensmittelladen anhalten oder sich zumindest ein Essen zum Mitnehmen kaufen sollen.

»Okay, dann eben Rührei«, sagte sie sich, da ihre Möglichkeiten begrenzt waren. Gerade als sie in den Kühlschrank greifen und den Eierkarton herausnehmen wollte, klingelte es an der Tür.

Sie eilte zur Wohnungstür, schaute durch den Spion und sah Mason vor der Tür stehen – was sie an den letzten Abend in Vegas erinnerte, an dem er in ihr Zimmer gekommen war. Der Gedanke an das, was geschehen war, nachdem sie ihn hereingelassen hatte, ließ ihr Herz verräterisch flattern. Sie hatte keine Ahnung, was er hier tat oder was er wollte, doch sie konnte die Tatsache, dass er hier war, nicht ignorieren. Er musste ihr Auto auf ihrem Parkplatz gesehen haben.

Als sie die Tür öffnete, wurde sie von dem köstlichen Duft begrüßt, der aus der Pizzaschachtel in seiner Hand aufstieg, die aus ihrer beider Lieblingspizzeria stammte. In der anderen Hand hielt er eine Papiertüte aus dem Lebensmittelladen.

Angesichts des herzhaften Dufts knurrte ihr Magen, und er grinste, während er mit einem heißen Blick, der ihre Brüste prickeln ließ, unverfroren ihr Leibchen und ihre Shorts betrachtete. »Wurst, Pilze und Oliven«, verkündete er – ihre Lieblingspizza. »Ich hoffe, du hast noch nicht zu Abend gegessen.«

Es war nicht das erste Mal, dass er unangekündigt und mit Essen bei ihr auftauchte, und es fühlte sich einfach so … normal an. Wie in alten Zeiten, und sie konnte nicht widerstehen – obwohl sie sich fragte, warum er hier war, nachdem seit eineinhalb Wochen Spannungen zwischen ihnen herrschten.

Sie trat einen Schritt zurück, ließ ihn in ihre Wohnung und ging ihm in die Küche voraus. »Um ehrlich zu sein, du ersparst mir eine langweilige Rührei-Mahlzeit. Die Pizza riecht unglaublich lecker.«

Er stellte die Schachtel zusammen mit der Lebensmitteltüte auf die Anrichte und begann, die Tüte auszupacken. »Hier ist Root Beer, um das Essen runterzuspülen, und Karamelleis mit Salz, das wir bei dem Film, den ich von Redbox ausgeliehen habe, essen können«, sagte er, während er das Bier in den Kühlschrank stellte.

Sie lehnte sich gegen die Anrichte und fühlte sich plötzlich … überwältigt. Und so verwirrt. Das Szenario erinnerte sie an die besten Zeiten, die sie mit Mason verbracht hatte – Pizza essen und sich den Bauch mit ihrem Lieblingseis vollschlagen, während sie sich einen gruseligen Film angesehen hatten. Wobei sie sich wegen ihrer Liebe/Hass-Beziehung zu Thrillern immer auf dem Sofa mit ihm zusammengekuschelt und sich während der grausamen Szenen an ihn geklammert oder ihr Gesicht an seinem Hals verborgen hatte.

Doch all das war *vorher* gewesen, und jetzt wusste sie nicht, was sie von all *dem* halten sollte. Und von seinem veränderten Verhalten. Vor allem, da die Situation zwischen ihnen zurzeit so angespannt war.

»Mason, was machst du hier?«, platzte sie heraus.

Er stellte die Teller, die er gerade aus dem Schrank genommen hatte, auf die Anrichte und kam auf sie zu. Das besitzergreifende Funkeln in seinen blauen Augen ließ ihren Puls rasen. Alles schien sich in diesem Augenblick zu ändern – seine Fröhlichkeit wich etwas viel Erregenderem.

Als er bei ihr war, stützte er die Hände zu beiden Seiten von ihr auf die Anrichte und beugte sich so weit vor, dass er ihre Brüste streifte – was sie erzittern und ihre Nippel fast schmerzhaft hart werden ließ.

»Ich stecke meinen Claim ab, Miezekätzchen.« Seine Worte waren so besitzergreifend wie der donnernde Klang seiner Stimme. »*Das* ist es, was ich hier tue.«

Sie öffnete den Mund, und schloss ihn wieder. Seine Worte machten sie fassungslos. Sie hatte erwartet, dass er so etwas sagen würde wie *»Ich bin hier, um unsere Freundschaft wieder auf Kurs zu bringen«*, und nicht, dass er vorhatte, *seinen Claim abzustecken*. Während ihr Körper bereit war zuzulassen, dass er sie markierte, wo immer er wollte, sahen ihr Herz und ihr Verstand die Sache völlig anders.

»Ich will nicht deine bequeme Fickfreundin sein.« Sie hasste den leisen Zweifel, der in ihre Stimme gekrochen war, konnte jedoch nichts gegen ihre Gefühle tun. »Oder eine weitere deiner sexuellen Eroberungen.«

»Das will ich auch nicht. Ich schwöre es. Ich will dich.

Nur dich«, sagte er, während er die Hände auf ihre Taille legte und ihr die Hüften entgegendrängte. Das charmante Grinsen, das er ihr zuwarf, strafte die plötzliche Nervosität in seinem Blick Lügen. »Und ich will dich zwar vögeln, aber nicht als dein *Fickfreund.*«

Sie schluckte schwer, während sie versuchte, seine Worte zu verdauen, vor allem, dass er sich ein Zusammensein als monogames Paar zu wünschen schien, obwohl Mason doch gar keine Beziehungen einging. Niemals.

Verwirrt schüttelte sie den Kopf. »Ich verstehe nicht …«

»Ich habe auch Schwierigkeiten, all das zu verstehen«, gab er ehrlich zu. »Doch eins weiß ich mit absoluter Sicherheit: dass ich den Gedanken, ein anderer Mann könnte dich berühren, nicht ertragen kann. Nicht nach dem, was in Vegas passiert ist. Du bist gestern Abend mit Blake ausgegangen, und ich war so verdammt down und eifersüchtig, dass ich beinahe ein Magengeschwür bekommen hätte. Und dann diese verdammten Blumen, die ich den ganzen Tag über ansehen musste …« Er verstummte und spannte den Kiefer an. »Ich nehme an, Blake hat sie geschickt?«

Sie nickte. »Ja.« Doch Mason wusste nicht, dass die beigefügte Nachricht überhaupt nicht romantisch gewesen war, sondern Blakes Hoffnung zum Ausdruck gebracht hatte, dass sie ein Teil des *Cavanaugh-and-Zimmerman*-Teams werden würde.

Mason sah sie stirnrunzelnd an und verstärkte den Druck seiner Hände auf ihre Taille. »Wenn Blake hier gewesen wäre, wären wir wegen dir aneinandergeraten, das garantiere ich dir, und *ich* hätte gewonnen.«

Überrascht sah sie ihn an. »Ich hatte keine Ahnung, dass du eifersüchtig bist.«

Sein Gesichtsausdruck wurde hinreißend verlegen. »Weil ich *versucht* habe, kein Arschloch zu sein, was verdammt schwer war.« Er starrte ihr in die Augen, suchte ihren Blick. »Sag mir einfach eins: *Muss* ich mir wegen Blake Sorgen machen oder eifersüchtig auf ihn sein?«

»Nein«, erwiderte sie ehrlich. Sie hatte kein Interesse an Blake als Mann, fühlte sich nicht zu ihm hingezogen. Doch Katrina war nicht bereit, Mason von Blakes Jobangebot zu erzählen, nicht solange sie noch keine Entscheidung getroffen hatte.

Erleichtert atmete er aus. »Gut.«

Sie biss sich auf die Unterlippe, denn sie wusste, dass sie ihre eigenen Bedenken äußern musste, und sie war immer noch völlig überwältigt von der Richtung, die ihre Unterhaltung genommen hatte. Das war Mason. *Mason*, der zu ihr kam und sie um eine Chance bat. Es war alles, was sie sich je erhofft oder wovon sie je geträumt hatte, nur dass …

»Muss ich mir Sorgen machen wegen … anderer Frauen?« Es war eine faire Frage.

»Nein, du brauchst dir keine Sorgen wegen anderer Frauen zu machen.« Seine Stimme klang ehrlich. Dann verzog sich sein Mundwinkel zu einem schiefen Grinsen. »Seit Vegas war ich mit keiner anderen mehr zusammen. Mein Schwanz will *nur* dich, Miezekätzchen.«

Sie lachte leichthin, auch wenn der zynische Teil ihres Gehirns flüsterte: *Für wie lange?* »Ähm, das ist so … romantisch?«

»Es ist die Wahrheit.« Er hob die Hände und umfasste ihr Gesicht. Die Wärme und Zuneigung in seinem Blick waren unübersehbar. »Ich will, dass das mit dir ganz anders wird, aber das ist völliges Neuland für mich. Können wir es einfach langsam und locker angehen lassen und sehen, was daraus wird?«

Es war keine Rede von für immer – nicht dass Katrina das angesichts der Tatsache, dass das alles neu für ihn war, von ihm erwartet hätte. Und da ihr bewusst war, dass es bei all dem keine Garantien gab, wusste sie auch genau, welches Risiko sie einging – dass ihr das Herz gebrochen wurde, wenn Mason beschloss, dass er für eine feste Beziehung nicht geschaffen war. Und dass dann auch ihre Freundschaft, die sie so schätzte und die ihr so viel bedeutete, auf dem Spiel stand.

Doch ihr war auch klar: Wenn sie sich diese Chance entgehen ließ, würde sie immer zurückschauen, es bedauern und sich fragen, was gewesen wäre, wenn. Sie liebte diesen Mann schon seit so vielen Jahren, und zum ersten Mal in seinem Leben versuchte er sich für eine tiefere, engere, intimere Beziehung zu öffnen, was Zeit brauchte. *Zeit*, die er bereit war, in eine Beziehung mit ihr zu investieren. Etwas, was er nie zuvor für eine andere Frau getan hatte, und sie konnte nicht leugnen, dass sie die Sache mit Vorsicht anging.

»Du schaust mich mit diesen großen Augen an, und ich habe keine Ahnung, was du denkst.« Er fuhr mit den Daumen an ihren Wangen entlang, und ihr wurde bewusst, wie lange sie geschwiegen hatte – offensichtlich so lange, dass er sich Sorgen machte. »Aber ich muss dein *Ja* hören, muss hören, dass du mir eine Chance gibst.«

Dieses Mal zögerte sie nicht. »Ja«, sagte sie, und ein Schauer der Erregung durchflutete sie bei dem Gedanken, ihm zu gehören.

Erleichert stieß er die Luft aus, zog sie an sich, bedeckte ihren Mund mit seinem und küsste sie so langsam und tief und süß, dass es wehtat. Er vergrub eine Hand in ihrem Haar und presste seinen Unterkörper gegen ihren, während er mit der Zunge an ihren Lippen entlangfuhr, bevor er sie wieder hineingleiten ließ. Unter dem Reißverschluss seiner Jeans war er dick und hart – nur für sie.

Dieses Wissen ließ sie erbeben, und sie schmiegte sich an ihn und schob die Hände unter den Saum seines T-Shirts, damit sie seinen harten, muskulösen Bauch berühren konnte. Noch mehr sehnte sie sich danach, sich an seiner Brust entlang immer weiter nach unten zu lecken, bis sie vor ihm auf dem Boden kniete und seinen Schwanz zwischen ihren Lippen hatte.

Erregt von diesem Gedanken, zog sie am Knopf seiner Jeans, doch er ergriff ihre Handgelenke und gebot ihr Einhalt, bevor sie hineingreifen konnte. Er beendete den heißen Kuss und starrte sie an, während er ihre Hand auf seine Erektion presste.

»Fuck«, hauchte er, während sie ihn durch den Jeansstoff fest drückte. »Fühl mal, was *du* mit mir machst, Miezekätzchen.«

Seine Worte gefielen ihr. Sie liebte es, dass sie die Fähigkeit hatte, ihn so hart und begierig zu machen. »Ich kann noch viel mehr.« Sie leckte sich die Lippen und gab ihm damit deutlich zu verstehen, welche Art von Vergnügen sie meinte.

Er lachte heiser und hob eine Augenbraue. »Benutzt du mich für Sex?«, fragte er mit gespielter Entrüstung.

Sie grinste ihn an, war unglaublich glücklich. Und voller Hoffnung. »Vielleicht.«

Er stöhnte. »Ich kann nicht glauben, dass diese Worte aus meinem Mund kommen, aber ich bin nicht in der Hoffnung hierhergekommen, dass du mir einen bläst. Eigentlich hatte ich gehofft, dass das unser erstes offizielles Date werden würde.«

Wieder durchfuhr sie ein Schauer. Er hatte sich tatsächlich Gedanken über diesen Abend gemacht. »Unser erstes Date besteht aus Pizza, Eis und einem Gruselfilm?«

Sein Mundwinkel zuckte und er rieb mit der Hand über die leichten Abendstoppeln an seinem Kinn. »Ich mache mir nichts daraus, gediegen zu speisen, aber wenn du das möchtest, gehe ich mit dir, wohin du willst.«

Katrina hatte am Abend zuvor mit Blake gelernt, dass auch sie sich nichts daraus machte. »Was du mitgebracht hast, ist absolut perfekt.« Und für sie beide war es das wirklich.

»Dann lass uns die Pizza essen, solange sie noch warm ist.«

Während sie Eiswürfel in Gläser gab und das Root Beer eingoss, tischte Mason die Pizza auf, und sie nahmen das Mahl an dem kleinen Esstisch ein, an dem sie nebeneinander saßen. Eine Weile lang redeten sie über die Arbeit, ein müheloser, lockerer, vertrauter Austausch. Und zum ersten Mal seit Langem war Katrina glücklich. Sie war so froh, ihren besten Freund zurückzuhaben, denn sie hatte die zwanglosen, angenehmen Gespräche mit ihm vermisst. Doch sie konnte ihre Aufregung darüber nicht leugnen, dass er wahrhaftig mehr wollte.

Er aß zwei Stücke Pizza und nahm sich noch ein drittes, während sie ihr zweites Stück in einem viel langsameren Tempo verzehrte. Während sie kaute, wurde Masons Gesichtsausdruck ernster. Er legte die Stirn in Falten, schien über etwas nachzudenken.

»Alles in Ordnung?« Sie fragte sich, wohin seine Gedanken gewandert waren und worüber er nachdachte.

Er legte seine zerknitterte Serviette auf den Teller, schob ihn beiseite und drehte sich zu ihr um. »Da gibt es etwas, worüber ich schon seit Vegas mit dir reden wollte, aber irgendwie war nie der richtige Zeitpunkt.«

So viel war in dieser Woche geschehen, und sie hatte keine Ahnung, worauf er hinauswollte. »Okay.«

»An dem letzten Abend, an dem wir zusammen waren … habe ich diese Narben an deiner Hüfte gespürt«, brachte er ein Thema zur Sprache, über das sie nicht mit ihm reden wollte. Niemals. »Damals wolltest du nicht darüber reden, was ich respektiert habe.«

Er sah sie liebevoll, aber gespannt an, und es fühlte sich plötzlich so an, als habe sich die Pizza in ihrem Magen in Blei verwandelt. Eine große Angst erfasste sie, und sie versuchte verzweifelt, sich ihre Panik nicht anmerken zu lassen. Er hatte ihr *noch* keine Frage gestellt, und sie würde keine Einzelheiten preisgeben, solange sie nicht genau wusste, was er wissen wollte. Selbst dann würde sie es vielleicht nicht ertragen können, ihm die Wahrheit zu sagen.

Er nahm ihre Hand in seine und fuhr mit dem Daumen

über ihre Fingerknöchel. »Ich weiß alles über die Schnitte an deinem Arm und warum du sie dir zugefügt hast«, sagte er und erinnerte sie an den Tag, an dem sie sich das erste Mal begegnet waren und er sie beschützt hatte, obwohl er sie damals noch gar nicht kannte. »Und ich weiß, dass du nach allem, was mit deinem Stiefvater passiert ist, eine Therapie gemacht hast, um den Drang, dich zu ritzen, in den Griff zu bekommen. Damals hast du mir gesagt, dass es vorbei sei, dass du es nicht wieder tun würdest … Ja, du hast es sogar versprochen.«

Sie schluckte den Kloß hinunter, der in ihrer Kehle saß. Sie *hatte* Mason dieses Versprechen gegeben, und damals hatte sie es auch ernst gemeint, hatte daran *geglaubt*. Doch da hatte sie nicht geahnt, dass wenige Jahre später neue verheerende Umstände dafür sorgen würden, dass sie wieder in dieses dunkle, trostlose Loch fiel. Sie war so von Wut und emotionalem Schmerz überwältigt gewesen, dass die einzige Möglichkeit, mit ihrer Scham und dem Gefühl der Demütigung fertigzuwerden, die gewesen war, dieses mentale Leid in ein körperliches Leid umzuwandeln, das garantierte, dass sie ihre trostlosen Gedanken vergaß. Wenn auch nur für kurze Zeit.

Er atmete langsam aus. »Ich muss wissen, wann du dir diese Schnitte zugefügt hast«, sagte er und riss sie aus ihren beunruhigenden Gedanken. »War es in letzter Zeit?«

Er schaute sie weiterhin unverwandt an, und sein Ton war so besorgt und liebevoll, dass Katrina am liebsten geweint und ihm die ganze furchtbare Geschichte gestanden hätte, von der sie nie jemandem etwas erzählt hatte. Doch sie wollte nicht, dass er sie anders anschaute, sie anders sah, sodass sie sich für eine vage, aber wahrheitsgemäße Antwort entschied.

»Nein, in der Highschool.« *In unserem letzten Schuljahr. Direkt vor dem Abschluss.*

Seine Finger strichen ihr Handgelenk entlang, wo die Schmetterlingstattoos an ihrem Arm begannen. »Was hat dazu geführt, dass du es wieder getan hast?«

Dein damaliger bester Freund hat mich vergewaltigt, dachte sie, doch die entsetzlichen Worte blieben ihr in der Kehle stecken. »Ich hatte einen Rückfall.« Das entsprach der Wahrheit.

»Warum hast du mir nichts davon erzählt?« Die Zärtlichkeit in seinen Augen wäre ihr beinahe zum Verhängnis geworden.

Sie wich seinem viel zu intensiven Blick aus, erleichtert, dass er nicht weiter nach den Gründen für ihr Verhalten fragte. »Weil ich mich … geschämt habe.«

Seine Finger berührten ihr Kinn, bis sie ihn wieder ansah. Dieses Mal schien ihre Antwort ihn zu beunruhigen. »Ich bin dein bester Freund, Katrina. Du solltest mir alles erzählen, und ich finde es schrecklich, dass du etwas so Schmerzliches alleine durchgemacht hast. Selbst wenn es damals in der Highschool war. Und jetzt, wo ich dein … Freund bin«, sagte er mit einem leichten Grinsen. »Okay, das zum ersten Mal in meinem Leben zu einer Frau zu sagen war echt seltsam. Aber ich möchte nicht, dass du jemals das Gefühl hast, du könntest über irgendetwas nicht mit mir reden. Ich bin immer für dich da. *Immer.* Verstanden?«

Sie wusste, dass es nichts brachte, das, was vor all diesen

Jahren geschehen war, zur Sprache zu bringen. Es würde nur ihre eigenen Unsicherheiten und das Gefühl der Demütigung enthüllen. Connor Stevens war seit acht Jahren aus ihrer beider Leben verschwunden. Nach dem Schulabschluss war er als Marinesoldat zum Militär gegangen, und soweit Katrina wusste, hatten Connor und Mason keinen Kontakt mehr. Deswegen bestand kein Grund, diesen Teil ihrer Vergangenheit wieder aufzuwärmen. Sich zu ritzen war seit Langem endgültig vorbei.

»Versprich es mir, Katrina«, sagte Mason bestimmt.

Sie nickte und rang sich ein Lächeln ab. »Ja, ich verspreche es.« Da sie unbedingt dieser Unterhaltung entkommen wollte, stand sie auf und begann das schmutzige Geschirr einzusammeln. »Lass uns jetzt den Gruselfilm anschauen.«

Während sie die Küche aufräumte und die übrig gebliebene Pizza in den Kühlschrank stellte, ging Mason ins Wohnzimmer und legte den Film ein. Ihr Sofa war breit, und sie hatte ein Sitzkissen, das sie direkt davorschieben konnte, sodass sie es sich beide nebeneinander bequem machen konnten. Sie lehnte sich gegen die Kissen, und nachdem er das Licht gedimmt hatte, ließ Mason sich neben ihr nieder.

Als der Film begann, zögerte Katrina nicht, sich an Mason zu schmiegen, doch sie konnte nicht abstreiten, dass es sich dieses Mal anders anfühlte als sonst, wenn sie sich aneinandergekuschelt einen Film angesehen hatten. Mason legte den Arm um sie, sodass sie den Kopf bequem an seine Brust lehnen konnte, und sie hatte die Beine zwischen seine gelegt. Er spielte mit ihrem Haar, ließ die Strähnen durch seine Finger gleiten und fuhr hin und wieder mit dem Daumen an ihrem

Hals entlang. Sie spürte seine Nähe ganz deutlich, und heißes Verlangen durchströmte sie.

Es gefiel ihr viel besser, sich als seine Freundin an ihn zu kuscheln, weil sie nun die Hand unter sein T-Shirt gleiten lassen und mit den Fingern über seine festen Bauchmuskeln streichen durfte. Während er auf den Film konzentriert zu sein schien, wanderte ihre Hand lässig über seinen straffen Bauch und hoch zu seiner Brust. Dann drehte sie den Kopf und pflanzte einen warmen, feuchten Kuss auf seinen Hals, während ihre Finger leicht einen seiner Nippel berührten.

Blitzschnell griff er nach ihrer Hand, drehte sich zu ihr um und drückte sie in die weichen Kissen, sein Körper halb auf ihrem. Mit einem vorgetäuscht grimmigen Stirnrunzeln schaute er sie an. »Verdammt, das ist unser erstes Date, und ich versuche, mich gesittet zu benehmen.«

Sie biss ihn spielerisch ins Kinn, und er stöhnte. »Der böse Mason gefällt mir viel besser.«

Er ließ ihr Handgelenk los und legte die Hand auf ihre Taille. »Du machst es mir wirklich *schwer*, mich auf den Film zu konzentrieren.«

»Ich weiß.« Sie lachte, war glücklich, dass sie wieder zu ihren Neckereien zurückgefunden hatten. »Willst du stattdessen ein bisschen rummachen?«

Er senkte den Blick, betrachtete hungrig ihren Mund. »Gott, glaubst du wirklich, ich würde dazu Nein sagen?«

»Ich habe gehofft, dass du es nicht tust«, flüsterte sie, während sie die Finger in den Bund seiner Hose steckte und ihn an sich zog. Sein harter, verführerischer Ständer stieß gegen ihren Unterbauch, und ihr Körper schmolz restlos dahin.

»Und wenn du Glück hast, darfst du vielleicht sogar Sex mit mir haben«, neckte sie ihn.

Das Letzte, was sie sah, war sein verruchtes Grinsen, bevor er ihren Mund in Besitz nahm und sie sich in einem glühend heißen Kuss verlor, der ihr Höschen feucht werden ließ. Schon bald begann sie, sich zu bewegen und ruhelos an ihm zu reiben. Von Minute zu Minute wurden die Küsse heißer. Tiefer. Fordernder. Sein Mund war fordernd, seine Lippen waren verzehrend, und das Wirbeln seiner sündigen Zunge machte sie wild auf mehr.

Sie hatte den Film nun völlig vergessen, stöhnte erregt und zog am obersten Knopf seiner Jeans. Sie wollte ihn in ihrer Hand pulsieren fühlen, während sie ihn streichelte. Es kam ihr wie eine Ewigkeit vor, seit sie ihn berührt und sein Schwanz sich tief in ihr bewegt hatte, und sie sehnte sich danach, ihn wieder dort zu haben, wo er hingehörte.

Ein tiefer, gutturaler Laut entwich seiner Kehle, als er sich von ihrem Mund losriss, und eine unleugbare sinnliche Hitze funkelte in seinen Augen. »Ich nehme an, wir gehen zum Trockensex über?«

Sie biss sich auf die geschwollene Unterlippe, brauchte mehr, als einander durch die Kleidungsstücke hindurch zu berühren. Sie wollte, dass sie sich auszogen, damit sie seine Haut an ihrer spüren konnte. »Ich würde den Trockensex lieber übergehen und direkt zum nächsten Schritt kommen.« Begierig schob sie sein Hemd hoch.

Er richtete sich auf, damit er das Hemd über den Kopf ziehen konnte, und warf es auf den Boden hinter sich. »Nur um sicherzugehen – wie sieht deine Version von Schritt drei aus?«

Sie schaute ihn an und schenkte ihm ein sinnliches, verführerisches Lächeln. »Dein Mund auf meinen nackten Brüsten und deine Hand zwischen meinen Beinen«, sagte sie heiser. »Ich bin mir ziemlich sicher, dass Orgasmen eine Voraussetzung dafür sind, über den dritten Schritt hinauszukommen.«

Er kicherte unbeschwert. »Zur Kenntnis genommen. Zieh deine Shorts und dein Höschen aus, damit ich dich ungehindert berühren kann.«

Vorfreude erfasste sie, und sie schob beide Kleidungsstücke die Beine hinunter und schleuderte sie von sich, sodass sie von der Taille abwärts nackt war. Als er ein mit einer Jeans bekleidetes Knie zwischen ihre Beine schob, presste sie die Hand gegen sein warmes, nacktes Fleisch, und ihre Erregung nahm noch zu. Gott, er hatte einen umwerfenden Körper. Tätowierte Arme, gemeißelte Brust und Bauchmuskeln. Und einen Schwanz, der dazu bestimmt war, ihr Vergnügen zu bereiten. Ja, diesen Teil konnte sie kaum abwarten.

Bevor sie die Finger zurück zu seinem Hosenbund gleiten lassen konnte, stieß Mason sie auf den Rücken und zog ihr Leibchen nach oben. »Heb die Hände über den Kopf, damit ich dir das hier ausziehen kann«, befahl er leise.

Sie tat, wie ihr befohlen, und er zog ihr das Leibchen über den Kopf. Doch statt es ganz auszuziehen, wickelte er die dünnen Träger und den Rest des Stoffes fest um ihre Handgelenke, sodass sie zusammengebunden waren. Mit einer Hand drückte er sie über ihrem Kopf auf das Sofa. Völlig nackt lag sie nun vor ihm.

Sie fühlte sich gleichermaßen verletzlich und erregt. Doch

er nahm ihr das Gefühl der Verletzlichkeit und schürte die Flammen ihrer Erregung, als er langsam seinen Blick von ihrem Gesicht nach unten zu ihren Oberschenkeln wandern ließ. Als er schließlich wieder zu ihren Augen zurückkehrte, spiegelten sich in seinem Gesicht Bewunderung und Lust.

Er presste das Gesicht gegen ihren Hals, und sein Atem war heiß und feucht auf ihrer Haut, als er sich einen Weg bis hin zu ihrem Ohr leckte. »Ich werde dafür sorgen, dass du dich verdammt gut fühlst.«

Sie zitterte, und ihre Brüste schwollen an, während ihr Atem immer schneller ging. »Ich weiß. Das tust du immer«, sagte sie, »aber ich möchte dich auch berühren.«

Er schüttelte den Kopf, und sein dunkles, seidiges Haar streifte ihre nackte Schulter, als er in ihr Ohrläppchen biss. »Deswegen habe ich deine Hände festgebunden. Damit ich mich an diesem weichen, süßen Körper schadlos halten kann. Damit ich die völlige Kontrolle über deine Lust habe. Alles, was du tun musst, ist, die Augen schließen und spüren.«

Sie spürte bereits so viel. Körperlich, ja, doch auch emotional, ihr Herz war weit geöffnet und gehörte ganz ihm. Er verschränkte seine Finger mit den Fingern einer ihrer Hände, die er über ihrem Kopf festhielt, eine so sinnliche und intime Geste, dass sie tief in ihrem Inneren einen Schmerz verspürte.

Seine freie Hand umfasste ihre Brust, seine Finger zupften an ihrem harten Nippel, bis ihre Lippen sich öffneten und ihr ein leises Stöhnen entfuhr. Sein heißer, feuchter Mund dockte an ihrem anderen steinharten Nippel an. Seine Zunge umkreiste die Spitze, und seine Zähne fügten ihr einen leichten Schmerz zu, als er sanft in ihr Fleisch biss. Sie wimmerte und bog den Rücken durch, um ihre Brust noch weiter zwischen seine Lippen zu schieben. Er schien zu wissen, was sie wollte und brauchte, und saugte ihre Brust auf so vorzügliche Weise noch tiefer in seinen Mund, dass sie ganz wild wurde.

Und zu betteln begann. »Mason, *bitte*«, krächzte sie. »Ich brauche deine Finger *tiefer.*«

Er gluckste an ihrer Brust, als er seine Hand ihren zitternden Bauch hinabgleiten ließ. Ein einzelner Finger tauchte in ihren Bauchnabel ein, neckte und quälte sie. »Tiefer hier?«, murmelte er, ganz der böse Junge.

Sie öffnete die Augen und versuchte, ihn wütend anzustarren, doch sein heißer, dominanter Blick machte ihr klar, dass sie ihm angesichts ihrer zusammengebundenen Hände und des Knies, das er zwischen ihre Knie geschoben hatte, vollständig ausgeliefert war.

»Berühr mich … zwischen den Beinen«, keuchte sie atemlos.

Seine Finger liebkosten die Innenseite ihres Oberschenkels, umgingen ihr schmerzendes Geschlecht. »Hier?«, fragte er ach so unschuldig.

Es brachte sie fast um, und mit jeder Berührung seiner Finger, egal wo, verstärkte er nur ihr pulsierendes Verlangen. »Mason …«

»Vielleicht musst du konkreter werden«, schlug er mit einem teuflischen Grinsen vor und ließ seine Zunge wieder über ihren Nippel schnellen. »Komm schon, Miezekätzchen.

Rede schmutzig mit mir. Sag mir genau, was du willst, damit ich es dir geben kann.«

Oh Gott, oh Gott, oh Gott. Die Worte waren in ihrem Kopf, dann in ihrem Mund und schließlich auf ihrer Zungenspitze. Sie sprach sie aus, bevor sie den Mut verlor. »Reib meinen Kitzler mit deinen Fingern.«

Er belohnte sie mit einem zufriedenen Lächeln. »Siehst du, das war doch gar nicht so schwer, oder?«, fragte er, als er *endlich* mit den Fingern über und um diese harte, empfindsame Perle fuhr.

Sie rang nach Luft, als das Bündel von Nerven unter seinen geschickten Bewegungen zum Leben erwachte, und sie schloss die Augen und ließ den Kopf zurückfallen, während er seinen Zauber wirken ließ. Sie drängte ihm ihre Hüften entgegen, fühlte sich tief in ihrem Inneren ganz leer. Dieses Mal äußerte sie ihre schmutzige Bitte, ohne zu zögern.

»Fick mich mit deinen Fingern«, stöhnte sie schamlos.

Sie keuchte, als er sofort mit zwei geschickten Fingern tief in sie hineinfuhr und sie ausfüllte; dann stockte ihr der Atem. Er bewegte die Finger nicht in ihr, ließ den Daumen fest auf ihren Kitzler gepresst und hielt sie in der Schwebe zwischen Frustration und unvergleichlicher Ekstase.

Sein Mund kehrte zu ihrem Ohr zurück, seine Stimme war dunkel und besitzergreifend. »Bist du bereit, Baby? Für mich zu explodieren?«

»Ja«, flehte sie.

Er atmete scharf aus und stieß hart und tief in sie hinein, während sein Daumen unaufhörlich mit festen Kreisen über ihren Kitzler rieb. So viele Gefühle durchfuhren sie, und sie umklammerte die Finger, die er über ihrem Kopf mit ihren verschlungen hatte, weil sie einen Anker brauchte, als ihr Körper unter der Gewalt ihres Höhepunkts bebte.

Als sie zu zittern aufhörte und schließlich von ihrem High herunterkam, öffnete sie die Augen und sah, dass Mason sie betrachtete, ja, dabei beobachtete, wie sie wieder zu sich kam. Er hatte ihre Handgelenke von dem Mieder befreit und langsam zog sie die Arme zurück nach unten. Die Hand, die ihr gerade so viel Lust bereitet hatte, lag gespreizt auf ihrem Bauch, doch sein harter Ständer unter dem Reißverschluss seiner Jeans, der sich in ihre Hüfte grub, war nicht zu übersehen und erinnerte sie daran, dass sie ihm bei diesem Spiel, das zu spielen sie beschlossen hatten, einen Schritt voraus war.

Sie lächelte schläfrig, ignorierte den Gruselfilm, der noch immer im Hintergrund lief, und drehte sich leicht, um sich wie eine zufriedene Katze an ihm zu reiben. »Bist du bereit für Schritt vier?«, fragte sie, während sie mit den Handflächen über seinen Bauch fuhr. Sie war vollkommen bereit für eine zweite Runde, doch dieses Mal wollte sie ihn tief in sich spüren.

Er hielt ihre Hände fest, die weiter nach unten wanderten, und legte sie wieder auf seine Brust. »Nicht heute Abend, Miezekätzchen.«

Sie war fassungslos, schockiert und verwirrt. »Warum nicht?«

Ein Kälteschauer jagte über ihre nackte Haut, und als sie zitterte, griff er nach der Decke, die stets über die Rückenlehne des Sofas drapiert war, legte sie über sie und zog sie eng an sich.

Dann strich er ihr behutsam ein paar Strähnen von den Wangen und hob ihr Kinn an, damit sie ihm direkt in die wunderschönen blauen Augen sah. »Zweifle nicht eine Sekunde lang daran, dass ich dich will, aber ich habe kein Kondom dabei, und ich will es nicht riskieren, Sex ohne eins zu haben. Aber vor allem: Ich bin heute Abend nicht deswegen hergekommen, obwohl ich nicht leugnen kann, dass es mir sehr gefallen hat, dich zum Orgasmus zu bringen. Es war verdammt heiß, dich so kommen zu sehen.«

»Oh.« Ihr schwirrte der Kopf von allem, was er ihr gerade erzählt hatte. Es verriet viel über seine wahren Absichten, dass er kein Kondom mitgebracht hatte. Und wenn sie ehrlich war, war sie diejenige gewesen, die initiiert hatte, was gerade geschehen war.

Sein Blick wurde ernst. »Ich möchte dir auch sagen, dass ich mich … trotz meines Rufs immer regelmäßig habe testen lassen, das letzte Mal direkt vor Vegas. Ich bin sauber.«

»Danke, dass du mir das sagst.« Sie schätzte seine Ehrlichkeit. Es war keine leichte Unterhaltung, aber eine notwendige. »Und nur damit das klar ist, bei meinem Test nach meiner letzten Beziehung vor einem Jahr war ich auch sauber.«

Er grinste sie ausgelassen an. »Ich würde sagen, du warst heute Abend ein irgendwie *schmutziges* Mädchen, aber auf die bestmögliche Art«, erinnerte er sie an diese obszönen Worte, die sie gesagt hatte, und daran, wie sehr diese Worte sie angemacht hatten. »Und es hat mir gefallen. Sehr sogar.«

»Mir auch«, gab sie zu und erwiderte sein Lächeln. Mit ihm fühlte sie sich frei, die Frau zu sein, die ihre Sinnlichkeit annahm, die dunklere, verbotenere Tiefen des Sexes genießen konnte. Weil sie ihm vertraute und wusste, dass es um Lust und nicht um Erniedrigung ging.

Da sie nicht über jene *erniedrigenden* Erinnerungen nachdenken wollte, die Teil einer Vergangenheit waren, die sie nicht mehr aufleben lassen wollte, schmiegte sie sich an Mason, der sich jetzt weiter den Film anschaute. Sie liebte es, wie sicher und beschützt sie sich bei ihm fühlte. Kein anderer Mann hatte es je auch nur annähernd geschafft, ihr dieses Gefühl der Sicherheit zu geben, nachdem sie sich immer gesehnt hatte.

Und das war etwas, was sie niemals wieder verlieren wollte.

KAPITEL 11

Drei Wochen der Glückseligkeit, drei Wochen, in denen er sich so gut gefühlt hatte wie noch nie, dachte Mason, als er einen Blick auf Katrina warf, während er das Inventar an seinem Arbeitsplatz prüfte. Sie stand vorne im Laden am Tresen, sprach mit Jasmine und zeigte auf etwas auf dem Computerbildschirm, auf den beide schauten. Er nahm sich einen Moment lang Zeit, um zu genießen, wie hinreißend und sexy sie heute aussah in ihrem kirschroten Bleistiftrock, der weißen Button-up-Bluse und diesen Stöckelschuhen mit Leopardenmuster, die dem ansonsten sittsamen Outfit ein aufreizendes Element hinzufügten.

Seit jenem Abend, an dem er mit Pizza zu ihr gegangen war, hatte sich so viel zwischen ihnen geändert, nicht nur, dass Katrina jetzt seine feste Freundin war. Gott, es gefiel ihm sehr, wie das klang. Und es gefiel ihm noch mehr, dass mit ihrer Beziehung wieder alles in Ordnung war, nur dass sie zusätzlich noch absolut heißen Sex hatten, wann immer sie das wollten. Und sie wollten es oft. Er konnte nicht genug von ihr bekommen und glaubte nicht, dass er das je würde, was schockierend war, wenn er bedachte, dass er sich die letzten zwölf Jahre in bedeutungslose Affären gestürzt hatte in dem Versuch, seiner schmerzlichen Vergangenheit zu entfliehen. Er hatte jede Art von emotionaler Bindung an eine Frau vermieden, weil er immer gefürchtet hatte, dass eine Partnerin irgendwann sah, wie kaputt er war, und ihn verlassen würde.

Aber Katrina … sie hatte alles mit ihm durchgemacht und kein einziges Mal in ihrer Freundschaft geschwankt. Sie wusste alles über seine beschissene Vergangenheit und war nicht weggelaufen, hatte ihn nicht aus ihrem Leben ausgeschlossen. Sie hatte ihm durch einige der schlimmsten Zeiten in seinem Leben geholfen, hatte sein wildes, rebellisches Verhalten ertragen und war noch immer da.

Und jetzt gehörte sie zu ihm.

Wie kam es, dass die eine Frau, mit der er sich aus Angst, sie zu verlieren, nie eingelassen hatte, in Wirklichkeit genau die war, die ihm das Gefühl gab, vollständig zu sein? So als sei sie seine andere Hälfte, von der er bis jetzt nicht einmal gewusst hatte, dass sie ihm fehlte. Bei ihr fand er Ruhe, fühlte sich ausgeglichen und geerdet. Und sie weckte in ihm den Wunsch, für *sie* ein besserer Mensch zu sein.

Er hatte Katrina immer geliebt, sich während der letzten Wochen jedoch in sie *verliebt*, und es war das beste Gefühl, das er je erlebt hatte. Die Emotionen, die sie an jedem einzelnen Tag in ihm weckte, waren besser als jedes andere High, das er in seinem Leben gehabt hatte. So kitschig es auch klingen mochte – und er würde das nie einem seiner Brüder gegenüber zugeben –, total verliebt zu sein war die beste Droge, die es gab.

Er wartete auf den perfekten Moment, ihr zu sagen, wie er sich fühlte, und ihr vorzuschlagen, dass sie bei ihm einzog, denn dort gehörte sie hin, wenn es nach ihm ging. In sein Bett. In sein Leben. Jeden einzelnen Tag und jede einzelne Nacht.

Da er ein paar Vorräte für seine Kabine brauchte, ging Mason in den Lagerraum, um sich eine Schachtel mit sterilen Handschuhen und ein paar der Behälter zu holen, die sie für die Entsorgung benutzter Nadeln verwendeten. Er klemmte sich eine Rolle Papiertücher unter den Arm, und gerade als er den Lagerraum verließ, hörte er Katrinas ausgelassenes Lachen. Neugierig schaute er wieder in ihre Richtung, um zu sehen, was sie so amüsiert hatte.

Nicht was, sondern wer. Blake Cavanaugh.

Blake stand am Empfangstresen, beugte sich lässig zu Katrina vor und wirkte so charmant und charismatisch wie immer, während er mit ihr sprach. Und es gab nichts, was Mason tun konnte, um der Eifersucht, die in seinem Magen rumorte, Einhalt zu gebieten. Er war nicht nahe genug, um ihre Unterhaltung zu hören, doch das spielte keine Rolle, weil er nur an eines denken konnte: dass Katrina sich mit diesem Typen getroffen hatte – okay, nur einen Abend, aber es war dennoch ein *Date* gewesen – und Blake offensichtlich immer noch in sie vernarrt war.

Verschwinde, Arschloch. Sie gehört mir, dachte Mason voller Besitzgier, während er eine Schublade in seiner Kabine öffnete und die Vorräte dort verstaute. Jedes Mal, wenn Blake Katrina ein Lachen entlockte, brannte die Säure in Masons Magen heißer, und der Neandertaler in ihm musste dem

Drang widerstehen, gegen Blakes Brustkorb zu trommeln und ihm klarzumachen, dass Katrina *seine* Frau war.

Doch statt einen Streit mit Blake vom Zaun zu brechen, beschloss Mason, auf angemessenere Weise mit der Situation umzugehen. Und sich Katrina vorzuknöpfen. Gott sei Dank hatte er gerade eine Pause zwischen zwei Terminen, was ihm genügend Zeit gab, sie anständig zu *bestrafen.*

Er zog sein Handy aus der Tasche, tippte eine Nachricht ein und schickte sie ihr. *Geh zur Toilette und zieh dein Höschen aus. Komm dann in mein Büro. Sofort.*

Mason beobachtete, wie Katrina ihr Handy in die Hand nahm, den Bildschirm entsperrte und seine Nachricht las. Ganz langsam drehte sie den Kopf und sah ihn mit großen, ungläubigen Augen an, in denen die stumme Nachricht geschrieben stand: *Willst du mich auf den Arm nehmen?*

Er grinste und schickte ihr noch eine Nachricht. *Stell mich nicht auf die Probe, Baby, es sei denn, du ziehst es vor, dass ich rüberkomme und dich mir vor Gott und Blake über die Schulter werfe und eigenhändig dorthin bringe. TU ES JETZT.*

Sobald sie seine zweite Nachricht gelesen hatte, schaute sie wieder Blake an und sagte etwas zu ihm. Der andere Mann lächelte, nickte und ging hinüber zu der Kabine von Caleb, bei dem er wohl einen Termin hatte. Ohne Mason anzuschauen, steuerte Katrina auf die Toilette zu, und er verschwand in sein Büro, um auf sie zu warten.

Ein großer Holzschreibtisch, der dank Katrina jedoch ordentlich aufgeräumt war, beherrschte den Raum. Sie sorgte immer für Ordnung und räumte Dinge weg, während er dazu neigte, überall Papiere herumliegen zu lassen. Im Moment wusste er ihren Ordnungssinn wirklich zu schätzen, da er ihm eine leere Fläche verdankte, auf der oder gegen die er Katrina ficken konnte, je nachdem, wie sich die Sache entwickelte.

Bei diesem Gedanken pochte sein Schwanz ungeduldig.

Er öffnete die mittlere Schublade und nahm gerade das Holzlineal heraus, als Katrina in sein Büro schlüpfte – das Gesicht vor beginnender Erregung schon leicht gerötet – und die Tür hinter sich schloss.

»Schließ sie ab«, befahl Mason, als er einen Blick auf die weiße Seide erhaschte, die sie in einer ihrer Hände hielt. »Und dann komm her und gib mir dein Höschen.«

Sie verschloss die Tür und kam in diesen heißen Fick-mich-High-Heels auf ihn zu. In ihren hübschen grünen Augen war Erregtheit zu lesen und ja, auch Neugier. »Ähm, warum machst du das?« Ihre Stimme klang bereits rauchig vor Verlangen.

Jeder wusste, dass er und Katrina nun als Paar zusammen waren, doch sie hatten – überraschenderweise – nie Sex im Laden gehabt. Wie es aussah, würden sie das nun ändern und von dem Nervenkitzel profitieren, es irgendwo zu tun, wo sie erwischt werden konnten. Und Katrina hatte gewiss nichts dagegen. Zudem hatte er entdeckt, dass sie Rollenspiele liebte. Ja, es sogar noch mehr liebte, wenn er herrisch und aggressiv wurde und das Kommando übernahm. *Gott, sie war so verdammt perfekt.*

Er streckte die Hand aus, und sie ließ den Seidentanga sofort hineinfallen. Schnell schob er ihn in die Vordertasche seiner Jeans. »Fragst du das im Ernst?«

Ein anzügliches Lächeln umspielte ihre Lippen, was ihn noch härter werden ließ, als er es ohnehin schon war. »Hat es irgendetwas damit zu tun, dass ich mit Blake geredet habe?«, fragte sie ach so unschuldig.

Mason ließ das Holzlineal auf seine Handfläche knallen; direkt vor seinen Augen wurden ihre Nippel hart und drückten gegen ihre Bluse. Oh ja, sie war bereits erregt. Das ungleichmäßige Heben und Senken des Brustkorbs und die Art, wie sie selbstvergessen mit der Zunge ihre Unterlippe berührte, verrieten sie.

Er kniff die Augen zusammen, täuschte Missmut vor. »Du hast gelacht und gelächelt und mit ihm geflirtet.«

»Er hat mit *mir* geflirtet«, sagte sie atemlos.

»Und du hast es *zugelassen*, obwohl du genau wusstest, dass ich es sehen würde.« Er ging um sie herum, bis er hinter ihr stand, umfasste ihren süßen Hintern und drückte zu. »Du musst bestraft werden, weil du so eine Kokette bist und damit du dich daran erinnerst, wem du gehörst. Und weil ich großzügig bin, lasse ich dich wählen. Das Holzlineal oder meine Hand?«

Sie stöhnte leise und drehte den Kopf, um ihn über die Schulter anzusehen, die Augen glasig vor Lust. »Mason …«

Er packte in ihr seidiges Haar und zog ihren Kopf noch weiter zurück, bis sein Mund an ihrem Ohr war. »Wähle, oder ich entscheide für dich«, verlangte er streng und ließ das Holzlineal gegen ihren Oberschenkel schnappen.

Der unerwartete Klaps ließ sie zusammenfahren, und ein überraschter Schrei entfuhr ihrer Kehle. »Deine Hand«, erwiderte sie schnell.

Er ließ ihr Haar los, stellte sich wieder vor sie und legte das Lineal beiseite, da er es nicht mehr brauchen würde. »Zieh deinen Rock bis zur Taille hoch. Zeig mir, was mir gehört.«

Mit schweren Lidern begann sie, den Saum ganz langsam hochzuziehen, um die weichen, nackten Oberschenkel und die rasierte Muschi zu enthüllen. Die köstlichen Schamlippen zwischen ihren hinreißenden Beinen glitzerten bereits vor Feuchtigkeit. Er holte tief Luft. Verdammt, er konnte riechen, wie erregt sie war, und das Blut in seinen Adern stockte vor Verlangen.

Er hielt ihren Blick fest, während er die Finger langsam an der Innenseite ihres Oberschenkels hochgleiten ließ, bis sie in der weichesten, feuchtesten, dekadentesten Wärme versanken, die er je gefühlt hatte. »Für wen bist du so feucht?«

»Für dich.« Ihre Beine zitterten, als er noch tiefer eintauchte und ihrem Körper noch mehr Saft entlockte. »Nur für dich.«

»Vergiss das nie«, erwiderte er barsch und genoss es, wie wunderbar sie sich ihm hingab. Er nahm ihren Kitzler zwischen zwei seiner Finger und zog sanft, aber fest genug daran, dass ihr ein leises Stöhnen entfuhr. »Der gehört mir. *Du* gehörst mir.«

Ihre hübschen grünen Augen weiteten sich vor Erregung und einem Verlangen, das seinem eigenen entsprach. »Ja.«

Er zog eben diese Finger langsam durch das Stückchen Himmel, das allein ihm gehörte, führte seine Hand dann, während sie zusah, an die Lippen und saugte die verführerische Kostprobe in seinen Mund.

»Du schmeckst so verdammt süß«, murmelte er und leckte

sich die Finger ab. »Wie ein verdammtes Bonbon. Wenn ich dich nicht bestrafen müsste, würde ich bereits auf den Knien liegen, das Gesicht und die Zunge in deiner Muschi vergraben.«

Sie begann zu keuchen, und in ihrem Gesicht stand dieselbe Lust geschrieben, die auch in ihm brannte. Er wollte ihre Bluse aufreißen und sich über ihre Brüste hermachen, diese köstlichen Nippel in seinen Mund saugen, bis sie schrie, doch sie würde nach diesem Stelldichein das Büro verlassen müssen, was bedeutete, dass er ihre Kleidung intakt lassen musste, während er sie auf andere vergnügliche Arten schändete.

»Dreh dich um, beug dich nach vorn, und stütz die Arme auf dem Schreibtisch ab«, befahl er in scharfem Ton. »Ich will, dass du deinen Hintern in die Luft streckst, damit ich dich bestrafen kann.«

Sie zögerte nicht, sich zu fügen, war begierig, ihn zufriedenzustellen, denn sie wusste, dass es letztlich zu absoluter Lust führen würde. Das tat es immer. Die Tatsache, dass sie sich so verletzlich machte, darauf vertraute, dass er ihr diese Befriedigung verschaffte, während er das Wie und Wann kontrollierte, war wie ein kostbares Geschenk für ihn. Eines, das er nie als selbstverständlich betrachten würde. Nein, dieses schmutzige, sexy Spiel war etwas, was sie beide wollten, und schockierenderweise brachte es ihn ihr jedes Mal noch viel näher.

Mason strich mit der Handfläche über ihren nackten Hintern und nahm sich einen Moment Zeit, diesen Anblick zu genießen, bevor er die Hand hob und so fest zuschlug, dass ihr Fleisch ein wenig zitterte. Sie wölbte den Rücken und rang nach Luft, weil ihre Haut brannte.

»Das ist dafür, dass du einem anderen Mann dieses hübsche Lächeln und dieses süße Lachen geschenkt hast, das mir gehört.« Er schlug auf die andere Pobacke und sein Schwanz pulsierte beim Anblick seines großen Handabdrucks, der sich leicht rosa auf ihrer blassen Haut abzeichnete und sie als sein Eigentum markierte. »Und das dafür, dass du mich eifersüchtig gemacht hast.«

Sie wimmerte, verlagerte das Gewicht auf ihren High Heels und rieb die Oberschenkel aneinander, zweifellos, um den Schmerz zwischen ihnen zu lindern. »Mason, bitte …«, bettelte sie leise.

Er hatte sie beide genug geneckt, riss seine Jeans auf, schob Hose und Unterhose die Oberschenkel hinab und befreite seine Erektion. »Spreiz die Beine schön weit für mich, Miezekätzchen«, befahl er, um Platz dazwischen zu finden, und während sie dies tat, kümmerte er sich um ein Kondom.

Er führte die Spitze seines Schwanzes an ihrer feuchten Spalte entlang, fand die Öffnung und schob die Eichel ein kleines Stückchen hinein. Ein begieriger Laut entfuhr ihrer Kehle und schamlos drängte sie sich gegen ihn, wollte mehr von ihm.

Er packte sie bei den Hüften, fuhr mit einem festen Stoß in sie hinein, vergrub seinen Schwanz tief in ihr und gab ihnen beiden, was sie brauchten. Sie unterdrückte einen Schrei, als er sie ausfüllte, und die Art, wie ihre Muskeln sich um seinen Schwanz spannten, während er ihn immer wieder in sie hineinrammte, ließ ihn stöhnen.

Plötzlich stützte sie sich auf die Hände, drängte sich ihm noch mehr entgegen, sodass er mit jedem Stoß noch tiefer in sie eindrang. »Mason«, keuchte sie wild, »ich komme gleich so gewaltig … ich werde schreien.« Ihre Stimme wurde lauter, und er spürte ihre Muskeln um seinen Schwanz flattern.

Herrgott. Wenn sie bei ihm zu Hause wären, wäre es ihm völlig egal, wenn sie sich heiser schrie – ja, er würde es verdammt noch mal lieben. Doch sie waren in seinem Büro mit Angestellten und Kunden nur wenige Meter entfernt, und er würde es nicht zulassen, dass außer ihm irgendwer ihre Lustschreie hörte. Sie gehörten ihm genauso wie sie, und er teilte nicht.

Bevor sie schreien konnte, legte er die Finger sanft um ihren Hals, ließ die Hand dann hoch zu ihrem Kinn gleiten, umfasste es und drehte ihr Gesicht zur Seite. Sein Mund war da, wartete auf ihren, und er presste die Lippen gerade rechtzeitig auf ihre, um alle lauten Geräusche zu dämpfen. Seine Zunge umkreiste ihre, sie spannte die Muskeln um seinen Schaft, als sie kam, und er fuhr fort, von hinten in sie hineinzustoßen – schnell und hart und tief.

Gott, bei ihm war es auch gleich so weit. Sie war so heiß, so ungehemmt, und er war plötzlich überwältigt von der Tiefe seiner Gefühle für sie, davon, dass er jemanden so sehr wollte und brauchte und liebte wie Katrina. Mit Haut und Haaren. Sie besaß sein Herz. Sie war die andere Hälfte seiner Seele. Und er wollte nicht ohne sie leben.

Der Gedanke ließ Adrenalin durch seinen Körper schießen und triggerte einen so intensiven Orgasmus, dass er dankbar war, dass Katrinas Mund seine eigenen heiseren

Schreie dämpfte, die von den Wänden widergehallt wären, wenn er sie nicht noch immer küssen würde.

Sie brauchten beide eine kleine Weile, um sich zu erholen, doch schließlich löste er sich von ihr, um das Kondom zu entsorgen. Während sie ihren Rock wieder ordentlich nach unten zog, drehte sie sich zu ihm um. Ihr rosiger, strahlender Teint und das Leuchten in ihren Augen, das pure sexuelle Befriedigung verriet, waren unverkennbar.

In diesem Moment wären beinahe die Worte *Ich liebe dich* aus Masons Mund gepurzelt, doch er hielt sie noch rechtzeitig zurück. So gerne er es ihr sagen würde, er wollte es nicht in seinem Büro nach einer Runde besitzergreifenden Sexes tun, egal wie gut der für sie beide gewesen war. Er wollte, dass sie allein waren und er sich ganz auf Katrina konzentrieren konnte, wenn er ihr zum ersten Mal seine Gefühle gestand. Er wollte, dass dieser Moment ein besonderer, unvergesslicher werden würde. Das verdiente sie.

Mit einem sexy Lächeln auf den Lippen steckte sie ihre Bluse wieder in den Rock. »Wenn ich jedes Mal, wenn ich einen anderen Mann anlächle, solche Probleme kriege, könnte das öfter passieren.«

»Du bist ein verdammter Quälgeist.« Er erwiderte ihr Grinsen.

Sie stritt es nicht ab. »Kann ich bitte mein Höschen wiederhaben?«

»Nein.« Ihr fiel die Kinnlade herunter, und es kostete ihn Mühe, nicht zu lachen. »Betrachte es als Teil deiner Strafe, Baby.« Er hakte die Finger in den Bund ihres Rockes, zog sie zu sich heran und berührte ihren Mund leicht mit seinem.

»Ich möchte, dass du jedes Mal, wenn dein Rock deinen Po streift oder du dich hinsetzt, die Handabdrücke auf deinem Hintern spürst, und wenn du den Rest des Tages kein Höschen trägst, wirst du auf keinen Fall vergessen, wem du gehörst, nämlich *mir.*«

Er wollte sie gerade wieder küssen, als jemand an die Tür klopfte. Erschrocken über die Störung sprang Katrina mit weit aufgerissenen Augen zurück, und ihr Gesicht rötete sich vor Verlegenheit, als ihr klar wurde, wie nah sie dran gewesen waren, erwischt zu werden.

»Mason?«, rief Jasmine von der anderen Seite und drehte am Türknauf, nur um festzustellen, dass die Tür sich nicht öffnen ließ.

»Ja?«, erwiderte er lässig, während Katrina beschämt dreinschaute, weil es nur einen Grund gab, warum sie die Tür abschlossen, wenn sie beide in seinem Büro waren.

»Da ist jemand, der dich sprechen möchte«, sagte das Mädchen.

»Ich komme gleich.« Mason hatte noch etwa eine halbe Stunde bis zu seinem nächsten Termin, sodass er annahm, es handele sich um einen Produktanbieter, von denen ständig einer vorbeikam.

Er wartete eine Minute, um sicherzugehen, dass Jasmine verschwunden war, bevor er wieder mit Katrina sprach. »Alles okay mit dir?« Denn so sehr er das, was gerade geschehen war, genossen hatte, wollte er sichergehen, dass mit *ihr* alles in Ordnung war, bevor er ging.

Sie zog keck eine Augenbraue hoch. »Warum fragst du? Sehe ich aus, als sei ich gerade gevögelt worden?«

Gevögelt war ein Wort, das er in der Vergangenheit verwendet hätte, um eine bedeutungslose Affäre zu beschreiben, doch jetzt, in diesem Moment, wollte er es nicht mit Katrina assoziieren. »Nein, du siehst einfach wunderbar aus«, sagte er und meinte es auch so. Er hatte für diese leichte Röte in ihrem Gesicht gesorgt, diesen verträumten Blick ihrer Augen, und er war verdammt stolz darauf.

»Ich gehe zuerst, und du kannst rauskommen, wann immer du möchtest.« Er küsste sie schnell auf die Lippen, bevor er das Büro verließ.

KAPITEL 12

Katrina, die Zeit brauchte, um sich wieder zu sammeln und ihre Gefühle unter Kontrolle zu bringen, setzte sich in den Ledersessel hinter Masons Schreibtisch. Falls jemand vermutete, dass sie gerade einen kleinen Nachmittagsquickie genossen hatten, war ihr das ehrlich gesagt egal, doch sie wusste es zu schätzen, dass es Mason wichtig war, dass es ihr gut ging.

In den drei Wochen seit ihrer Rückkehr aus Vegas hatte sich so viel zwischen ihnen geändert. Aus besten Freunden waren Lover geworden, und nun entwickelte sich ihre Beziehung zu etwas, was sich viel intimer und dauerhafter anfühlte. Sie hatte endlich das Gefühl, angekommen zu sein, und hätte mit Mason nicht glücklicher sein können – auch wenn ein winziger Teil von ihr noch immer vorsichtig war, was ihre Beziehung anging.

Es war nicht so, als hätte Mason irgendetwas getan, was ihr ein Gefühl der Unsicherheit vermittelte. Nein, es waren ihre eigenen dummen Zweifel und Unsicherheiten, die immer wieder ihre hässlichen Fratzen zeigten und Fragen aufkommen ließen, auf die sie keine Antworten hatte. Fragen wie: *Würde Mason ihrer überdrüssig werden und erkennen, dass er lieber Single bleiben wollte, weil das alles war, was er je gekannt hatte? Würde sie mit einem zerbrochenen Herzen zurückbleiben?* Oder: *War er bereit für eine engere Bindung wie eine Ehe und später eine Familie oder hatte er das nicht einmal auf seinem Radar?* Und vor allem: *War er fähig, in ihr mehr als eine intime Freundin zu sehen und sie entsprechend zu lieben?*

Sie wollte gerne glauben, dass dies möglich war, dass er im Laufe der Zeit erkennen würde, dass sie eine Frau war, mit der er sein Leben verbringen konnte. Sie zweifelte nicht an seiner Aufrichtigkeit in ihrer Beziehung, und sie wusste, dass sie ihm sehr am Herzen lag, doch da waren stets diese Ängste, die sie vorsichtig sein ließen, obwohl sie ihm so gerne gesagt hätte, wie es um sie stand – dass sie ihn schon seit Jahren liebte. Da sie seine Gefühle nicht sicher einordnen konnte, mochte sie dieses Risiko jedoch nicht eingehen. Und sie wollte ihn auch nicht in Verlegenheit bringen und zwingen, etwas zu sagen, was zuzugeben er nicht bereit war.

Im Moment versuchte sie also einfach, Masons Aufmerksamkeit und das Wissen zu genießen, dass *sie* die Frau war, die er jeden Abend mit nach Hause nahm und mit der er schlief. Sie selbst war zwar schon lange in ihn verliebt, aber sie durfte nicht vergessen, dass diese ganze Beziehungsgeschichte für Mason neu war, und musste ihm einfach Zeit geben. In den letzten beiden Wochen hatte sie bei ihm bereits eine gewaltige Veränderung wahrgenommen, und so sehr sie auch Blake Cavanaughs Jobangebot schätzte, sie hatte ihn angerufen und die Stelle abgelehnt. Er war enttäuscht gewesen, hatte sie aber wissen lassen, dass das Jobangebot noch gelten würde, falls sie ihre Meinung ändern sollte.

Im Moment war sie zufrieden. Bei ihrer Suche nach einem anderen Job war es nie darum gegangen, dass sie mehr gewollt hatte. Vielmehr waren ihre Probleme, weiterhin im Inked zu arbeiten, das Ergebnis ihres inneren Konflikts mit Mason gewesen und dass es ihr zunehmend schwergefallen war, Tag für Tag in seiner Nähe zu arbeiten. Doch all das hatte sich nun geändert, und sie würde in absehbarer Zukunft nirgendwo anders hingehen.

Als sie schließlich annahm, dass genug Zeit vergangen war, um aus dem Büro zu schlüpfen, ohne dass sich alle Blicke auf sie richteten, ging sie zurück in den Hauptbereich des Ladens. Dabei war ihr nur allzu bewusst, dass sie keinen Schlüpfer trug, denn der steckte noch immer in Masons Tasche. Er war so böse, auf eine gute Art, und es gefiel ihr, dass er wusste und daran dachte, dass sie unter ihrem Rock vollständig nackt war. Wenn sie heute Abend in seiner Wohnung ankamen, war er zweifellos total heiß und würde sie wahrscheinlich, sobald sie das Haus betraten, gegen die nächstgelegene Wand nageln.

Sie zitterte bei dem köstlichen, sexy Gedanken, während sie hinüber zu Masons Kabine sah. Er sprach mit einem groß gewachsenen, muskulösen Typen mit breiten Schultern, tätowierten Armen und rötlich blondem Haar, das an den Seiten ganz kurz geschnitten war. Sie konnte das Gesicht des Mannes nicht sehen, da er mit dem Rücken zu ihr stand, doch Masons glücklicher Gesichtsausdruck und das gelegentliche Lachen, das sie hörte, verrieten Katrina, dass es sich bei dem Besucher um jemanden handelte, den er kannte.

Bevor Katrina den Empfangstresen erreichte, um mit Jasmine zu sprechen, rief Mason ihr enthusiastisch zu. »Katrina, komm her! Du errätst nie, wer wieder in der Stadt ist.«

Neugierig zu erfahren, wer die Person war, über deren Besuch Mason sich so freute, steuerte sie auf seine Kabine zu. Als sie eintrat, drehte der Mann sich um, und beim Anblick seines Gesichts blieb Katrina abrupt und voller Beklommenheit ein paar Schritte von ihm entfernt stehen.

Hitze wallte in ihr auf, und dann schien Eis durch ihre Adern zu fließen, als sie in Connor Stevens kalte graue Augen sah. Vor ihr stand der Mann, der in der Highschool einer von Masons Freunden gewesen war. Der Mann, der sie kurz vor dem Schulabschluss vergewaltigt hatte, ohne Reue oder Schuldgefühle oder das leiseste Bedauern. Nein, stattdessen hatte er sie als Hure und Flittchen bezeichnet, ihr gesagt, dass *sie darum gebeten habe,* und ihr gedroht, damit sie keiner Menschenseele erzählte, was geschehen war.

Und das hatte sie auch nicht getan. Doch jetzt, nach acht Jahren, war er zurück, und sie musste sich zwingen, die Übelkeit herunterzuschlucken, die ihr in die Kehle stieg, als all die schrecklichen Erinnerungen wieder hochkamen, während sie ihn anstarrte. Er sah nicht mehr aus wie ein Teenager. Nach etlichen Jahren beim Militär war er kräftig und muskelbepackt und einschüchternd groß – ein Gedanke, der ihr das Gefühl gab, plötzlich keine Luft mehr zu bekommen.

Er schenkte ihr ein freundliches Lächeln, und von der

großspurigen, jüngeren Version von Connor, der noch krimineller gewesen war als Mason, war keine Spur mehr übrig. »Hey, Katrina«, sagte er freundschaftlich. »Toll, dich wiederzusehen.«

Sie war so gelähmt vor Angst, dass sie weder sprechen noch sich bewegen konnte, selbst als Connor auf sie zukam und sie umarmte, als sei nie etwas geschehen. Sie wich vor ihm zurück und erwiderte seine freundliche Umarmung nicht – sie konnte es kaum ertragen, dass er sie berührte, ohne eine ausgewachsene Panikattacke zu bekommen. Nach einem Augenblick ließ er sie los und trat einen Schritt zurück. Falls ihm ihre Steifheit und Abwehr aufgefallen waren, ließ sein Gesichtsausdruck dies nicht erkennen.

»Ist es nicht super, Connor wiederzusehen?« Mason ahnte nichts von dem Aufruhr in ihrem Inneren. Warum sollte er auch? Er wusste ja nicht, was sein *Freund* getan hatte.

Katrina wurde ganz schwindelig. Sie konnte sich nicht dazu durchringen, auf Masons Frage zu antworten und die Unwahrheit zu sagen. Sie wusste nur, dass sie von Connor wegkommen musste, bevor ihre Beine unter ihr nachgaben und sie entweder ohnmächtig wurde oder sich übergeben musste. Verdammt, beides war eine sehr reale Möglichkeit.

»Ich muss einen Kunden wegen einer Zeichnung anrufen«, log sie, als sie sich zurückzog.

»Kein Problem«, sagte Connor locker, während er sich gegen den Tresen in Masons Kabine lehnte und lässig die Arme vor der Brust verschränkte. »Wir sehen uns sicher.«

Katrina schaffte es so gerade, ein Ganzkörperzittern zu unterdrücken. Sie hasste den Klang seiner Worte, denn sie wollte ihn nie wieder *sehen*, und doch war er hier. Und für wie lange?

»Ja, wir müssen uns unbedingt alle wiedertreffen, wie in den alten Zeiten«, schlug Mason vor, der sich offensichtlich darauf freute, wieder mit seinem alten Freund herumzuhängen.

Katrina, die verzweifelt versuchte, die Fassung zu bewahren – weil sie sich weigerte, Connor den Eindruck zu vermitteln, dass er irgendeine Wirkung auf sie hatte –, ging zurück ins Büro, während Mason und Connor ihre Unterhaltung wieder aufnahmen. Sie schloss die Tür, setzte sich auf den Schreibtischstuhl und holte tief Luft, um die Angst zu dämpfen, die gewaltsam versuchte, sich den Weg an die Oberfläche zu bahnen. Zusammen mit der Scham und der Erniedrigung, von denen sie geglaubt hatte, sie hinter sich gelassen zu haben. Was offensichtlich nicht der Fall war.

Ihr Magen hatte sich verknotet, und sie konnte den Horrorfilm, der sich in ihrem Kopf abspielte, als all die entsetzlichen Erinnerungen an jene Nacht mit Connor hochkamen, nicht anhalten. Vor einer Viertelstunde hatte sie in eben diesem Stuhl gesessen und noch voller Hoffnung in die Zukunft geschaut. Jetzt war sie von Angst erfüllt, denn wenn dieser erwachsene Connor dem Teenager ähnelte, der er gewesen war, konnte er sie zugrunde richten und die zerbrechliche Beziehung zerstören, die sie gerade mit Mason eingegangen war.

Katrina rieb sich die verschwitzten Handflächen an ihrem Rock ab und versuchte, der Situation einen positiven Dreh zu geben, so wie sie es vor all den Jahren von ihrem Therapeuten gelernt hatte. Sie glaubte, dass der Mensch die Fähigkeit hatte, sein Verhalten oder Handeln zu ändern, wenn er dies wirklich wollte – Mason war der Beweis dafür. Vielleicht hatte auch Connor, der ein so streitlustiger, feindseliger, arroganter Junge gewesen war, sich nach den langen Jahren beim Militär geändert. Vielleicht war er dank der strengen Disziplin ein besserer Mensch geworden.

Möglich war das schon und Katrina hoffte es. Doch solange Connor nicht zugab, was zwischen ihnen geschehen war, sich dafür entschuldigte und sie ihm glauben konnte, dass er es wirklich bereute, war es ihr absolut unmöglich, sich in seiner Nähe aufzuhalten. Ihre Angst war zu real, und im Moment vertraute sie ihm nicht mehr, als sie es damals in der Highschool getan hatte.

Als Katrina schließlich ihre Emotionen wieder im Griff hatte, holte sie den Laptop hervor, den sie für die Gehaltsabrechnungen und die Buchführung benutzte, und schaltete ihn ein, um in der Sicherheit des Büros – wo niemand sie stören und sie nichts von der innigen Männerbeziehung zwischen Connor und Mason mitbekommen würde – ein paar Dinge zu erledigen.

Etwa eine Stunde später kam Mason mit leuchtenden Augen und fröhlichem Gesichtsausdruck ins Büro. Er ließ sich auf einem der Stühle vor dem Schreibtisch nieder und wollte eindeutig mit ihr reden.

»War es nicht toll, Connor wiederzusehen?«, fragte Mason, wartete Gott sei Dank jedoch nicht auf ihre Antwort, denn offensichtlich fand *er* es großartig, seinen alten Freund wiederzusehen. »Ich kann nicht glauben, wie lange es her ist, und jetzt ist er wieder in der Stadt.«

»Für wie lange?« Katrina betete, dass es nur vorübergehend war und Connor bald wieder verschwunden sein würde.

»Er wurde vor ein paar Monaten aus dem Militär entlassen und hat beschlossen, wieder nach Chicago zu ziehen«, sagte Mason, und Katrina spürte, wie der Druck in ihrer Brust zurückkehrte. »Er arbeitet im Motorradladen eines Freundes, bis er etwas Dauerhaftes gefunden hat, doch soweit ich weiß, bleibt er in der Gegend.«

Katrina wusste, dass Connor keine Familie hatte, sodass er jetzt, wo er wieder Zivilist war, wohl den Kontakt zu seinen alten Freunden wieder aufnehmen würde. Er hatte den größten Teil seines Lebens in Pflegefamilien verbracht, und kurz bevor er zur Marine gegangen war, hatte sie noch gehört, dass die Familie, bei der er damals gelebt hatte, über seinen Weggang erleichtert war, weil er ihr so viele Schwierigkeiten gemacht hatte. Laut Masons damaliger Aussage war Connor zum Militär gegangen, wo er regelmäßig einen Lohnscheck bekam, weil er ansonsten obdachlos geworden wäre, da er mit achtzehn als erwachsen und nicht länger als Schutzbefohlener des Staates galt.

»Er hat gefragt, ob ich Lust hätte, heute Abend mit ihm im Kincaid's abzuhängen«, sagte Mason. »Willst du mit?«

Sie schüttelte sofort den Kopf. Sie hasste es zwar, dass Mason noch mehr Zeit mit Connor verbringen würde, doch sie wollte nicht zu den Frauen gehören, die ihrem Mann keine Zeit mit seinen Freunden ließen. Außerdem wollte Katrina ihre Aversion, mit Connor zusammen zu sein, nicht erklären müssen, denn sie wusste, welch verdrehte Version der Ereignisse Connor auftischen würde, wenn Mason ihn mit der Wahrheit konfrontierte. Und ihre größte Angst war, dass Mason sie dann anders sehen und anders behandeln würde. Oder schlimmer noch, dass er Connors Lügen glauben würde, so wie ihre Mutter die Lügen ihres Stiefvaters geglaubt hatte. Und das würde sie letztendlich zerstören.

Nein, es war besser, wenn sie einfach alles mied, was mit Connor zu tun hatte, einschließlich mit ihm herumzuhängen.

»Ich denke, ich passe«, sagte sie so nett wie möglich, damit Mason ihre Entscheidung nicht hinterfragte. »Ich muss nach der Arbeit noch einige Besorgungen machen und ein paar Dinge in der Wohnung erledigen, geh also ruhig allein.«

Er legte den Kopf schief und sah sie mit warmem, liebevollem Blick an. »Dann sehe ich dich später heute Abend? Ich komme anschließend zu dir.«

Sie nickte. »Klar. Klingt gut.«

Doch je mehr Katrina später am Abend darüber nachdachte, dass Mason Zeit mit Connor verbrachte und dann vorbeikommen und mit ihr über ihn *reden* würde, desto klarer wurde ihr, dass sie nicht in der Lage sein würde, mit diesem Teil der Unterhaltung umzugehen.

Deswegen schickte sie Mason eine SMS. *Ich habe Kopfschmerzen und gehe früh ins Bett. Bis morgen.*

Wenige Minuten später antwortete er. *Bist du sicher? Soll ich dir irgendwas bringen? Ich kann sofort los und in wenigen Minuten da sein.*

Eine Welle der Emotionen schnürte ihr die Kehle zu. Masons Fürsorglichkeit und seine Bereitschaft, die Bar zu verlassen, um bei ihr zu sein, rührten sie. Doch ehrlich gesagt wollte sie nach diesem Tag einfach nur allein sein. *Es ist alles in Ordnung. Wirklich.*

Das war vollkommen gelogen. Sie war innerlich ein Wrack, und sie wusste nicht, wie es ihr jemals wieder gut gehen sollte, jetzt, da Connor zurück war, alte Erinnerungen aufwühlte und in Wunden rührte, die sich plötzlich wieder ganz frisch anfühlten.

Mason hatte keine Ahnung, was mit Katrina los war, doch mit ihrer so fantastischen Beziehung war es innerhalb weniger Tage völlig bergab gegangen. Statt wie zuvor jede Nacht bei ihm zu verbringen, machte sie nun ständig Ausflüchte, dass sie zu tun habe, müde sei, sich nicht gut fühle und in ihrem eigenen Bett schlafen wolle.

In den ersten Tagen war das keine große Sache gewesen. Doch jetzt war Freitag, der Beginn des Wochenendes, und während er normalerweise etwas mit Katrina unternommen hätte, saß er jetzt im Kincaid's, nuckelte an einem Bier und wartete darauf, dass Connor kam und einen mit trank, weil Katrina ihn mit der Ausrede abgewimmelt hatte, sie müsse an einem Entwurf für einen Kunden arbeiten. Das stimmte vielleicht sogar, doch die Tatsache, dass sie darauf bestanden hatte, hierfür allein zu Hause zu bleiben, war frustrierend für Mason.

Er spürte, dass sie sich emotional und körperlich von ihm zurückzog, sich isolierte, und er war völlig ratlos, warum. Wenn er fragte, versicherte sie ihm immer, dass es ihr *gut* gehe, doch er war lange genug Katrinas bester Freund gewesen, um zu wissen, dass sie nicht ehrlich war. Und als er versucht hatte, sie spontan zu umarmen oder zu küssen, hatte sie sich verkrampft. Die Situation machte Mason riesige Angst, denn er wusste nicht, was los war oder was er getan hatte, dass sie so distanziert war.

Doch einer Sache war er sich sicher: Es musste etwas geschehen, und zwar bald.

»Bist du bereit, heute Abend so richtig die Sau rauszulassen?«, fragte Connor, als er endlich im Kincaid's eintraf und auf einen Barhocker neben Mason glitt. Erwartungsvoll rieb er sich die Hände. »Wie in alten Zeiten?«

Mason schaute ihn an, hieß die Ablenkung von seinen beunruhigenden Gedanken willkommen und zwang sich zu einem Grinsen. »Das hab ich seit Jahren nicht mehr gemacht.« Zumindest nicht so, wie sie es damals als Teenager während der Highschool getan hatten, als er von Wut angetrieben worden war und sein einziges Ziel darin bestanden hatte, so draufgängerisch und aufsässig wie nur möglich zu sein – nur um Clay, seine Lehrer und alle anderen Autoritätspersonen zu ärgern.

»Ich glaube, meine wilden Jahre liegen hinter mir«, fügte Mason hinzu, und es war wirklich ein gutes Gefühl, an einem Punkt im Leben angekommen zu sein, an dem er dies sagen und glauben konnte. Er wusste ohne jeden Zweifel, dass Katrina einen großen Anteil daran hatte, den wilden, leichtfertigen Mann zu zähmen, der er gewesen war.

»Nee, ich denke, ich könnte dich leicht wieder dazu überreden«, sagte Connor zuversichtlich und winkte Tara herbei, obwohl sie wegen des großen Andrangs am Freitagabend wahnsinnig viel zu tun hatte.

Als sie kam, bestellte Connor zwei Gläser billigen Tequila und kippte beide hinunter, sobald Tara die Drinks vor ihn stellte. »Sich die Kante zu geben ist ein guter Anfang«, sagte er grinsend und ließ den Blick über die Menge schweifen.

Sämtliche Tische waren besetzt, die Tanzfläche war voll. Die Leute hatten Spaß, und plötzlich wollte Mason ganz woanders sein, andererseits seinen Freund aber auch nicht so kurz nach dessen Ankunft stehen lassen. Es war wirklich toll, Connor wiederzusehen, und das Militär hatte ihn zweifellos ein bisschen zurechtgestutzt. Doch während der vergangenen Tage, in denen Connor spontan im Laden vorbeigeschaut und er ihn nach der Arbeit im Kincaid's getroffen hatte, um ihre Freundschaft wieder aufzubauen, war Mason aufgefallen, dass Connor immer noch arrogant und anmaßend, ja, sogar ein bisschen hitzköpfig war.

Erst gestern Abend hatte irgendein Typ in der Bar ihn versehentlich angerempelt, und es war, als sei bei Connor ein Schalter umgelegt worden. Ohne zu zögern, hatte er den Typen so fest geschubst, dass der auf dem Hintern gelandet war. Selbst als der andere versucht hatte, sich zu entschuldigen, wollte Connor noch auf ihn losgehen, und Mason hatte sich zwischen die beiden drängen müssen, bevor Connor den Kunden grundlos verprügelte.

Ja, da war immer noch etwas zu spüren von dem impulsiven, aggressiven Kind, das Connor gewesen war. Mason hatte angenommen, Connor habe beim Militär gelernt, unkontrollierte Wutausbrüche zu vermeiden. Denn genau das waren sie – plötzliche, explosive Impulse, die aus dem Nichts zu kommen schienen, und im nächsten Moment war alles wieder in Ordnung mit ihm.

In gewisser Weise hatte Mason Mitleid mit Connor, weil er wusste, dass er keine Familie hatte und versuchte, alte Freundschaften zu erneuern, um Leute zu haben, mit denen er rumhängen konnte. Und es ließ sich nicht leugnen, dass Connor durch die Hölle gegangen war, wie die wenigen Geschichten zeigten, die er Mason von seiner Zeit im Irak erzählt hatte. Sicher würden die Wutprobleme im Laufe der Zeit nachlassen.

»Ich kenne jemanden, der uns in einen Club reinbringen kann, in dem illegale Kämpfe stattfinden«, lenkte Connor die Aufmerksamkeit seines Freundes wieder auf sich. »Hast du Lust, heute Abend dorthin zu gehen und ein paar Wetten abzuschließen?«

Als Teenager wäre Mason sofort dabei gewesen. Ja, wahrscheinlich wäre der Vorschlag sogar von ihm gekommen. Aber heute? Der Gedanke, sich grundlose Gewalt anzusehen, reizte ihn nicht. »Ich passe«, sagte er mit einem Kopfschütteln. »Das ist echt nicht mein Ding.«

»Wir könnten uns auch Koks besorgen«, fuhr Connor fort, während er Tara zu verstehen gab, dass er noch zwei Tequila wollte. »Was ist ein Freitagabend ohne ein bisschen Koks?«

Es war Jahre her, dass Mason das Zeugs angerührt hatte. Er hatte jetzt ein gutes Leben, ein seriöses Unternehmen, und er würde nichts davon für ein schnelles High gefährden. »Ich stehe nicht mehr auf dieses Zeug.«

»Herrgott noch mal«, sagte Connor, Gereiztheit in der Stimme, die er mit den beiden Gläsern Tequila, eins nach dem anderen, herunterspülte. »Seit wann bist du so verdammt langweilig? Sind Muschis noch dein Ding? Denn es gibt hier verdammt viele davon direkt vor unserer Nase, und ich hätte nichts dagegen, das auszunutzen.« Er zeigte auf die Frauen in der Bar, die eine leichte Beute wären.

»Ja, darauf stehe ich immer noch«, blaffte Mason mit wütendem Blick, während er sich bemühte, seinen Ärger über Connors Hartnäckigkeit zu unterdrücken. »Aber ich bin an niemandem interessiert außer an Katrina. Ich hab dir doch gesagt, dass wir zusammen sind.« Und trotz allem, was sie im Moment durchmachte, würden sich seine Gefühle für sie nicht ändern.

»Sie muss es ja nicht wissen«, sagte Connor mit einem sorglosen Achselzucken. Seine Augen waren ein bisschen glasig, als er Mason angrinste. »Ich werde nichts sagen.«

»Nicht interessiert«, wiederholte Mason noch einmal.

»Verstehe«, sagte Connor schließlich, und ein süffisantes Grinsen umspielte seine Lippen. »Ich muss schon sagen, sie ist 'ne geile Tussi.«

Masons gesamter Körper verspannte sich bei Connors vulgärem, respektlosem Kommentar, und er ballte die Hand, die auf dem Tresen lag, zur Faust. »Wie bitte?«, sagte er ruhiger, als er sich fühlte. Der Typ hatte verdammtes Glück, dass Mason ihm für diese unfeine Bemerkung nicht eine in die Fresse gehauen hatte.

So als werde ihm klar, dass er zu weit gegangen war, hielt Connor in dem Versuch, die Situation zu entschärfen, die Hände hoch. »Mann, das war ein Kompliment. Entspann dich, Alter!«

»Es ist mir scheißegal, ob es ein Kompliment war«, erwiderte Mason erregt, und es war ihm auch egal, ob der Alkohol in Connors Blut für diese ungefilterte Aussage verantwortlich war. »Red verdammt noch mal nicht so über Katrina. *Niemals.*«

Connors Blick hatte etwas Selbstgefälliges, das Mason einen Moment lang verunsicherte, doch dann war es wieder verschwunden. »Ich muss pissen«, sagte Connor schließlich, um die Spannung zwischen ihnen zu lösen, glitt von seinem Barhocker und steuerte auf die Toilette zu.

Mason war dankbar für die Atempause. Er atmete scharf aus und fuhr sich mit der Hand übers Gesicht. Er wusste, dass die Situation mit Katrina an seinen Nerven zerrte, was ihm den Umgang mit Connor heute Abend nicht leichter machte. Solange sie als Paar ihre Probleme nicht gelöst hatten, würde in seinem Inneren weiterhin Chaos herrschen.

Es kostete ihn all seine Willenskraft, heute Abend nicht zu ihr zu fahren und sie zur Rede zu stellen, denn er hatte im Lauf der Jahre gelernt, dass Katrina zu den Menschen gehörte, die ihre Probleme eine Weile lang allein mit sich herumtrugen. Manchmal länger, als ihm überhaupt bewusst war. Und er hatte wirklich Angst, dass sie sich noch weiter zurückzog, wenn er zu sehr drängte, so weit, dass es ihrer neuen und zerbrechlichen Beziehung irreparablen Schaden zufügen würde.

Der Gedanke, sie auf irgendeine Art zu verlieren, schürte seine Ängste und Unsicherheiten, was es ihm schwer machte, ihr den Raum zu geben, den sie im Moment zu brauchen schien. Es brachte ihn beinahe um, doch er würde sie am

Wochenende in Ruhe lassen, damit sie hoffentlich zu dem Schluss kam, dass sie ihm das Problem anvertrauen konnte, das diesen verdammten Keil zwischen sie trieb.

Doch am Montag würden sie reden und die Sache ausdiskutieren, ob es ihr passte oder nicht.

KAPITEL 13

Katrina starrte das scharfe Fleischermesser in ihrer Hand an. Ihr Herz schlug hart und schnell in ihrer Brust. Es war spät am Sonntagabend, und sie hatte gerade einen Apfel zerteilt, weil sie den ganzen Tag noch nichts Richtiges in den Magen bekommen hatte, als die glänzende Stahlklinge dem schwachen Teil ihres Unterbewusstseins zuflüsterte, dass sie Erleichterung von dem intensiven, emotionalen Kummer erfahren werde, der sie quälte, wenn sie nur das scharfe Ende des Messers auf ihre Haut pressen und diese aufritzen würde.

Sie hatte es früher schon getan, und sie wusste, was geschehen würde.

Ein Schnitt, und all die entsetzlichen Gefühle würden von dem körperlichen Schmerz verdrängt werden. Zwei Schnitte, und sie würde der fürchterlichen Realität entkommen, die seit einer Woche ihr Leben bestimmte. Drei tiefe Schnittwunden, und sie würde vergessen, dass Connor, der Mann, der sie so brutal vergewaltigt hatte, dabei war, sich wieder in Masons Leben einzuschleichen und sie daraus zu vertreiben. Vier Schnitte, und sie hätte endlich die Atempause, die sie so verzweifelt brauchte, und könnte für eine Weile die Angst vergessen, mit der sie nun täglich lebte.

Ein Schluchzer blieb ihr in der Kehle stecken und heiße Tränen stiegen ihr in die Augen. *Was, zum Teufel, tue ich hier?* Katrina ließ sofort das Messer auf das Küchenbrett fallen. Sie weigerte sich, wieder in diese schreckliche Gewohnheit zurückzufallen, die den inneren Schmerz nur vorübergehend lindern und die Depression verstärken würde, die sie zu ersticken drohte. Doch vor allem weigerte sie sich zuzulassen, dass Connors Gegenwart sie emotional noch weiter fertigmachte. Sie weigerte sich, ihn *gewinnen* und sich von ihm wieder in die Tiefen der Verzweiflung stürzen zu lassen, in denen sie das gesamte Wochenende verbracht hatte. Egal wie oft sie sich schnitt und selbst verletzte, es würde die Situation nicht ändern oder dafür sorgen, dass Connor verschwand. Was bedeutete, dass sie einen gesünderen Weg finden musste, mit der Situation und ihrer Angst fertigzuwerden.

Sie trat von der Anrichte weg, atmete zitternd ein und wischte sich die Tränen aus dem Gesicht, dankbar für den mentalen Zusammenbruch, der sie zwang, wichtige Entscheidungen zu treffen und ihr Leben wieder in die Hand zu nehmen, statt in ständiger Angst zu leben. So wie sie nach dem Missbrauch ihres Stiefvaters die Kontrolle übernommen hatte und erneut nach Connors Angriff in der Highschool. Sie weigerte sich, es diesem Arschloch zu erlauben, so viel Macht über ihre Gefühle zu haben, und sie würde *nicht* zulassen, dass er sich zwischen sie und Mason drängte und das zerstörte, was sie so vollständig glücklich machte.

Was hieß, dass sie Mason die Wahrheit sagen musste,

denn wenn sie nicht *in jeder Hinsicht* offen und ehrlich mit ihm sein und ihm etwas so Dunkles und Schmerzliches anvertrauen konnte, welche Hoffnung hatten sie dann auf eine glückliche Zukunft? Welche Hoffnung hatte *sie*?

Sie schickte Mason eine kurze Nachricht. *Ich muss morgen mit dir reden.*

Sekunden später antwortete er. *Ich möchte auch mit dir reden. Aber ich habe morgens etwas Wichtiges zu tun und werde erst gegen eins im Laden sein.*

Sie war neugierig, was es so Wichtiges gab, das den halben Montag in Anspruch nehmen würde, fragte aber nicht nach. Da sie ihn in den vergangenen drei Tagen aus ihrem Leben ausgeschlossen hatte, war sie dankbar für jede Minute Zeit, die er sich für sie nahm. *In Ordnung. Bis dann.*

Katrina konnte am nächsten Tag um Viertel vor eins nicht leugnen, dass sie bei dem Gedanken an die bald bevorstehende Unterhaltung mit Mason mehr als nervös wurde.

Sie saß im Inked am Zeichentisch und war mit dem schwierigen Entwurf einer Fee für den oberen Rücken einer Frau beschäftigt. Die Arbeit gab ihr etwas, worauf sie sich konzentrieren konnte, und lenkte sie von all den möglichen Szenarien ab, die ihr zu Masons Reaktion auf das, was sie ihm sagen wollte, durch den Kopf gingen. Sie hatte keine Ahnung, wie das Ganze verlaufen würde, aber es spielte auch keine Rolle, da es nichts an ihrem Entschluss ändern würde, sich endlich ihrem besten Freund anzuvertrauen. Das hätte sie schon damals in der Highschool tun sollen, nachdem Connor sie vergewaltigt hatte.

Gedankenverloren schaute sie wieder auf die Uhr. Nicht einmal fünf Minuten waren vergangen. Bis jetzt war es ein weitgehend ruhiger Morgen gewesen, was für einen Montag normal war. Derek und Caleb hatten ein paar Termine gehabt, waren aber beide bis zur Mittagszeit fertig gewesen und hatten beschlossen, bis zum Eintreffen ihrer nächsten Kunden nach draußen zu gehen und etwas zu Mittag zu essen. Und so waren nur noch Katrina und Jasmine im Laden.

Den ganzen Morgen hatte Katrina sich gefragt, wo Mason sein könnte, und das Einzige, was ihr dazu einfiel, war, dass er irgendetwas mit Connor machte. Connor hatte letzte Woche in dem Versuch, seine Freundschaft mit Mason wiederaufleben zu lassen und sich wieder in sein Leben einzuschleichen, jeden Tag im Inked vorbeigeschaut. Und jedes Mal hatte er versucht, ein Gespräch mit ihr zu beginnen, als seien *sie* verloren geglaubte Kumpel. Sie war kurz angebunden gewesen und hatte es für das Beste gehalten, einfach wegzugehen, um nicht in seiner Nähe sein oder sich mit der Angst und dem Unbehagen befassen zu müssen, die seine Besuche stets bei ihr auslösten.

Die Ladentür ging auf, und da Katrina wusste, dass es Mason war, schaute sie sofort auf – und hatte das Gefühl, als habe sie einen Schlag in den Magen bekommen. Connor schlenderte herein. Alleine. Sie wartete darauf, dass Mason hinter ihm auftauchte … doch das tat er nicht.

»Hey, Jasmine«, begrüßte Connor das andere Mädchen mit einem Lächeln, als er sich gegen den Empfangstresen lehnte. »Ist Mason da?«

Katrina schaute nicht in seine Richtung – das war unhöflich, doch es war ihr egal –, konnte Connor jedoch aus dem Augenwinkel sehen, während sie zeichnete. Die Tatsache, dass er nach Mason fragte, hieß, dass sie den Morgen nicht zusammen verbracht hatten. *Wo also war Mason?*

»Nein, er ist schon den ganzen Morgen unterwegs«, erwiderte Jasmine auf dieselbe freundliche Art, mit der sie allen begegnete, die in den Laden kamen. »Ich weiß nicht, wann er zurückkommt.«

»Okay«, sagte Connor locker. »Kannst du ihm ausrichten, dass ich da gewesen bin?«

»Klar, mache ich.«

Gut, jetzt wird er gehen. Katrina atmete tief aus, um sich zu beruhigen, und hielt den Kopf gesenkt, doch sobald sie sah, dass er auf ihren Zeichentisch zusteuerte, spannte sich ihr ganzer Körper an. Sie konnte nicht einmal mehr den Bleistift in ihrer Hand bewegen.

»Hey, Katrina.« Er blieb weniger als eine Armlänge entfernt neben ihrem Tisch stehen und drang viel zu weit in ihren persönlichen Bereich ein.

Der Knoten in ihrem Magen wurde noch fester. »Hey«, murmelte sie, denn sie wollte ihn auf keinen Fall gegen sich aufbringen. Sie erinnerte sich sehr genau an ihre gemeinsame Zeit in der Highschool – er war immer jähzornig gewesen. Vielleicht hatte sich das inzwischen geändert, aber sie wollte das Risiko nicht eingehen.

»Du warst Samstag und Sonntag nicht da«, sagte er, und Katrina hasste es, dass er ihren Zeitplan kannte oder dass ihm ihre Abwesenheit im Laden aufgefallen war. »Große Pläne am letzten Wochenende?«

Sie konnte das nicht. Sie konnte nicht einfach hier sitzen, sich mit ihm unterhalten und so tun, als sei alles in Ordnung und als habe er sie nie auf die schlimmstmögliche Art geschändet. Ihr Herz schlug so hart in ihrer Brust, dass es wehtat, und sie wusste, dass sie von ihm weg musste. *Sofort.*

Ohne zu antworten, griff sie nach dem Aktenordner, den sie vorhin auf den Zeichentisch gestellt hatte, und glitt in der von Connor abgewandten Richtung von ihrem Stuhl, sodass keine Chance bestand, dass ihre Körper sich berührten, wenn sie an ihm vorbeiging.

Sie ignorierte ihn völlig und begab sich auf unsicheren Beinen in den hinteren Teil des Ladens. »Jasmine, ich gehe in den Lagerraum und mache Inventur.«

»Okay«, erwiderte das andere Mädchen, das die Spannung zwischen Katrina und Connor nicht bemerkt hatte.

Als Katrina den Lagerraum betrat, hörte sie Connor in kurz angebundenem Ton, der zweifellos *ihr* galt, sagen: »Bis später dann, Jasmine.«

»Tschüss, Connor«, erwiderte Jasmine, und im Laden wurde es wieder ruhig.

Katrina stellte den Aktenordner auf ein Regal und lehnte sich gegen die Wand. Sie brauchte ein paar Minuten alleine, um sich zu beruhigen. Ihre Handflächen fühlten sich feuchtkalt an, und sie zitterte, als sei es eisig im Laden.

»Hey, Katrina«, rief Jasmine. »Da es gerade ruhig ist, laufe ich mal eben zum Deli an der Ecke und hole mir ein Sandwich zum Mittagessen. Soll ich dir was mitbringen?«

»Nein«, erwiderte sie so laut, wie ihre heisere, krächzende Stimme es zuließ.

»Ich bin in einer Viertelstunde zurück«, sagte Jasmine, und wieder wurde alles ruhig.

Katrina ließ den Kopf gegen die Wand sinken, schloss die Augen und atmete tief und gleichmäßig ein, um das Gefühl der Panik zu lindern. Kaum hatte sie sich beruhigt, hörte sie das leise Geräusch von Schritten, die lauter wurden, als sie sich dem hinteren Teil des Ladens näherten.

Mason war da. Endlich!

Erleichterung durchflutete ihren Körper. Sie schob sich von der Wand weg und ging zur Lagerraumtür … und prallte voller Entsetzen zurück, als Connors große, kräftige Gestalt ihr den Weg verstellte.

Sie konnte das Keuchen, das aus ihrer Kehle drang, nicht zurückhalten, und wich ob seiner imposanten Größe instinktiv ein paar Schritte zurück. Feindseligkeit glitzerte in seinen dunklen Augen, während er ihr langsam, aber zielstrebig folgte, bis er sie gegen die Wand gedrängt hatte. Es war nicht möglich, ihm auszuweichen, denn es wäre für ihn ein Leichtes, sie zu packen und *mit Gewalt festzuhalten, so wie er es in dieser lange zurückliegenden Nacht getan hatte.*

Das höhnische Grinsen, zu dem er die Mundwinkel verzog, erinnerte sie daran, wie brutal er gewesen war. Außerdem bestätigte dieser gemeine Blick, dass er sich *nicht* geändert hatte und nicht hier war, um sich für die Vergangenheit zu entschuldigen oder Abbitte zu leisten. Aggressive Männer wie er, wie ihr Stiefvater, bereuten ihr Handeln nicht. Nein, sie glaubten, sie hätten das Recht dazu, vor allem, wenn sie für ihr grausames, abscheuliches Verhalten nicht zur Rechenschaft gezogen wurden.

Trotz der Angst, die sie durchflutete, hob sie das Kinn und weigerte sich, ihn irgendeine Schwäche erkennen zu lassen, die er ausnutzen konnte, auch wenn sie sich sehr verletzlich fühlte. »Du musst gehen, Connor«, sagte sie mit fester, lauter Stimme. »Jetzt.«

Er rührte sich nicht von der Stelle. Stattdessen musterte er sie unverfroren, ließ das hübsche Pin-up-Vintage-Kleid, das sie heute so sorgfältig für *Mason* ausgewählt hatte, auf sich wirken. Sie zitterte, als Connors lüsterner Blick auf ihrem Mieder und ihren Brüsten verweilte, bevor er ihn wieder hob.

»Warum bist du eine so eingebildete Zicke?«, fragte er, während ein Muskel in seiner Wange vor kaum unterdrückter Wut zuckte. »Jedes Mal, wenn ich hier reinkomme, bist du unhöflich und ignorierst mich. Und du verhältst dich, als seist du zu gut, um auch nur mit mir zu reden. Was zum Teufel ist dein Problem?«

Sie hätte Angst haben sollen, da es kein Entkommen gab, sie allein waren, er körperlich stärker war und kein Problem hatte, Gewalt gegen eine Frau anzuwenden, wie sie nur allzu gut wusste. Doch all die Wut und der Schmerz, die sie so viele Jahre lang in sich begraben hatte, fanden ihren Weg an die Oberfläche, und sie begrüßte die Stärke und die innere Kraft, die sie ihr verliehen, ihn auf jene Nacht anzusprechen.

»*Du* bist mein Problem, Connor.« Ihr Mut erschreckte sie, doch sie machte an diesem Punkt nicht halt. »Wie kannst du nach dem, was du mir angetan hast, zurückkommen und erwarten, dass alles in Ordnung ist?«

Katrina hasste sein unverfrorenes Grinsen, dem ein herzloses Lachen folgte. »Bist du immer noch sauer wegen der Nacht vor unserem Highschoolabschluss?«, fragte er spöttisch. »Wir hatten einfach nur Spaß, und es ging ein bisschen rau zu. Es war keine große Sache.«

»Es war kein Spaß, Arschloch«, brüllte sie ihn an und musste die Hände an den Seiten zu Fäusten ballen, um ihm nicht die Augen auszukratzen. »Du hast mich bei dieser Party in ein leeres Zimmer geschubst. Du hast mich zu Boden gedrückt, als ich versucht habe, wegzulaufen. Du hast mir die Hand über den Mund gelegt, als ich geschrien habe. Und dann *hast du mich vergewaltigt!*« Gott, sie hatte danach monatelang entsetzliche Albträume gehabt, und jedes Mal, wenn sie in Panik aufgeschreckt war, hatte sie sich gefühlt, als erlebe sie diesen schrecklichen Angriff von Neuem.

Er stützte eine Hand neben ihr an der Wand ab und beugte sich zu ihr vor. »Wenn du damals nicht ständig Männer scharfgemacht hättest, nur um sie dann abblitzen zu lassen, wäre das vielleicht nicht passiert«, sagte er, als sei es ihr Fehler gewesen. »In dem kurzen Rock, den du an dem Abend getragen hast, sahst du aus wie ein Flittchen und hast quasi darum gebettelt, gevögelt zu werden. Ich hab also nur getan, worum du gebeten hast. Verdammt, du machst immer noch die Männer an und bist kein bisschen besser als damals.«

»Die Kleidung einer Frau sagt nichts darüber aus, ob du sie vögeln kannst oder nicht, du Scheißkerl.« Sie war froh über den Adrenalinschub, der flüssigen Mut durch ihre Venen pumpte und ihr das Selbstvertrauen verlieh, sich von allem zu befreien, was sie die letzten acht Jahre unter Verschluss gehalten hatte. »Ich habe dich nie angemacht. Ich mochte dich noch nie und habe mein Bestes getan, mich von dir fernzuhalten. Auch wenn du Mason in der Highschool als Freund gewinnen konntest, ich habe dir nie vertraut. Und es gab einen Grund dafür. Jene Nacht, in der du mich angegriffen hast, hat bewiesen, dass meine Instinkte genau richtig waren. Du bist einfach nur armselig.«

Seine Augen glühten vor Boshaftigkeit. »Und du bist eine verdammte Hure.«

Ohne nachzudenken schlug sie ihn ins Gesicht. So fest, dass sein Kopf zur Seite kippte. Er lachte herzlos und sah sie dann mit einem so unbarmherzigen Gesichtsausdruck an, dass sie ein Schauder der Angst überlief.

»Siehst du? Du magst es grob, oder?«, sagte er mit leiser, höhnischer Stimme.

Bevor sie seinen nächsten Schritt abschätzen konnte, stieß er sie so fest gegen die Wand, dass der Aufprall ihr den Atem nahm. Dort hielt er sie mit seinem muskulösen Körper gefangen, begrapschte eine ihrer Brüste und verkrallte seine Finger in ihrem Haar, um ihren Kopf nach hinten zu zwingen, bevor er versuchte, sie zu küssen.

Dieses Mal würde sie sich nicht kampflos geschlagen geben.

Sie wehrte sich gegen ihn, und als sein Mund ihren berührte, tat sie das einzig Mögliche: Sie biss ihn so hart in die Lippe, dass seine Haut aufplatzte und blutete.

Er zuckte zurück, heulte auf vor Schmerz, sein Gesichtsausdruck war wütend. »Verdammte Schlampe«, stieß er hervor und hob die Faust, um sie ins Gesicht zu schlagen.

Da sie sich nicht bewegen konnte, weil er immer noch ihr

Haar umklammert hielt, wappnete sie sich für den Schlag … der jedoch nicht kam. Stattdessen beobachtete sie, wie sein Arm in der Luft nach hinten gerissen und in einem unnatürlichen Winkel verdreht wurde, und zwar so schnell, dass sie ein lautes *Plop* hörte. Sie vermutete, dass seine Schulter gerade ausgerenkt worden war. Connor brüllte vor Schmerz und ließ sie los. Als er herumwirbelte, sah Katrina Mason, Sekunden bevor er mit solcher Gewalt seine Faust in Connors Kiefer rammte, dass noch ein Knacken zu hören war. Von diesem Schlag überrumpelt, landete Connor im Lagerraum auf dem Hintern.

Mit seiner ausgerenkten Schulter konnte er sich nicht von selbst wieder hochrappeln, doch das hielt Mason nicht davon ab, auf ihn loszugehen.

»Verdammter Wichser!«, brüllte er, während er Connor am Hemd packte und wieder auf die Füße zog. Die Kraft, mit der er einem Mann begegnete, der eine Militärausbildung genossen hatte, verblüffte Katrina. Andererseits hatte Mason noch nie Angst vor jemandem gehabt. Im Vergleich zu Connor war er schlank und straff. Und er war als jähzorniges Kind auf der Straße aufgewachsen, wo er gelernt hatte, hart und erbarmungslos zu kämpfen.

Connor zuckte zusammen und griff nach seinem verletzten Arm. Mit einer Mischung aus Schmerz und Feindseligkeit starrte er Mason an. »Was zum Teufel, Mann?«, stieß er wütend hervor. »Sie hat mich angemacht, genau wie damals in der Highschool! Ich hab ihr nur gegeben, was sie wollte. Sie ist ein verdammtes Flittchen!«

Seine Lügen trafen Katrina nicht mehr so hart wie früher. Sie blieb, wo sie war, und schwieg, denn sie wusste, dass Connor jede Antwort von ihr abstreiten würde. Der einzige Mensch, der zählte und ihr glauben musste, war Mason.

Mason stellte sich vor Katrina – *schützte sie*, wie ihr klar wurde –, hielt den Blick jedoch fest auf Connor gerichtet. »Nur dieses eine Mal lasse ich dich gehen, ohne dir sämtliche anderen Knochen zu brechen«, sagte Mason mit leiser Stimme, die über seine Wut hinwegtäuschte. »Doch wenn du noch einmal in ihre Nähe kommst, werde ich dich umbringen. Ich will dein verdammtes Gesicht nie wieder sehen.«

Connors kaputte Lippe verzog sich zu dem für ihn typischen spöttischen Grinsen, als er von Mason zu Katrina blickte. »Weiß er, dass ich dich schon gehabt habe? Und zwar lange vor ihm?«, fragte er verbittert, ein eindeutiger Versuch, sie vor Mason schlechtzumachen, indem er es so klingen ließ, als habe sie bereitwillig mit ihm geschlafen.

Als sie nichts erwiderte, wandte er sich mit anmaßendem Gesichtsausdruck wieder Mason zu. »Wie ich neulich in der Bar gesagt habe. Sie ist 'ne geile Tussi.«

Mason wollte auf Connor losgehen, doch Katrina packte ihn am Arm und hielt ihn davon ab, bevor er wieder zuschlagen konnte und wegen Körperverletzung verhaftet wurde. »Tu's nicht«, sagte sie leise. Sie wollte nur, dass das hier aufhörte. »Er ist es nicht wert.«

Mason zögerte einen Moment lang, überlegte und sagte dann schließlich: »Verschwinde aus meinem Laden, solange du noch gehen kannst.«

Connor warf ihnen beiden einen letzten bösen Blick zu, drehte sich um und verließ gerade den Lagerraum, als Jasmine zurückkam. Mit weit aufgerissenen Augen registrierte sie die Schwellung, die sich bereits in Connors Gesicht abzeichnete, und das Blut auf seinem Kinn von Katrinas Biss. Schnell trat sie einen Schritt zurück, als Connor an ihr vorbeiging.

»Oh, mein Gott.« Jasmine eilte zu Katrina. »Was ist passiert?«

In dem Moment trafen auch Caleb und Derek ein. Der Schock und die Besorgnis, die sich in ihren Gesichtern spiegelten, verrieten Katrina, dass sie Connor auf dem Weg nach draußen ebenfalls begegnet waren.

»Was, zum Teufel, ist hier los?«, fragte Caleb und sah sich um.

»Der Scheißkerl ist übergriffig geworden«, sagte Mason schroff. »Wenn er noch mal hier reinkommt, dann ruft die Polizei und lasst ihn wegen Hausfriedensbruch verhaften.«

Caleb nickte. »Gott. Ja. Natürlich.«

»Gebt ihr mir eine Minute mit Katrina?«, fragte Mason.

»Klar«, sagte Jasmine, und die drei verließen den Lagerraum.

Sobald sie verschwunden waren, drehte Mason sich mit fast gequältem Gesichtsausdruck zu Katrina um. »Alles in Ordnung mit dir?«

Sie nickte. »Ja.« Und das stimmte. Ungeachtet, wie die Sache ausgegangen war, war es seltsam reinigend und läuternd gewesen, Connor endlich gegenüberzutreten. Sie fühlte sich innerlich leichter, als trage sie nicht länger die große Last mit sich herum, die einen so großen Teil ihres Erwachsenenlebens bestimmt hatte.

Mason, der noch immer die Stirn runzelte, kam zu ihr, ließ die Finger unter ihr Kinn gleiten, hob ihr Gesicht an und betrachtete es eingehend. »Hat er dir wehgetan?«

»Nein. Das hast du verhindert.« Sie wollte nicht darüber nachdenken, was hätte passieren können, wenn Mason nicht rechtzeitig gekommen wäre.

»Dieses Mal«, murmelte er, Selbstverachtung schwang in seiner Stimme mit. »Lass uns weg von hier, damit wir reden können, okay?«

Irgendetwas stimmte nicht mit Mason, und Katrina konnte nicht leugnen, dass es sie nach allem, was Connor über sie gesagt hatte, beunruhigte. »Gute Idee.«

Die Unterhaltung war seit Langem überfällig. Katrina wünschte sich nur, sie könnte voraussagen, wie alles enden würde, sobald Mason die Wahrheit kannte.

KAPITEL 14

Mason war schweigsam im Auto, und als Katrina verstohlen sein Profil betrachtete, konnte sie deutlich erkennen, dass er aufgewühlt war. Er hatte die dunklen Brauen gerunzelt, sein Kinn war angespannt und die zusammengepressten Lippen verrieten, dass er darüber nachdachte, was eben im Inked mit Connor passiert war.

Katrina war zwar erleichtert, dass sie die Dämonen der Vergangenheit ein für alle Mal hatte vertreiben können, konnte jedoch nicht leugnen, dass sie nun aus einem ganz anderen Grund nervös war. In den letzten drei Tagen hatte sie Mason von sich fortgestoßen, obwohl er derjenige war, an den sie sich hätte wenden sollen. Sie hatte ihm nicht nur das Gefühl gegeben, unbedeutend zu sein, er war auch unvorbereitet mit Connors Lügen konfrontiert worden, sodass sie keine Ahnung hatte, wo sie als Paar standen.

Als er zu ihrer Wohnung fuhr, füllte sich ihr Herz mit Angst. Mason brachte sie nie dorthin, wenn sie zusammen waren, und sie versuchte verzweifelt, nicht zu viel in sein Handeln hineinzuinterpretieren.

Er schwieg auch noch, als er sie zur Tür begleitete und ihr nach drinnen folgte. Sie stellte ihre Tasche auf den kleinen Tisch im Eingangsbereich, ging ins Wohnzimmer und setzte sich aufs Sofa. Statt sich zu ihr aufs Sofa zu gesellen, schritt er ruhelos vor ihr auf und ab. Offensichtlich war er zu nervös, um still zu sitzen.

Schließlich atmete er tief aus und sah sie an. In seinen blauen Augen stand eine Qual geschrieben, die sie nicht ganz verstehen konnte. »Stimmt das, was Connor gesagt hat?«, fragte er mit kratziger Stimme. »Damals in der Highschool, hat er da …«

Er wartete darauf, dass sie den Satz beendete, als wisse er, dass das, was sich zwischen ihr und Connor abgespielt hatte, nicht einvernehmlich gewesen war. »Er hat mich vergewaltigt.« Sie beschönigte nichts.

Er erschauerte sichtlich und fluchte leise. Die Qual, die er litt, war jetzt noch deutlicher zu sehen. »Herrgott, Katrina.« Er starrte sie an, das Gesicht verzerrt vor Schmerz. »Wann?«

»Erinnerst du dich an die riesige Party bei Rick Ackerman zu Hause, als seine Eltern übers Wochenende verreist waren? Es war ein paar Wochen vor unserem Abschluss und du, Connor und ich sind zusammen hingegangen.« Als er nickte, faltete sie die Hände im Schoß und fuhr fort, wobei sie sich innerlich ruhiger fühlte, als sie erwartet hatte. »Nachdem du später am Abend mit Jessica weggegangen bist, fing Connor an, mich anzubaggern und unsittlich zu berühren. Er war betrunken und widerwärtig, und ich wollte nur noch von ihm weg. Die Toilette unten war besetzt, sodass ich nach oben gegangen bin. Ich wusste nicht einmal, dass er mir gefolgt war, bis er mich in eins der leeren Schlafzimmer schubste und uns dort einschloss. Er war viel stärker als ich, und ich konnte ihn einfach nicht aufhalten, egal was ich versucht habe.« Sie sprach nicht weiter, denn sie wollte Mason die Details ersparen.

»Es tut mir so leid.« Er fuhr sich mit der Hand durchs Gesicht. Seine Gewissensbisse waren mit Händen greifbar. »Es tut mir so verdammt leid.«

Verwirrt schüttelte sie den Kopf. »Dir muss nichts leidtun, Mason. Es war nicht deine Schuld.«

Er schien nicht überzeugt zu sein. »Nach dem, was diese Rüpel dir damals im Park angetan hatten, und nachdem ich von dem Missbrauch deines Stiefvaters erfahren hatte, habe ich geschworen, dass ich dich *immer* beschützen und für deine Sicherheit sorgen würde. Und Gott, ich hab dich total im Stich gelassen, als du mich am meisten gebraucht hast.«

Masons Worte schockierten sie. Sie hatte sich so große Sorgen gemacht, dass er sie mit anderen Augen sehen würde, wenn er die Wahrheit erfahren hatte. Dass es die Dynamik ihrer Beziehung verändern würde. Nie und nimmer hätte sie erwartet, dass er sich selbst für etwas die Schuld geben würde, über das er keine Kontrolle gehabt hatte.

Sie stand auf und ging zu ihm, wollte ihm unbedingt klarmachen, dass er nicht für das Handeln eines anderen Mannes verantwortlich war. »Du hast mich nicht im Stich gelassen.« Sie schaute direkt in seine dunkelblauen Augen und hasste die Selbstvorwürfe, die sie darin sah. »Du konntest nicht wissen, was an dem Abend passieren würde, und hättest daran auch nichts ändern können. Das musst du mir glauben.«

Er lachte, ein Lachen, dem jeglicher Humor fehlte. »Wenn ich damals meinen Verstand nicht von meinem verdammten Schwanz hätte leiten lassen, wäre ich an dem Abend in deiner Nähe gewesen, und Connor hätte dich niemals angerührt.« Zärtlich und liebevoll umfasste er ihr Gesicht mit seinen großen Händen und blickte ihr in die Augen. »Du hast das acht Jahre lang mit dir herumgetragen. Warum hast du es mir nicht an dem Abend gesagt? Das Erste, was du hättest tun sollen, war, nach mir suchen.«

Sie brachte ein schiefes Lächeln zustande. »Ich glaube, du warst mit Jessica beschäftigt.« Sie versuchte die Situation ein wenig zu entschärfen, weil es viel schwerer war, die Wahrheit anzuerkennen.

»Das ist mir scheißegal«, sagte er heftig. »Du bist das Wichtigste in meinem Leben, Katrina. Es hat nie eine andere Frau gegeben, die mir mehr bedeutet hat als du, und es wird sie auch nie geben. Niemals. Warum hast du daran gezweifelt, dass ich für dich da sein würde? Dass ich alles in meiner Macht Stehende tun würde, um sicherzustellen, dass so etwas nicht wieder passiert?«

»Als es vorbei war, gab es nichts, was du hättest tun können, um das Geschehene rückgängig zu machen.« Sie versuchte den Kopf zu neigen, um ihm nicht direkt in die Augen sehen zu müssen, wenn sie ihm den Rest erklärte, den zu erzählen ihr viel schwerer fiel, doch er erlaubte es ihr nicht, sich auf irgendeine Weise von ihm zurückzuziehen. »Nachdem Connor mich angegriffen hatte, habe ich mich geschämt und mich gedemütigt und so … schmutzig gefühlt. Und er hat gedroht, er würde einfach sagen, dass ich ihn angemacht und es gewollt hätte, wenn ich es dir erzählen würde – genau wie er es auch heute getan hat.«

»Und du hast wirklich gedacht, ich würde ihm glauben?«, fragte Mason ungläubig.

Die Verletztheit in seiner Stimme entging ihr nicht. »Ich war damals erst siebzehn und musste immer wieder daran denken, wie es mit Owen gelaufen war und dass meine Mom mir nicht geglaubt hatte, als ich ihr erzählt habe, dass er mich unsittlich berühren würde. Und daran, dass Owen alles umgedreht und mir vorgeworfen hatte, ich sei ein Flittchen, und dass meine Mutter sich entschieden hatte, für einen Mann Partei zu ergreifen, den sie kaum kannte, statt sich auf meine Seite zu schlagen.«

Seine Daumen glitten liebevoll an ihren Wangen entlang, und sein Blick wurde weicher. »Verstehe.«

Doch es gab noch mehr, was sie ihm sagen musste. »Ich hatte nach Connors Angriff auch Angst, dass du mich anders sehen würdest, wenn du wüsstest, was passiert war. Mich anders behandeln würdest. Und ich wollte einfach nicht, dass unsere Freundschaft in die Brüche ging.«

»Oh, Miezekätzchen«, sagte er leise, nahm sie in die Arme und drückte sie fest an sich. »Neulich hatte ich nach einer Unterhaltung im Kincaid's Connor gegenüber so ein ungutes Gefühl, und ich hätte auf meinen Bauch hören und ihm sagen sollen, dass er sich verpissen soll.«

Katrina schmiegte sich noch enger an Masons warmen, starken Körper und legte den Kopf an seine Brust. »Kein Bedauern und keine Schuldgefühle mehr, okay, Mason? Ich will nicht mehr in der Vergangenheit leben.«

»Okay«, stimmte er zu und legte einen Arm um ihre Taille, während er die Finger der anderen Hand in ihr Haar gleiten ließ und sanft ihre Kopfhaut massierte. »Solange du versprichst, dass du nie wieder solche Geheimnisse vor mir hast.«

Sie schloss die Augen und atmete seinen warmen, männlichen Duft ein. »Ich verspreche es.«

»Es gibt noch eine Sache, auf die ich eine ehrliche Antwort brauche«, sagte er nach einem langen Moment des Schweigens. »Die Narben an deiner Hüfte … du hast gesagt, es sei ein Rückfall gewesen. Ist er nach dieser Nacht mit Connor passiert?«

Sie schluckte schwer. Keine Geheimnisse mehr; sie hatte es ihm versprochen. »Ja.«

Er fluchte kurz, und als er die muskulösen Arme noch fester um sie schlang, wusste sie, dass er gerade dabei war, ihre Antwort zu verdauen.

»Kein Bedauern und keine Schuldgefühle mehr«, erinnerte sie ihn. »Es ist vorbei, ist Vergangenheit. Ich will nur noch an uns und unsere Zukunft denken.« *Hoffentlich möchtest du das auch noch immer.*

»An uns und unsere Zukunft …« Er löste sich sanft von ihr und schaute ihr ins Gesicht. Seine Augen wirkten plötzlich sehr ernst. »Darüber müssen wir reden.«

Sie hatte keine Ahnung, worauf diese Unterhaltung hinauslaufen oder wo sie enden würde. Ihre größte Angst war, dass sie ihn mit ihrem Verhalten in den vergangenen drei Tagen zu weit weggestoßen und sich alles zwischen ihnen verändert hatte oder dass er zu dem Schluss gekommen war, dass er nicht an eine Frau gebunden sein wollte. Sie hatte immer gewusst, dass diese Möglichkeit bestand.

»Ich habe viel über uns nachgedacht«, begann er vorsichtig, was ihre plötzliche Nervosität nur noch verstärkte. »Du kennst meine Vergangenheit. Du weißt, dass ich ohne richtige Eltern aufgewachsen bin und dass meine Mutter süchtig und eine Prostituierte war, dann ins Gefängnis gekommen ist und uns drei Jungen mit einem gewalttätigen Arschloch alleingelassen hat. Und obwohl Clay mich großgezogen und all meinen Scheiß ertragen hat, hatte ich immer das Gefühl, es nicht wert zu sein, dass man mich liebt. Ich dachte, ich sei nicht gut genug, um von irgendjemandem geliebt zu werden. Es war leichter, die Leute von sich zu stoßen, als sie an sich ranzulassen und eine Zurückweisung zu riskieren. Und deswegen bin ich einfach mit Frauen keinerlei Bindungen eingegangen, denn das war sicher und unkompliziert.«

Er hielt einen Moment lang inne, und Katrina wartete geduldig, denn sie wusste, dass es schwierig für ihn war, auszusprechen, was er ihr sagen wollte. Er gehörte nicht zu denen, die über emotionale Dinge redeten.

Er atmete tief aus, ließ dann die Hände ihre Arme hinabgleiten, bis er ihre Hände hielt. »Aber du warst von Anfang an anders, und du warst das erste Mädchen, dem ich je etwas von mir erzählt habe. Du kanntest meine Vergangenheit. Du kanntest meine Geheimnisse. Egal, was ich getan habe – und ich war als Teenager oder auch als Erwachsener gewiss kein Chorknabe –, du hast mich nie verurteilt. Du hast mich nie verlassen, obwohl es Zeiten gegegen hat, in denen ich wusste, dass ich etwas Dummes getan hatte und du dich hättest fragen sollen, warum du mit mir befreundet warst. Du warst immer *da.*«

Sie schluckte den Knoten der Unsicherheit in ihrer Kehle hinunter und zwang sich zu einem Lächeln. »Dafür sind beste Freunde doch da, oder?«

»Du wirst immer meine beste Freundin sein, Miezekätzchen«, sagte er mit einem sanften Lächeln, dass sie nicht ganz deuten konnte. »Und ich habe dich *immer* geliebt, weswegen es so leicht war, mich in unseren letzten gemeinsamen Wochen in dich zu *verlieben.* Und als du dieses Wochenende angefangen hast, dich zurückzuziehen, hast du mir eine Heidenangst eingejagt. Der Gedanke, dich auf irgendeine Art zu verlieren, hat für mich alles verändert und auch in die richtige Perspektive gerückt.«

In Gedanken hing sie noch immer bei den Worten *Es war so leicht, mich in dich zu verlieben,* erfasste den Rest dann aber mit einem Schlag. »Wieso?«, flüsterte sie hoffnungsvoll, und ihr Herz flatterte in ihrer Brust.

»Ich will dich *für immer* in meinem Leben haben«, sagte er ohne den leisesten Zweifel in seiner tiefen, männlichen Stimme. »Jeden Morgen und jede Nacht. Als meine beste Freundin. Als meine perfekte Geliebte. Als meine wunderschöne Ehefrau.«

Sicher, dass sie den letzten Teil missverstanden hatte, riss sie ungläubig die Augen weit auf. »Deine … deine *Ehefrau?*«

»Ich bin so in dich verliebt, Katrina, und wenn ich dich heirate, gehörst du mir *für immer.*« Ein jungenhaftes Lächeln umspielte seine Lippen und seine Augen funkelten ausgelassen. »Ähm, das heißt, wenn du für immer mir gehören willst. Wovon ich wohl nicht einfach ausgehen sollte.«

Sie biss sich auf die Lippe, als ihr Tränen des Glücks in die Augen traten. »Ja, ich will für immer dir gehören. Ich liebe dich, Mason Kincaid, ich liebe dich seit dem Tag, an dem du mich vor den Rüpeln beschützt hast. Ich habe nur gewartet und gehofft, dass du eines Tages dasselbe empfinden würdest.«

»Ich bin so ein Idiot! Ich hab so lange gebraucht«, sagte er und küsste sie endlich, langsam, heiß und tief.

Der Hunger und die Sehnsucht verwandelten sich schnell in ein rasendes Verlangen, das keiner von ihnen leugnen konnte. Er ließ die Hände ihren Rücken hinab und über ihren Hintern gleiten, packte ihre Oberschenkel und legte ihre Beine um seine Taille. Sobald Katrina sie fest um ihn geschlungen hatte, trug er sie in ihr Schlafzimmer, wobei er den Kuss erst beendete, als sie neben ihrem Bett angelangt waren und ihre Füße wieder sicher auf dem Boden standen.

Als sich sein Mund schließlich von ihrem löste, grinste er sie an. »Das Beste, was ich je getan habe, ist, dich an dem Abend aus dem Coyote zu tragen und flachzulegen. Du warst so verdammt sexy und heiß, dass mein Schwanz auf der Stelle beschloss, dass du die einzige Frau bist, für die er je wieder hart werden wird, was für mich völlig in Ordnung ist.«

Sie lachte glücklich, als sie sein T-Shirt hochschob und es ihm über den Kopf zog. »Ich werde ihn bei Laune halten, das verspreche ich.«

Als sie nach dem Knopf seiner Jeans griff, packte er ihre Handgelenke und hielt sie davon ab. Erneut wurde sein intensiver Blick ernst. »Zurück zu dieser Für-immer-Geschichte, über die wir gerade geredet haben?«

Sie neigte den Kopf zur Seite. »Ja?«

»Darum ging es heute Morgen«, sagte er und sah nun bezaubernd nervös aus. »Ich habe mich mit Samantha getroffen, damit sie mir hilft, mich um den Für-immer-Teil unserer Beziehung zu kümmern.«

Katrina hätte verwirrter nicht sein können. »Was meinst du damit?«

Er ließ ihre Hände los, griff in die Vordertasche seiner Jeans, zog ein Kondom heraus und grinste sie verlegen an. »Ähm, falsche Tasche, aber ja, ich war voller Hoffnung, dass ich heute Glück haben würde.« Er warf das Kondom aufs Bett, griff dann in die andere Tasche und zog dieses Mal eine kleine schwarze Samtschachtel heraus.

Katrina hielt den Atem an, als er den Deckel öffnete und ein umwerfender Ring zum Vorschein kam, der rundum mit funkelnden Diamanten besetzt war. Sie war völlig sprachlos.

Er nahm den glitzernden Ring heraus, griff nach ihrer linken Hand und steckte ihn ihr an den Ringfinger. »Ich brauchte Samanthas Hilfe, um den perfekten Ring für dich auszuwählen. Er nennt sich Ewigkeitsring, und genau so lange werde ich dich lieben. Eine Ewigkeit lang.«

Die Macht ihrer Gefühle schnürte ihr die Kehle zu, und ihr Herz quoll über vor Freude, als sie von dem Ring an ihrem Finger zu Mason hochschaute. »Das ist eine wirklich lange Zeit.«

»Ich weiß. Aber ich bin bereit für etwas Dauerhaftes.« Er

schenkte ihr ein warmes Lächeln, fuhr sanft mit den Fingern über ihre Wange und trat dann hinter sie, um den Reißverschluss ihres Kleids zu öffnen. »Noch eine Sache, bevor ich dich aufs Bett lege und dich zu der Meinen mache. Weißt du, warum ich mit dir zu deiner Wohnung statt zu meinem Haus gefahren bin?«

Sie schüttelte den Kopf, erinnerte sich an ihre Gedanken, als sie hier angekommen waren. »Nein. Warum?«

Nachdem er ihr Kleid geöffnet hatte, schob er die Ärmel ihre Arme hinab, und es glitt von ihrem Körper und fiel auf den Boden zu ihren Füßen. Er pflanzte einen warmen, feuchten Kuss auf ihre nackte Schulter, während er ihren trägerlosen BH öffnete und auch diesen auf den Boden fallen ließ. Kühle Luft streifte ihre Brüste, und ihre Nippel wurden zu harten, empfindlichen Punkten.

»Weil wir, wenn ich irgendwann satt und zufrieden bin, was lange dauern kann, all deine Sachen packen und zu mir bringen werden.« Er hakte die Finger in den Bund ihres Höschens und zog es ihre Oberschenkel hinunter und warf es zum Rest ihrer Kleidungsstücke. »Du wirst nicht länger in dieser Wohnung bleiben. Von heute an verbringst du jede Nacht in meinem Bett. Verstanden?«

Die Autorität, die in seiner Stimme mitschwang, ließ sie unruhig von einem Fuß auf den anderen treten, und sie stöhnte, als er seiner Aussage einen leichten, spielerischen Klaps auf ihren Hintern folgen ließ. »Ja, ich verstehe«, sagte sie. Sie wollte dasselbe.

»Gut. Dann zieh deine Schuhe aus und steig aufs Bett«, befahl er, denn er wusste, wie sehr es sie anturnte, wenn er herrisch wurde. »Ich will dich ficken, und du sollst dabei nichts anderes tragen als den Ring an deinem Finger.«

Sie gehorchte, und als sie auf das Bett gestiegen war, hatte er den Rest seiner Kleidung abgelegt und war so nackt wie sie. Er war so traumhaft schön, von seinen männlichen Gesichtszügen über die Tattoos, die sie so liebte, die straffe Brust und die Bauchmuskeln bis hin zu dem dicken, harten Schwanz zwischen seinen Beinen. *Und er gehört ganz mir,* dachte sie benommen.

Er streifte ein Kondom über seinen erigierten Schwanz und kletterte auf das Bett zwischen ihre gespreizten Beine. Beginnend bei ihrem Knie, küsste er sich langsam und gemächlich den Weg hoch zu ihren Oberschenkeln, bis sie vor Erwartung zitterte und vor Verlangen keuchte. Sein gieriger Mund und seine Zunge verweilten bei ihrem Geschlecht, leckten und glitten zwischen ihren empfindlichen Schamlippen hindurch. Wieder. Und immer wieder.

Als sie völlig feucht und erregt war, wanderte er hoch zu den Narben an ihrer Hüfte. Er küsste jede von ihnen liebevoll, ersetzte die Gründe, aus denen sie entstanden waren, durch das Vergnügen, berührt zu werden. Dann neckte er ihre Nippel, glitt mit der Zunge über sie, knabberte mit den Zähnen an ihnen und saugte schließlich die geschwollenen Spitzen in seinen Mund, bis Katrina sich verzweifelt nach dem Orgasmus sehnte, zu dem er sie so ehrfurchtsvoll hingeführt hatte. Doch noch enthielt er ihr die Erlösung vor. Als sie die sinnliche Qual nicht länger ertragen konnte, schlang sie die Finger in sein Haar und brachte seine Lippen hoch zu ihren.

Der Kuss war so heiß und tief wie der Stoß seines Schafts, der in sie eindrang. Sie rang nach Luft und wiegte die Hüften, was ihm ein leises, raues Stöhnen entlockte. Er hob den Kopf und sah sie mit so viel Gefühl im Blick an, dass ihr Herz vor Liebe zu diesem Mann überfloss. Ihrem besten Freund. Ihrem Geliebten. Und bald ihrem Ehemann.

»Du gehörst mir, Miezekätzchen«, sagte er in besitzergreifendem Ton, während er seine Finger mit ihren verschlang und ihre Hände über ihrem Kopf festhielt, bevor er begann, sich zu bewegen und sie auf die intimste Art, die es gab, in Besitz zu nehmen. »Für immer.«

»Ja«, flüsterte sie und wusste, dass sie nie müde werden würde, dies zu hören. »Dein. Für immer.«

Mit Mason zusammen zu sein fühlte sich in jeder Hinsicht unglaublich an. Sein kräftiger Körper. Ihrer beider sinnliche Leidenschaft. Das Verlangen. Und die Liebe.

Vor allem die Liebe. Und all das gehörte ihr, für immer.

»Nur noch einen Moment, dann bin ich fertig«, sagte Mason. »Alles okay mit dir?«

Katrina lag auf dem gepolsterten Tisch in Masons Kabine im Inked auf der Seite, während er ihr neuestes Tattoo fertigstellte. Es dauerte schon etliche Stunden, und sie waren allein im Laden. Angesichts der Größe des Tattoos war der Schmerz deutlich spürbar, doch sie ging sehr gut damit um. Zu meditieren hatte ihr definitiv geholfen, das Unbehagen zu lindern.

»Es geht mir gut«, sagte sie. Sie konnte es kaum erwarten, das fertige Kunstwerk zu sehen, das sie selbst entworfen hatte. Und es war genau richtig, dass dieses Mal Mason die Narben an ihrer Hüfte verdeckte. Er war es, der ihr geholfen hatte, sich emotional zu erholen, und dies war ihre Art, den Schmerz der Vergangenheit hinter sich zu lassen. Wenn sie nun in den Spiegel schaute, würde sie statt der grässlichen Schnitte, die Teil eines Lebens waren, das der Vergangenheit angehörte, eine wunderschöne Schar von Schmetterlingen sehen, die zu denen auf ihrem Arm passten.

Die letzten Monate des Zusammenlebens mit Mason waren unglaublich gewesen. Noch nie war sie so glücklich gewesen, so zufrieden und mit sich selbst im Reinen. Und sie wusste, dass Mason, was sie und seine Gefühle anging, dasselbe empfand. Sie waren zwei verwundete Menschen, die es geschafft hatten, einander mit etwas so Einfachem wie bedingungsloser Liebe zu heilen. Die Tatsache, dass sie beste Freunde waren, die phänomenalen Sex hatten, war ein Bonus.

Als sie die Hand auf dem Tisch bewegte, funkelte ihr Ewigkeitsring im Licht, und sie lächelte bei der Erinnerung an den Tag, an dem er ihn ihr an den Finger gesteckt hatte. Mason und sie hatten über eine Heirat gesprochen, und sie war mehr als bereit, diesen nächsten Schritt mit ihm zu wagen. Er hatte ihr versichert, dass auch er so weit sei, sich endgültig zu binden, und ihr gesagt, sie könne planen, was immer sie wolle, denn er sei dabei, wo und wann auch immer. *Typisch Mann,* dachte sie.

Doch er war *ihr* Mann, und nach zwölf Jahren unerwiderter Liebe fühlte es sich verdammt gut an, die einzige Frau zu sein, die er wollte. Die einzige Frau, die er je geliebt hatte.

Sie spürte, wie er den letzten Rest der Tinte wegwischte,

und beobachtete, wie er die Tätowiermaschine weglegte. »Bist du bereit, es dir anzuschauen?«, fragte er.

Katrina nickte und er half ihr vom Tisch herunter. Sie gingen zu dem Ganzkörperspiegel hinüber, und sie betrachtete ihr Design, das Mason hatte lebendig werden lassen. Die bunten Schmetterlinge waren atemberaubend. Das, was vorher so hässlich gewesen war und ihr ein Gefühl der Scham und Demütigung gegeben hatte, war nun hübsch und bezaubernd und gab ihr das Gefühl, schön zu sein.

Überwältigende Emotionen schnürten ihr die Kehle zu, und Tränen des Glücks füllten ihre Augen. »Es ist wunderschön«, flüsterte sie ehrfurchtsvoll, als sie Masons warmem Blick begegnete. »Du hast wunderbare Arbeit geleistet. Ich kann nicht einmal mehr sehen, wo die Narben waren. Danke.«

»Nichts zu danken. Es war mir ein absolutes Vergnügen, dieses Tattoo auf deiner Haut anzubringen.« Er schlang die Finger um ihren Nacken und zog sie an sich, um einen süßen Kuss auf ihre Schläfe pflanzen zu können. »Ich muss jedoch gestehen, dass ich mir bei dem Design eine kreative Freiheit genommen habe.«

»Wirklich?« Sie schaute wieder in den Spiegel, nahm die Schmetterlinge dieses Mal ein bisschen länger und genauer unter die Lupe, konnte jedoch nichts Ungewöhnliches finden. »Was hast du gemacht?«

»Schau, direkt hier.« Mit einem leicht selbstgefälligen Gesichtsausdruck deutete er auf einen der Schmetterlingsflügel. »Ich habe die Venen zu einem Wort gestaltet, das dir, glaube ich, gefallen wird.«

Sie sah genauer hin, und dann entdeckte sie es, das Wort *mein,* eingebunden in die Linien, die kreuz und quer über einen der Flügel verliefen. Die Änderung war nur erkennbar, wenn man speziell danach suchte. Sie fügte sich ganz natürlich ein. Doch es gefiel ihr sehr, dass sie da war und dass nur sie beide in dieses Geheimnis eingeweiht waren.

Sie grinste ihn an. »Ganz schön besitzergreifend«, neckte sie ihn.

»Dir gegenüber? Immer.« Er schlang einen Arm um ihre Taille und zog sie an sich, während seine Hand nach ihrem Hintern griff. »Obwohl ich nicht davon ausgehe, dass außer mir irgendjemand nah genug an das Tattoo herankommt, wenn man bedenkt, wo es sich befindet.«

Er drängte ihr die Hüften entgegen, und schockiert riss Katrina die Augen auf. »Oh mein Gott!«, stieß sie hervor, als sie spürte, wie seine Erektion sich gegen ihren Unterbauch drückte. »Bist du allen Ernstes *hart*?«

»Ich kann nichts dafür«, sagte er mit einem reuelosen Lachen, in dem ein sündiger Unterton mitschwang. »Meine Tätowierung auf dir zu sehen, turnt mich so verdammt an. Bringt irgendwie den Höhlenmenschen in mir zum Vorschein und weckt in mir den Wunsch, zu erobern und Anspruch zu erheben.«

»Na, dann will ich deinem Bedürfnis, den Neandertaler zu spielen, nicht im Weg stehen.« Sie stellte sich auf die Zehenspitzen und küsste ihn auf die Lippen. Schließlich gehörte sie ihm, laut Tattoo und im wirklichen Leben. Für immer.

Werkverzeichnis der im Heyne Verlag von Carly Phillips erschienenen Titel

© Yolanda Perez Photography LLC, Yolanda Perez

› Bonusmaterial

Werkverzeichnis

HEYNE ‹

1. Die Chandler-Trilogie

Der letzte Kuss
(The Bachelor)

Wer von ihnen als Erster den Herzenswunsch ihrer Mutter nach Hochzeit und Enkelkindern erfüllen soll, entscheiden die drei Brüder Rick, Chase und Roman durch das Werfen einer Münze. Ausgerechnet Auslandskorrespondent Roman muss sich der Herausforderung stellen.
Seine Traumfrau macht es ihm jedoch nicht leicht.

Der Tag der Träume
(The Playboy)

Die Frauen von Yorkshire Falls werfen sich Rick Chandler reihenweise an den Hals. Doch der attraktive Polizist will nach einer missglückten Ehe nie wieder heiraten. Als ihm eines Tages Kendall, eine waschechte »runaway bride«, über den Weg läuft, knistert es heftig auf beiden Seiten. Doch auch Kendall liebt ihre Freiheit über alles.

Für eine Nacht
(The Heartbreaker)

Nachdem Roman und Rick unter der Haube sind, ist nun Chase als Letzter der drei Chandler-Brüder an der Reihe, endlich die Frau seiner Träume zu finden. Dies stellt sich als äußerst schwierig heraus, denn seine Auserwählte ist nach der ersten gemeinsamen Nacht spurlos verschwunden. Chase kennt nicht einmal ihren richtigen Namen.

2. Die Hot-Zone-Serie

Mach mich nicht an!
(Hot Stuff)

Annabelle, attraktive und erfolgreiche PR-Beraterin in der Hot-Zone-Agentur, verliebt sich konsequent immer wieder in die falschen Männer. Nach der letzten verheerenden Beziehung hat sie sich deshalb strikte Enthaltsamkeit geschworen. Als sie ihrem neuesten Klienten, dem Ex-Football-Star Brandon Vaughn, gegenübersteht, hält sie ihn zunächst für den typischen oberflächlichen Sportler …

Her mit den Jungs!
(Hot Number)
Micki, Annabelles burschikose Schwester, ist bis über beide Ohren in den lebenslustigen und charmanten Baseball-Profi Damian verschossen. Doch der stadtbekannte Herzensbrecher scheint sie bisher noch nicht einmal wahrgenommen zu haben. Ihr Onkel Yank, der Gründer und Chef der Hot-Zone-Agentur, sorgt dafür, dass Damian und Micki gemeinsam auf einer romantischen Insel landen. Und wirklich: Die beiden verleben leidenschaftliche Tage voller Glück und Harmonie. Doch kaum wieder in New York, zieht Damian sich zurück. Micki ist verzweifelt: Wie konnte sie nur glauben, ihn dauerhaft an sich zu binden?

Komm schon!

(Hot Item)

Sophie, die kontrollsüchtige der drei Jordan-Schwestern, verliert genau das, was ihr am wichtigsten ist: den Überblick. Denn Spencer, der PR-Berater der Hot-Zone-Agentur, ist plötzlich untergetaucht. Damit ihre Klienten nicht verrückt spielen, muss Sophie ihn um jeden Preis in die Agentur zurückbringen. Als der sexy Football-Spieler Riley Nash sich in Sophies Leben drängt, gibt es noch mehr Unordnung …

Geht's noch?

(Hot Property)

Die quirlige Eventmanagerin Amy Stone ist frisch nach New York gezogen, um für die Hot-Zone-Agentur zu arbeiten. Dank der Vermittlung ihrer Freundin – und Geschäftspartnerin – Micki zieht Amy schon bald einen lukrativen Auftrag an Land: Sie soll John Roper, einem bisher sehr erfolgreichen Baseball-Profi, aus seiner Lebenskrise helfen. Er hat nicht nur berufliche und gesundheitliche Probleme, sondern auch familiären Dauerstress. Amy stürzt sich voller Tatendrang in diesen Auftrag und versucht, ihre eigenen Gefühle zu ignorieren.

3. Die Corwin-Trilogie

Trau dich endlich!

(Lucky Charm)

Schon als junges Mädchen weiß Gabrielle, dass sie ihren Mr. Right, den attraktiven Derek Corwin, bereits gefunden hat. Doch dann lässt der sie sitzen und heiratet eine andere. Die Begründung: Ein Fluch lastet auf seiner Familie, der es ihm unmöglich macht, mit seiner wahren Liebe glücklich zu werden. Gabrielle bleibt nichts anderes übrig, als sich damit abzufinden. Als sie ihren Ex nach Jahren wieder trifft, lässt sie sich erneut auf eine heiße Affäre mit ihm ein.

Spiel mit mir!

(Lucky Streak)

Las Vegas macht's möglich: In einer heißen Nacht heiratet der sexy Cop Mike Corwin nicht nur die umwerfende Trickbetrügerin Amber, sondern gewinnt darüber hinaus 150 000 Dollar. Als er am nächsten Morgen aufwacht, ist Amber verschwunden – und das Geld auch. Hat sie ihn reingelegt? Oder entfaltet der Fluch, der auf den Corwin-Männern lastet, tatsächlich seine Wirkung?

Mach doch!

(Lucky Break)

Der Corwin-Fluch besagt, dass kein männliches Familienmitglied jemals mit seiner großen Liebe glücklich werden kann. Derek und Mike Corwin sind zwar inzwischen mit ihren Traumfrauen verheiratet, doch nun scheint das Übel auf ihrem Cousin zu lasten: Der smarte Jason fühlt sich unwiderstehlich zu der verführerischen Lauren Perkins hingezogen. Doch es war ausgerechnet Laurens Urahnin, die einst den Fluch über die Corwin-Familie brachte. Ist ihre Liebe stark genug, den unheilvollen Bann endgültig zu brechen?

4. Die Single-Serie

Küss mich doch!
(Kiss me if you can)
Coop gilt als der begehrteste Single in ganz New York, seit er einen Juwelenraub verhindert hat. Plötzlich kann er sich vor Verehrerinnen nicht mehr retten, doch wirklich fasziniert ist er nur von der unkonventionellen Lexie. Die hat allerdings nur eines im Sinn: an den antiken Ring zu kommen, den er vom Juwelier als Belohnung erhalten hat. Denn er birgt ein dunkles Familiengeheimnis. Kann Coop ihr vertrauen?

Verlieb dich!
(Love me if you dare)
Der Polizist Rafe rettet seiner Kollegin Sara das Leben – ein gefundenes Fressen für die Medien, die die Geschichte aufbauschen und ihn zum begehrtesten Junggesellen New Yorks machen. Er flieht vor der Klatschpresse, nachdem er zugegeben hat, dass die attraktive Sara weit mehr als eine Kollegin für ihn ist. Die macht sich auf die Suche nach Rafe und verliebt sich in ihn und seine ungestüme, aber liebenswerte Großfamilie. Wenn nur alles so einfach wäre …

5. Die Barron-Serie

Ich will doch nur küssen

(Serendipity)

Von Männern hat Faith genug! Frisch geschieden kehrt sie in ihre Heimatstadt zurück. Dort begegnet sie ausgerechnet dem Mann, den sie seit zehn Jahren nicht vergessen kann: Ethan. Er stellt ihre Gefühlswelt gehörig auf den Kopf und lässt sie wieder auf die große Liebe hoffen. Doch Ethan hat ein dunkles Geheimnis, und als seine Halbschwester auftaucht, geht das Chaos erst richtig los.

Ich will nur dein Glück

(Serendipity 2)

Als Nash Barron die attraktive Kelly auf der Hochzeit seines Bruders kennenlernt, funkt es gewaltig zwischen ihnen. Nash ist fasziniert von Kellys Schönheit und Warmherzigkeit, doch für ihn steht fest, dass sie ihrer Leidenschaft nicht nachgeben dürfen. Dadurch würde er das Vertrauensverhältnis zu seiner Halbschwester Tess gefährden, die die Barron-Familie erst kürzlich aufgenommen hat. Doch Tess ist nicht das einzige Hindernis zwischen den beiden. Auch Kelly hat ihre Gründe, auf Distanz zu gehen: Sie verheimlicht Nash etwas, das er ihr nie verzeihen würde …

Ich will ja nur dich!

(Serendipity 3)

Mehr als ein paar knappe Worte hat der Polizist Dare Barron noch nie mit der unnahbaren Liza McKnight gewechselt. Dabei begehrt er sie seit seiner frühen Jugend. Als Liza jedoch in Schwierigkeiten gerät, beschließt Dare kurzerhand, für ihren Schutz zu sorgen – und die beiden kommen sich plötzlich näher, als sie es je für möglich gehalten hätten. Doch Dare ahnt: Wenn er Liza nicht verlieren will, muss er ihr sein dunkelstes Geheimnis anvertrauen und sich seiner eigenen Vergangenheit stellen …

6. Die Marsden-Serie

Küss mich später

Als sein Vater an Krebs erkrankt, kehrt Mike zurück nach Serendipity und vertritt ihn als Polizeipräsident der kleinen Stadt. Bisher hat Mike als verdeckter Ermittler in Manhattan ein rastloses Leben ohne feste Bindungen geführt. Auch die Begegnung mit seiner neuen Kollegin Cara bildet zunächst keine Ausnahme, und die beiden beginnen eine leidenschaftliche Affäre ohne große Erwartungen. Doch allmählich erkennen sie, dass sie sich perfekt ergänzen und tiefere Gefühle füreinander entwickeln …

Liebe auf den ersten Kuss

Als Erin Marsden, Tochter des ehemaligen Polizeichefs von Serendipity, feststellt, dass sie schwanger ist, steht ihre heile Welt Kopf. Denn Vater ihres ungeborenen Babys ist der mysteriöse Ex-Cop Cole Sanders, den ein dunkles Geheimnis umgibt. Aber während Erin tiefere Gefühle entwickelt, geht Cole auf Distanz. Erst als Erin von einer Unbekannten wiederholt attackiert wird und Schutz braucht, erkennt Cole in ihr die Frau, die ihn glücklich machen kann - und stellt sich seiner Vergangenheit …

Ein Kuss zu viel

Nachdem er ausgerechnet am Tag seiner Hochzeit sitzen gelassen wurde, hat Sam Marsden aus Serendipity eigentlich der Liebe abgeschworen. Doch schon bald lernt er die geheimnisvolle Nicole kennen und erlebt mit ihr ein Wechselbad der Gefühle. Erst als Nicole in Gefahr gerät, offenbart sie sich Sam. Doch sucht sie nur seinen Schutz, oder will sie ihn als Mann fürs Leben?

7. Die Dare-Serie

Wer nicht wagt, der liebt nicht

Riley Taylor behält gerne die Kontrolle über alles und würde ihre Unabhängigkeit niemals aufgeben wollen – bis sie auf einer Party dem charismatischen Ian Dare begegnet, der sie auf der Stelle umhaut. Ian hat seine eigenen Dämonen, und seit er herausgefunden hat, dass sein Vater jahrzehntelang ein Doppelleben geführt und eine zweite Familie mit einer anderen Frau hatte, hat er sich geschworen, sein Herz für niemanden mehr zu öffnen. Doch die sinnliche Riley erweckt seine dominante und beschützerische Seite, er möchte diese Frau unbedingt haben …

Einmal berührt ist fast gar nicht verführt

Quarterback Alex Dare hat alles: Nicht nur, dass die Frauen ihm reihenweise zu Füßen liegen, er ist auch noch ein gefeierter Footballstar bei den Tampa Breakers – bis ihn eine Verletzung in den Vorruhestand zwingt. Als ihm ein Job bei der konkurrierenden Mannschaft angeboten wird, ist er geschmeichelt, aber die Sache hat einen Haken – er müsste mit Madison Evans zusammenarbeiten, der Frau, die ihm seit vielen Jahren nicht mehr aus dem Kopf gegangen ist …

Gelegenheit macht Sehnsucht

Nachdem sie die Beziehung zu einem herrschsüchtigen Fremdgänger beendet und sich in ihrem geleasten Mercedes davongemacht hat, wird Isabelle Masters kurzerhand wegen schweren Diebstahls verhaftet und auf die Wache geschleift. Zu ihrer Überraschung rettet sie genau der, mit dem sie am wenigsten gerechnet hätte – Gabriel Dare, von dem sie sich schon viel zu lange angezogen fühlt. Gabe ermöglicht Isabelle die Freiheit und lädt sie in das exklusive Inselresort Eden ein, einen Ort der unbegrenzten Möglichkeiten ...

Keine Verpflichtungen, nur Liebe

Decklan Dare weiß, wie es ist, mit einem Schlag einen geliebten Menschen zu verlieren. Deswegen ist es ihm wichtig, in allen Lebensbereichen die Kontrolle zu behalten. Amanda Collins genießt die Freiheit, die ihr zwanglose Treffen bieten. Decklan fasst zuerst Vertrauen, doch kann er Amanda vergeben, als er hinter ihr Geheimnis kommt? Oder wird er wieder Mauern um sich errichten, bevor sie ihm alles erklären kann?

Lieben und lieben lassen

Olivia Dare und Dylan Rhodes teilen nicht nur die Leidenschaft für Football – zwischen ihnen knistert es gewaltig, und sie haben tiefe Gefühle füreinander. Dennoch hat Olivia die Beziehung zu ihrem Traummann Dylan beendet, bevor diese überhaupt richtig loslegen konnte. Doch Dylan ist kein Mann, den man so einfach los wird. Bei einem Businesstrip nach Arizona versucht er mit allen Mitteln, Olivia für sich zu gewinnen. Doch wird seine Liebe zu ihr auch anhalten, wenn er ihre dunkelsten Geheimnisse und Ängste erfährt?

Im Zweifel für die Liebe

Manche Frauen machen immer alles richtig. Kindergärtnerin Meg Thompson hingegen trifft andauernd die falschen Entscheidungen – und jetzt ist sie Single, schwanger und allein. Meg ist entschlossen, ihr Leben zu verändern, eine bessere Mutter zu sein als ihre eigene es war. Ihr Vorhaben wäre jedoch einfacher einzuhalten, wenn da nicht der heiße Cop Scott Dare wäre. Als er sich in ihr Leben stiehlt, will Meg nur zu gerne glauben, dass am Ende immer alles gut wird, obwohl die Vergangenheit sie etwas anderes gelehrt hat ...

Aller Anfang ist Küssen

Avery Dare führt als Videobloggerin für Mode und Make-up ein beschauliches Leben in Miami. Sie hat gute Freunde und ein enges Verhältnis zu ihrer großen Familie. Dass in der Liebe bei ihr nicht viel los ist, findet sie eigentlich ganz gut. Doch als einer ihrer Exfreunde sie zu einem Konzert und auch hinter die Bühne einlädt, will sie das Risiko eingehen … und wird mit der Realität seines Rockstar-Lebens konfrontiert – der Presse, den Massen und den halb nackten Groupies.

Einmal und immer wieder

Der Milliardär Max Savage weiß, dass es Zeit ist, Lucy Dare davon zu überzeugen, dass sie zu ihm gehört – obwohl sie am Arm eines anderen Mannes auf einer Feier auftaucht. Seine einzige Chance ist es, sie zu verführen und ihr zu zeigen, wie sehr sie füreinander bestimmt sind, wie ihre Körper aufeinander reagieren. Aber wird Lucy es wagen, ihrem Verlangen nachzugeben?

Liebe nicht ausgeschlossen

Es gibt Typen, von denen man besser die Finger lässt – das weiß auch die unschuldige und unerfahrene Ella Shaw. Als Tyler Dare, der beste Freund ihres Bruders, jedoch zu allem bereit ist, kann sie ihm nicht länger widerstehen. Zu lange hat sie sich nach ihm gesehnt ...

Küss mich, Kleiner!
(Under the Boardwalk)
Ariana Costas nutzte vor fünf Jahren die erste Gelegenheit, um ihrer schrulligen griechischen Familie zu entfliehen. Doch nun verlässt die junge Psychologieprofessorin ihr geregeltes Leben in Vermont, denn ihre Zwillingsschwester Zoe ist verschwunden. Dass allerdings gleich am ersten Tag auf sie geschossen wird, hätte Ariana nicht erwartet. Genauso wenig wie die Rettung durch den gut aussehenden Detective Quinn Donovan. Nun steckt Ari wirklich in der Klemme. Genauso wie Quinn: Denn wie soll er dieser sinnlichen Frau widerstehen und gleichzeitig seine gefährliche Mission erfüllen, die sie beide das Leben kosten könnte?

Auf ein Neues!
(Perfect Partners)
Nach dem tragischen Unfalltod ihrer Schwester kämpft die erfolgreiche Anwältin Chelsie Russel um das Sorgerecht für ihre geliebte Nichte Alix. Doch Griffin Stuart, Alix' Onkel und einfach aus dem Leben ihrer Nichte drängen lassen. Schon bald merken die beiden, dass sie ihren Zwist begraben und gemeinsam für das Mädchen da sein müssen. Während sie versuchen, dem Kind eine Ersatzfamilie zu bieten und mit ihrer Trauer fertigzuwerden, kommen sie sich näher ...

Noch ein Kuss

(The Right Choice)

Die Kolumnistin Carly Wexler ist überzeugt: Liebe und Leidenschaft bringen nichts als Enttäuschung, und so führt sie eine eher leidenschaftslose Beziehung mit dem ehrgeizigen Peter. Die Vernunftheirat der beiden steht kurz bevor, als sie Peters attraktiven Bruder Mike kennenlernt. Er ist das genaue Gegenteil von Peter: rau, männlich, selbstbewusst, und Carly fühlt sich stark zu ihm hingezogen. Die Begegnungen mit ihm verwirren sie und bringen ihre Prinzipien ins Wanken. Will sie weiter auf Nummer sicher gehen oder die Liebe – mit all ihren Risiken – in ihr Leben lassen?